SEMENTES MÁGICAS

Obras do autor publicadas pela Companhia das Letras

Além da fé: Indonésia, Irã, Paquistão, Malásia – 1998
Um caminho no mundo
Uma casa para o sr. Biswas
Uma curva no rio
O enigma da chegada
Entre os fiéis: Irã, Paquistão, Malásia, Indonésia – 1981
Guerrilheiros
Índia – Um milhão de motins agora
O massagista místico
Meia vida
Os mímicos
Sementes mágicas

V. S. NAIPAUL

SEMENTES MÁGICAS

Tradução:
ALEXANDRE HUBNER

COMPANHIA DAS LETRAS

Copyright © 2004 by V. S. Naipaul
Publicado orginalmente pela editora Picador, Londres.

Título original:
Magic seeds

Capa:
Angelo Venosa

Preparação:
Leny Cordeiro

Revisão:
Esther Levy
Ana Maria Barbosa

Dados Internacionais de Catalogação na Publicação (CIP)
(Câmara Brasileira do Livro, SP, Brasil)

Naipaul, V. S.
  Sementes mágicas / V. S. Naipaul ; tradução Alexandre Hubner. — São Paulo : Companhia das Letras, 2007.

Título original: Magic seeds
ISBN 978-85-359-1028-5

1. Ficção inglesa I. Título.

07-2636   CDD-823

Índice para catálogo sistemático:
1. Ficção: Literatura inglesa 823

2007

Todos os direitos desta edição reservados à
EDITORA SCHWARCZ LTDA.
Rua Bandeira Paulista, 702, cj. 32
04532-002 — São Paulo — SP
Telefone: (11) 3707-3500
Fax: (11) 3707-3501
www.companhiadasletras.com.br

SEMENTES MÁGICAS

Mais tarde — na floresta de teca, no primeiro acampamento, quando ele, na primeira noite que passou montando guarda, se surpreendeu em certos momentos desejando apenas chorar, e quando, com o alívio da aurora, sobreveio também o impressionante grito de um pavão longínquo, o grito que os pavões proferem às primeiras horas da manhã, depois de terem tomado seu primeiro gole d'água em algum lago da floresta: um grito áspero, cortante, que devia falar de um mundo revigorado e refeito, mas que após a demorada noite ruim parecia falar apenas de tudo o que se havia perdido, homem, ave, floresta, mundo; e então, quando aquele acampamento se tornou uma lembrança romântica, nos entorpecentes anos da guerrilha, sempre em marcha, na floresta, nas aldeias, nas cidadezinhas, quando viajar disfarçado muitas vezes dava a impressão de ser um fim em si e durante a maior parte do dia era possível esquecer o propósito mesmo do disfarce, quando ele se sentia decaindo intelectualmente, quando notava a desintegração de partes de sua personalidade; e depois, na prisão, com aquela sua ordem abençoada, seus horários rígidos, suas normas mantenedoras, a renovação que aquilo lhe proporcionava —, mais tarde lhe foi possível determinar as etapas que ele percorrera ao passar do que teria chamado de mundo real a todas as subseqüentes áreas de irrealidade: passando, por assim dizer, de um compartimento estanque do espírito para outro.

1
OS VENDEDORES DE ROSAS

Tinha começado muitos anos antes, em Berlim. Era outro mundo. Ele levava uma vida provisória, em suspenso, no apartamento de sua irmã Sarojini. Depois de seus anos de África, fora um conforto enorme a proteção oferecida por esse novo tipo de vida, fazendo dele quase um turista, livre de exigências e ansiedades. Aquilo tinha de acabar, claro; e começou a acabar no dia em que Sarojini disse: "Faz seis meses que você está aqui. Não sei se conseguirei renovar seu visto novamente. Você sabe o que isso significa. Talvez não possa continuar aqui. E não adianta reclamar. Precisa começar a pensar em se mudar. Tem idéia de um lugar para onde possa ir? Tem algo que queira fazer?".

Disse Willie: "Estou a par desse problema do visto. Tenho pensado nisso".

Disse Sarojini: "Sei o que você quer dizer quando fala que está pensando num assunto. É sinal de que o guardou a sete chaves em algum lugar da cabeça".

Disse Willie: "Não sei o que fazer. Não sei para onde ir".

"Você nunca achou que precisava fazer o que quer que fosse. Nunca se deu conta de que os homens precisam fazer o mundo para si próprios."

"Tem razão."

"Não fale assim comigo. É desse jeito que a classe opressora pensa. Só têm de ficar firmes no lugar para que o mundo continue do jeito que eles gostam."

Disse Willie: "Você não me ajuda em nada quando distorce

as coisas. Sabe muito bem o que eu quis dizer. Tenho a sensação de ter sido vítima do destino. O que eu poderia ter feito na Índia? O que poderia ter feito na Inglaterra em 1957 ou em 1958? E na África?".
"Dezoito anos na África. Coitada da sua mulher. Ela achou que tivesse arrumado um homem. Devia ter falado comigo."
Disse Willie: "Sempre fui um sujeito deslocado. Continuo sendo. O que vou fazer aqui em Berlim?".
"Você é deslocado porque quer. Sempre preferiu se esconder. É a psicose do colonizado, a psicose do homem de casta. Puxou seu pai. Passou dezoito anos na África. Havia um movimento guerrilheiro formidável lá. Sabia disso?"
"Era muito longe de onde eu estava. Foi uma guerra travada às escondidas, até os últimos momentos."
"Foi uma guerra grandiosa. Pelos menos no princípio. Quando a gente pensa no que foi aquilo, fica com lágrimas nos olhos. Um povo pobre e desamparado, escravizado em sua própria terra, começando do nada em todos os sentidos. E o que você faz? Vai procurá-los? Junta-se a eles? Tenta ajudá-los? Era uma causa boa o bastante para qualquer um que estivesse atrás de uma causa. Mas não. Você continua na sua fazenda, ao lado da sua adorável mulherzinha mestiça, tampa os ouvidos com o travesseiro e torce para que nenhum guerrilheiro negro malvado entre à noite na casa e o amedronte com seu fuzil e suas botas pesadas."
"Não foi assim, Sarojini. Lá no fundo, no meu íntimo, sempre estive do lado dos africanos, mas eu não tinha uma guerra para travar."
"Se todo mundo dissesse isso, nunca haveria revolução em lugar nenhum. Todos nós temos guerras para travar."
Estavam num café na Knesebeckstrasse. No inverno, Willie achara o lugar quente, vaporoso, civilizado — estudantes trabalhavam como garçons e garçonetes — e acolhedor. Agora que o verão chegava ao fim, achava-o rançoso e opressivo, seus rituais já muito batidos, uma advertência a Willie — a despeito do que Sarojini dizia — do tempo que passava improdutivamente, evocando o misterioso soneto que eles haviam sido obrigados a decorar na escola missionária. *E esse tempo arredado no entanto era verão...*

Um jovem tâmil entrou, vendendo rosas vermelhas. Sarojini fez um pequeno gesto com a mão e pôs-se a vasculhar a bolsa. O tâmil se aproximou e estendeu-lhes as rosas, porém evitando olhá-los nos olhos. Repelia qualquer parentesco com eles. Era cheio de si, o vendedor de rosas, perfeitamente convencido de seu valor. Sem encarar o homem, concentrando-se em suas calças marrons (feitas por um alfaiate de uma terra distante) e na pulseira e no relógio, ambos enormes e folheados a ouro (talvez não fosse efetivamente ouro), que ele tinha no braço peludo, Willie percebeu que, em seu próprio meio, o vendedor de rosas seria alguém insignificante, invisível. Ali, num meio que talvez ele compreendesse tão mal quanto Willie, um meio que ainda não aprendera a ver, era como um homem desgarrado de si mesmo. Tornara-se alguém diferente.

    Willie conhecera um sujeito assim algumas semanas antes, num dia em que saíra à rua sozinho. Estava parado diante de um restaurante sul-indiano vazio, com algumas moscas rastejando na vitrine, em cima dos vasos de plantas e dos pratos artificiais de arroz e *dosas*,* com garçons baixotes, de aspecto amador (talvez não fossem de fato garçons, talvez fossem outra coisa, quem sabe eletricistas ou contadores, imigrantes ilegais recém-chegados), à espreita, na penumbra que havia lá dentro, a qual contrastava com o brilho barato da idéia que alguém fizera de como seria uma decoração oriental. Um indiano ou tâmil aproximara-se de Willie. Era rechonchudo, embora não fosse gordo, tinha um rosto redondo e um boné cinza, com uma estampa de linhas azuis finas, espaçadas umas das outras, como os bonés de golfe Kangol que Willie se lembrava de ver anunciados nas páginas finais dos primeiros livros da editora Penguin: talvez ele houvesse se inspirado naqueles velhos anúncios.

    O sujeito pôs-se a falar sobre o formidável movimento guerrilheiro em vias de eclodir. Willie mostrou-se interessado, até afável. Gostou daquele rosto rechonchudo, sorridente. O boné o cativava. E também a conversa conspiratória e a idéia que ela comunicava, de um mundo prestes a ser surpreendido. Mas

(*) Panqueca feita com farinha de arroz, geralmente servida com legumes condimentados. (N. T.)

quando o homem mencionou a enorme necessidade de dinheiro, quando insistiu nisso, Willie ficou incomodado, depois assustado, e começou a se afastar da vitrine com as moscas enclausuradas e sonolentas. E, apesar de o sujeito continuar dando a impressão de sorrir, de seus lábios macios saiu uma longa, cruel e profunda praga religiosa, proferida em tâmil, que Willie entendeu parcialmente, e assim que essa praga foi proferida, o sorriso do sujeito se desfez e, sob o boné de golfe com o xadrez azul, seu rosto estampou uma careta de ódio feroz.

O súbito emprego do tâmil sobressaltou Willie, a velha praga religiosa em que o sujeito depositara toda sua fé religiosa, aquele ódio profundo e abrupto, qual a estocada de uma navalha. Não contou a Sarojini sobre o encontro com o homem. O hábito de guardar as coisas para si mesmo o acompanhava desde a infância, em casa e na escola; entranhara-se ainda mais nos anos que ele passara em Londres, e tornara-se parte intrínseca de sua natureza nos dezoito anos que vivera na África, quando Willie precisara ocultar tantas obviedades de si mesmo. Consentia que as pessoas lhe falassem coisas que ele estava cansado de saber, e fazia-o não por maldade, não devido a nenhum plano estabelecido, mas em virtude do desejo de não ofender, de deixar que tudo se desenrolasse sem percalços.

Sarojini deixou a rosa ao lado do prato. Seguiu com os olhos o vendedor de rosas enquanto ele caminhava por entre as mesas. Quando ele saiu do café, ela disse para Willie: "Não sei o que você sente em relação àquele homem. Mas ele vale bem mais que você".

Disse Willie: "Claro".

"Não me provoque. Esse jeito dissimulado de falar pode dar certo com estranhos. Não comigo. Sabe por que aquele homem vale mais que você? Porque descobriu que tem uma guerra para travar. Poderia ter dito que tinha outras coisas para fazer. Poderia ter dito que tinha uma vida para viver. Poderia ter dito: 'Estou em Berlim. Custou muito chegar até aqui. Aquelas falsificações todas, os vistos, tanto tempo vivendo às escondidas. Mas agora acabou. Consegui fugir do lugar onde nasci e de tudo o que eu fui. Agora vou fingir que pertenço a este lugar novo e rico. Vou assistir à televisão, vou me familiarizar com os programas estrangeiros e vou colocar na cabeça que isso é algo realmente meu. Irei à KDW e freqüentarei os restaurantes. Aprenderei a beber uísque e vinho e logo estarei contando meu dinheiro, dirigindo meu carro, sentindo que sou como todas aquelas pessoas das propagandas. Chegarei à conclusão de que, no fundo, não é tão difícil assim fazer a transição de um mundo para o outro e terei a sensação de que é assim que deve ser para todos nós'. Ele podia ter chegado a essas conclusões falsas e obscenas. Porém viu que tinha uma guerra para travar. Não reparou, Willie? Ele não olhou para nós. É claro que sabe de onde somos. Sabe da proximidade que há entre nós e ele, mas nos tratou com desprezo. Colocou-nos na categoria dos enganadores."

Disse Willie: "Talvez ele tenha ficado com vergonha por ser tâmil e estar vendendo rosas a essas pessoas na nossa presença".

"Não parecia envergonhado. Aquele rapaz tinha o ar de alguém que tem uma causa, o ar de quem está à parte. É algo que você poderia ter observado na África, se soubesse ver. Esse homem está vendendo rosas em Berlim, mas em algum lugar muito longe daqui essas rosas estão se transformando em armas. É assim que são feitas as revoluções. Estive em alguns acampamentos. Eu e Wolf estamos fazendo um filme sobre eles. Em breve ouviremos muitas notícias a respeito deles. Não há no mundo um exército guerrilheiro tão disciplinado. São ferozes, dão medo. E, se você conhecesse melhor sua própria história, compreenderia o milagre que é isso."

Outro dia, no zoológico, em meio ao cheiro horrível dos animais selvagens mantidos ociosamente em cativeiro, ela disse: "Tenho de falar a você sobre a nossa história. De outro modo, vai achar que eu sou louca como o tio de nossa mãe. Toda a história que você e pessoas como você conhecem sobre nosso país vem de um livro britânico, escrito no século XIX por um sujeito chamado Roper Lethbridge, um inglês que foi inspetor escolar na Índia. Sabia disso? Foi o primeiro grande livro didático de história da Índia e foi publicado na década de 1880, pela editora britânica Macmillan. Ou seja, somente vinte e poucos anos após o Motim, e é claro que era uma obra imperialista, além de ser um livro para vender e dar dinheiro. Mas também era um trabalho de relativa erudição, à maneira britânica, e fez muito sucesso. Nunca houvera nada parecido na Índia, nenhum método de ensino como aquele, nenhum adestramento naquele tipo de história. O livro de Lethbridge teve várias reedições e forneceu muitas das idéias que ainda temos sobre nós mesmos. Dentre elas, uma das mais importantes era a de que, na Índia, havia raças servis, pessoas que nasciam para ser escravas, e raças marciais. As marciais eram boas, as servis não. Eu e você pertencemos, por parte de mãe, à raça servil. Aposto que sabe disso. E aposto que aceita parcialmente isso. É o motivo de ter levado a vida que levou. Os tâmiles que vendem rosas em Berlim pertencem integralmente às raças servis. Essa idéia foi gravada neles das mais variadas formas. E essa idéia britânica sobre a divisão da Índia em raças servis e marciais é completamente equivocada. O exército que a Companhia Britânica das Índias Orientais mantinha no Norte da Índia era composto de hindus de castas superiores. Foi esse o exército que levou as fronteiras do Império Britânico quase até o Afeganistão. Contudo, após o Grande Motim de 1857, esse exército hindu teve seu status rebaixado. Seus integrantes não encontravam mais oportunidades de avanço na carreira militar. Assim, na propaganda britânica, os soldados que haviam expandido o império tornaram-se servis e os povos da fronteira, que eles próprios haviam vencido pouco antes do Motim, tornaram-se marciais. É desta forma que os imperialismos funcionam. É isso que acontece aos povos cativos. E como na Índia não temos noção de história, rapidamente esquecemos nosso passado e sempre acreditamos no que nos dizem. Quanto aos tâmiles do Sul, a nova ordenação britânica dizia que eram sujos. Eram escuros e não tinham inclinação para a guerra; só serviam para trabalhar. Eram enviados como servos para as plantações da Malásia, do Ceilão e de outros lugares. Esses tâmiles que vendem rosas em Berlim a fim de comprar armas tiveram de tirar das costas todo um peso de história e propaganda. Transformaram-se num povo verdadeiramente marcial, e fizeram-no contra todas as probabilidades. Você devia sentir admiração por eles, Willie".

E à sua maneira imperturbável, Willie escutava; em meio ao

cheiro desagradável daqueles animais infelizes, escutava e não dizia nada. Sarojini era sua irmã. Ninguém no mundo o compreendia tão bem. Ela compreendia cada recanto de suas fantasias; compreendia tudo o que acontecera em sua vida na Inglaterra e na África, ainda que no decorrer daqueles vinte anos só tivessem se encontrado uma vez. Willie tinha a sensação de que, mesmo que não trocassem nem uma palavra, ela, que se desenvolvera em tantos sentidos, seria capaz de compreender até os detalhes físicos de uma vida sexual como a que ele tivera. Nada permanecia oculto a ela; e mesmo quando se encontrava em seu ânimo mais revolucionário, vulgar e prepotente, dizendo coisas que já dissera inúmeras vezes, mesmo então ela era capaz de, acrescentando uma frase aqui, outra ali, evocar certos aspectos do passado singular que os dois haviam compartilhado e tocar em coisas dentro de Willie que ele teria preferido esquecer.

Ele não dizia nada quando ela falava, mas prestava atenção em tudo o que ela dizia. Em Berlim, aos poucos se deu conta de algo nela que nunca notara. Embora não se cansasse de falar em injustiças e crueldades e na necessidade de uma revolução, apesar de brincar com quadros vivos de sangue e carnificina em cinco continentes, Sarojini parecia estranhamente serena. Perdera o azedume e a agressividade que a caracterizava no início da vida. Sarojini passara anos definhando no *ashram** da família, sem ter o que almejar além de piedade e subserviência; e muitos anos depois de ter partido de lá, aquela vida funesta no *ashram* — a oferta de curas falsas aos humildes e necessitados — continuava a rondá-la, como se fosse algo a que talvez tivesse de voltar caso as coisas com Wolf dessem errado.

Ela já não experimentava aquela ansiedade. Assim como aprendera a vestir-se para enfrentar o clima frio e se fizera atraente (os dias de malhas e meias de lã com um sári tinham ficado muito para trás), também as viagens, os estudos, a política da revolução e sua tranqüila vida partida ao meio com o fotógrafo pouco exigente pareciam ter lhe proporcionado um sistema intelectual completo. Nada mais a surpreendia ou a magoava. Sua visão do mundo era capaz de absorver tudo: assassinatos

(*) Santuário, local de retiro religioso. (N. T.)

políticos na Guatemala, revolução islâmica no Irã, tumultos e conflitos entre castas na Índia e mesmo os roubos triviais praticados por uma questão de hábito ou princípio de comerciante pelo dono do depósito de bebidas em Berlim, quando entregava suas encomendas no apartamento, sempre com duas ou três garrafas de vinho a menos ou trocadas, os preços adulterados por meio de estratagemas complexos, desconcertantes.

Dizia ela: "É isso que acontece em Berlim Ocidental. Estão no fim de um corredor aéreo e tudo aqui é subsidiado. Por isso gastam energia com esse tipo de ratonice. É o grande fiasco do Ocidente. Ainda vão se dar conta disso".

A própria Sarojini, por intermédio de seu fotógrafo, vivia de um subsídio oferecido por algum órgão do governo alemão-ocidental. De modo que sabia do que estava falando; e não estava nem aí.

Ao receber mais uma caixa de vinho e cerveja, dizia: "Vejamos o que o patife aprontou dessa vez".

A Sarojini que ele deixara para trás na Índia, fazia vinte anos ou mais, nunca teria sido capaz de nada parecido com isso. E era a essa sua nova serenidade, a esse seu linguajar novo e elegante que ele cada vez mais se via reagindo em Berlim. Willie olhava a irmã com admiração. Assombrava-o e excitava-o que fosse sua irmã. Após seis meses com ela — os dois nunca haviam passado tanto tempo juntos depois de adultos —, o mundo começou a mudar para ele. Assim como sentia que ela era capaz de penetrar todas as suas emoções, inclusive suas necessidades sexuais, assim também ele começou a penetrar a maneira que ela tinha de ver as coisas. Havia lógica e ordem em tudo o que ela dizia.

E Willie viu, coisa que em seu íntimo ele agora tinha a impressão de sempre ter sabido, embora jamais o houvesse aceitado, Willie viu que havia os dois mundos de que Sarojini falava. Um deles era ordenado, firmemente estabelecido, suas guerras travadas. Nesse mundo sem guerras nem perigos de verdade as pessoas haviam se simplificado. Assistiam à televisão e encontravam as comunidades a que queriam pertencer; comiam e bebiam coisas certificadas; e contavam seu dinheiro. No outro mundo, as pessoas eram mais frenéticas. Estavam desesperadas por entrar no mundo mais simples e ordenado. Contudo, embora permanecessem à margem de uma centena de lealdades, os resíduos da velha história as agrilhoavam; centenas de pequenas guerras as enchiam de ódio e dissipavam suas energias. No ambiente livre e agitado da Berlim Ocidental, tudo parecia fácil. Mas não muito longe dali havia uma fronteira artificial, e para lá dessa fronteira havia constrições e outro tipo de gente. Nas antigas ruínas de grandes edifícios, cresciam ervas e por vezes árvores; em toda parte, estilhaços e bombas haviam penetrado as pedras e o estuque.

Os dois mundos coexistiam. Era idiotice fingir que não. E agora Willie sabia com clareza a qual deles pertencia. Parecera-lhe natural, vinte anos antes, na Índia, querer esconder-se. Tudo o que adviera desse desejo agora lhe parecia vergonhoso. Sua meia vida em Londres; e depois, toda sua vida na África, aquela vida em que ele se esmerava por permanecer parcialmente oculto, aferindo seu sucesso pelo fato de que em seu grupo de segunda classe, formado por portugueses mestiços, não se sobressaía muito, era "passável"; toda aquela vida parecia vergonhosa.

Um dia Sarojini trouxe para o apartamento um exemplar do *Herald Tribune*. O jornal estava dobrado de maneira a exibir uma reportagem em particular. Mostrou-a para ele e disse: "É sobre o lugar em que você vivia".

Disse Willie: "Por favor, não me interessa. Já lhe disse".

"Precisa começar a se interessar."

Ele pegou o jornal e disse com seus botões, pronunciando o nome da mulher: "Ana, me perdoe". Mal chegou a ler o que estava escrito na reportagem. Não precisava. Reviveu tudo mentalmente. A guerra civil tornara-se verdadeiramente sangrenta. Não havia movimento de tropas; apenas ataques súbitos, homens que atravessavam a fronteira para queimar, matar, aterrorizar e depois voltar. Havia uma foto de prédios de concreto branco com os telhados incendiados e marcas de fumaça delineando as janelas vazias: a arquitetura simples das colônias rurais já transformada em ruína. Pensou nas estradas que conhecia, nos cones de rocha azul, na cidadezinha litorânea. Todos por lá fingiam que o mundo se tornara um lugar seguro; mas em seu íntimo sabiam que a guerra estava se aproximando e que um dia as estradas desapareceriam.

Certa feita, quando o conflito estava no princípio, eles tinham feito essa brincadeira no almoço de domingo. Vamos supor, haviam dito, que estivéssemos isolados do resto do mundo. Imaginemos como seria viver aqui sem que nos chegasse nada de fora. A primeira perda, claro, seriam os carros. Depois não haveria mais remédios. Ficaríamos sem roupas. Sem eletricidade. E assim, durante o almoço, com os meninos uniformizados e os carros com tração nas quatro rodas estacionados no pátio de areia, eles tinham feito essa brincadeira, imaginando uma situação de privação. E tudo aquilo acabara acontecendo.

Willie, muito envergonhado em Berlim ao refletir sobre seu comportamento na África, pensou: "Não posso mais me esconder. Sarojini tem razão".

Todavia, como era seu costume, não contou a ela o que estava pensando.

Uma tarde, caminhavam sob as árvores de uma das grandes avenidas comerciais da cidade. Willie parou em frente à loja Patrick Hellmann para olhar as roupas Armani expostas na vitrine. Vinte anos antes, ele não sabia nada sobre roupas, não entendia de tecidos nem de cortes; agora era diferente.

Disse Sarojini: "Quem você acha que é a pessoa mais importante do mundo?".

Disse Willie: "Armani é bem importante, mas acho que não é isso que você quer que eu diga. É outra coisa, não é?".

"Tente."

"Ronald Reagan."

"Sabia que ia dizer isso."

Disse Willie: "Foi uma provocação".

"Não, não. Tenho certeza que é isso que você pensa. Mas eu não quis dizer poderoso. Falei importante. O nome Kandapalli Seetaramiah significa alguma coisa para você?"

"É ele o mais importante?"

"Um homem importante não é necessariamente um homem poderoso. Lênin não era poderoso em 1915 ou 1916. Na minha visão das coisas, um homem importante é alguém capaz de mudar o curso da história. Quando, daqui a cem anos, a história

definitiva da revolução do século XX for escrita e vários preconceitos etnocêntricos tiverem sido descartados, Kandapalli estará lá, ao lado de Lênin e Mao. Disso não tenho a menor dúvida. E você nem ouviu falar dele. Eu sei."
"Ele faz parte do movimento tâmil?"
"Ele não é tâmil. Mas Kandapalli e o movimento tâmil são elementos do mesmo processo regenerativo em curso no mundo. Se eu conseguisse fazê-lo acreditar nesse processo, você seria outra pessoa."
Disse Willie: "Não sei nada sobre a história francesa além da tomada da Bastilha. Mas ainda me lembro de alguma coisa a respeito de Napoleão. Tenho certeza de que compreenderia Kandapalli se você me explicasse".
"Será? A importância extraordinária de Kandapalli como revolucionário se deve ao fato de que ele deu fim à linha Lin Piao."
Disse Willie: "Você está indo rápido demais para mim".
"Você está querendo me tirar do sério. Está se fazendo de bobo. É claro que conhece Lin Piao. O mundo inteiro conhece Lin Piao. Foi ele quem teve a idéia de liquidar os inimigos de classe. No começo, parecia simples e excitante o caminho a ser seguido. Na Índia, ainda havia o atrativo de ser algo que vinha da China, e pensamos que isso nos colocava lado a lado com os chineses. Na realidade, foi o fim da revolução. A linha Lin Piao transformou a revolução num teatro da classe média. Jovens exibicionistas da classe média urbana usando roupas de camponeses, escurecendo a pele com suco de nozes, juntando-se a gangues de marginais, pensando que fazer a revolução significava matar policiais. A polícia não teve a menor dificuldade em acabar com eles. As pessoas nesse tipo de movimento sempre subestimam a polícia, não sei por quê. Deve ser porque se superestimam demais.
"Isso tudo aconteceu quando você estava na África, onde estava sendo travada uma guerra de verdade. Mais tarde, as pessoas daqui disseram que tínhamos perdido uma geração inteira de jovens revolucionários brilhantes e que jamais seríamos capazes de substituí-los. Eu mesma tinha essa sensação e passei muitos meses deprimida. Na Índia, o progresso intelectual é vagaroso. Isso é uma coisa que você está cansado de saber. O trabalhador rural sem-terra vai para a cidade, e é possível que seu filho

se torne um escriturário. O filho do escriturário talvez consiga chegar ao ensino superior, e o filho dele se forma médico ou cientista. Por isso lamentávamos tanto. Tinham sido necessárias várias gerações para o surgimento de um exército de talentos revolucionários, e a polícia em pouco tempo destruíra a luta e o desenvolvimento intelectual de cinqüenta ou sessenta anos. Era terrível pensar nisso.

"Vou explicar a sensação. Às vezes, durante uma tempestade, caem algumas árvores velhas muito bonitas. Você não sabe o que fazer. A primeira coisa que sente é raiva. Começa a procurar um inimigo. Então, muito rapidamente se dá conta de que a raiva, por mais reconfortante que seja, é inútil, percebe que não há do que nem de quem sentir raiva. É preciso encontrar outra maneira de lidar com a perda. E era assim que eu me sentia, oca e infeliz, quando ouvi falar de Kandapalli. Acho que nunca tinha ouvido falar dele antes. Ele proclamava uma nova revolução. Dizia que aquela conversa sobre a perda de uma geração de revolucionários brilhantes era choradeira sentimentalóide. Não eram particularmente brilhantes, não tinham uma formação das melhores nem sequer chegavam a ser bons revolucionários. Se fossem, não se teriam deixado enganar pela estupidez da linha Lin Piao. Não, dizia Kandapalli, tudo o que sucedera fora que havíamos tido a sorte de perder uma geração de tolos semi-analfabetos e autocentrados.

"Isso me deixou bastante magoada. Eu e Wolf havíamos trabalhado muito com os revolucionários. Conhecíamos alguns deles pessoalmente. Mas a brutalidade das palavras de Kandapalli me fez refletir sobre certas coisas que eu havia notado, porém deixara de lado. Lembrei do homem que viera nos ver no hotel. Era um sujeito absurdamente vaidoso. Queria que soubéssemos como era bem relacionado no exterior. Quando lhe oferecemos um drinque, ele disse com a maior cara-de-pau que queria uma dose tripla de uísque importado. Naquele tempo, o uísque importado custava três ou quatro vezes mais que o indiano. Ele estava pedindo uma coisa caríssima. E então, com uma espécie de auto-satisfação, ficou nos encarando para ver nossa reação. Achei-o desprezível, mas, obviamente, tínhamos sido treinados para controlar nossas expressões. E é claro que o uísque triplo foi demais para ele.

"Refleti sobre isso e sobre outras coisas, e então minha mágoa inicial com as palavras de Kandapalli deu lugar ao deslumbramento com o brilhantismo e a simplicidade de sua análise. Ele proclamava o fim da linha Lin Piao. Em seu lugar, anunciava a Linha das Massas. A revolução tinha de vir de baixo, dos vilarejos, do povo. Nesse movimento não havia lugar para os farsantes da classe média. E por incrível que pareça, das ruínas daquela revolução falsa, Kandapalli já pôs em andamento uma verdadeira revolução. Libertou áreas enormes. Mas, ao contrário dos que o precederam, não gosta de publicidade.

"Não foi nada fácil conseguir um encontro com ele. Os mensageiros eram desconfiados. Formavam uma rede de informações. Não queriam se envolver conosco. Por fim, passamos vários dias andando na floresta. Eu tinha a impressão de que não estávamos indo a lugar nenhum. Mas finalmente, uma tarde, quando já era quase hora de montarmos acampamento para passar a noite, chegamos a uma pequena clareira. A luz do sol incidia de um jeito muito bonito sobre uma comprida choupana de barro com telhado de sapê. Em frente, via-se um campo de mostarda parcialmente ceifado. Essa era a base de Kandapalli. Uma delas. Após todo aquele drama, encontramos um homem simples. Era baixo e escuro. Um professor primário, sem qualificações. Um homem nascido em Warangal. Nas ruas de uma cidade, ninguém repararia nele. Warangal é um dos lugares mais quentes da Índia, e quando ele começou a falar sobre os pobres, seus olhos ficaram marejados e ele tremia."

Foi assim que, nas últimas semanas do verão em Berlim, teve início um novo tipo de vida emocional para Willie.

Disse Sarojini: "Todas as manhãs, quando se levantar, você deve pensar não só em si mesmo, mas também nos outros. Pense em algo que esteja próximo de você aqui. Pense em Berlim Oriental, nas ruínas cobertas de mato, nas marcas deixadas nas paredes pelos bombardeios de 1945, nas pessoas hoje em dia, caminhando cabisbaixas pelas ruas. Pense naquele lugar da África

em que você viveu. Talvez não queira se lembrar da coitada da Ana, mas pense na guerra que havia por lá. E que continua a ser travada. Pense na sua casa. Tente imaginar Kandapalli na floresta. São lugares reais, com pessoas reais".
    Noutro dia ela disse: "Fui intolerante com você vinte anos atrás. Eu o censurava demais. Era uma tola. Sabia tão pouco. Não tinha lido quase nada. Só conhecia a história de nossa mãe e sabia do tio radical que ela tinha. Agora percebo que você era como Mahatma Gandhi, e não podia ser senão quem você era".
    Disse Willie: "Ah, meu Deus. Gandhi — isso nunca teria me passado pela cabeça. Ele está a léguas e mais léguas de distância de mim".
    "Achei que isso o deixaria surpreso. Mas é verdade. Quando tinha dezoito ou dezenove anos, Gandhi foi estudar direito na Inglaterra. Vivia como um sonâmbulo em Londres. Não tinha meios de compreender aquela cidade extraordinária. Mal sabia o significado das coisas que via. Não conhecia a arquitetura nem os museus, não fazia idéia dos grandes escritores e políticos que a cidade ocultava na década de 1890. Acho que não foi sequer uma vez ao teatro. Só conseguia pensar no curso de direito, na comida vegetariana, em cortar seu próprio cabelo. Assim como Vishnu flutuava no oceano primevo do não-ser, assim também, na Londres de 1890, Gandhi flutuava num oceano de não-ver e não-saber. Ao cabo de três anos levando essa meia vida, ou esse um quarto de vida, ele caiu numa depressão profunda. Percebeu que precisava de ajuda. Havia no Parlamento um deputado conservador que tinha a reputação de se interessar pelos indianos. Era a única pessoa a quem Gandhi sentia que podia recorrer. Escreveu uma carta ao sujeito e foi vê-lo. Tentou explicar-lhe sua depressão e, passados alguns instantes, o deputado disse: 'Já sei qual é o seu problema. Você não sabe nada sobre a Índia. Não conhece nada da história indiana'. Recomendou alguns livros imperialistas. Não sei se Gandhi chegou a lê-los. Ele estava em busca de auxílio prático. Não queria que lhe dissessem para ler um livro de história. Não lhe parece, Willie, que há um pouco de você nesse jovem Gandhi?"
    Disse Willie: "Como ficou sabendo desse encontro entre Gandhi e o deputado? Isso foi há muito tempo. Quem lhe contou?".

"Gandhi escreveu uma autobiografia nos anos 1920. Um livro notável. Muito simples, muito breve, muito honesto. Um livro sem bravatas. Um livro tão verdadeiro que todo indiano, jovem ou velho, consegue enxergar a si próprio em suas páginas. Não há outro livro como esse na Índia. Seria um épico indiano moderno se as pessoas o lessem. Mas não o lêem. Acham desnecessário. Acham que o conhecem. Que não têm nada a descobrir nele. É assim que os indianos são. Eu nem sabia sobre essa autobiografia. Foi o Wolf que me perguntou se eu a havia lido. Isso foi pouco depois de ele aparecer no *ashram* do nosso pai. Ficou chocado quando soube que eu não conhecia o livro. Já o li duas ou três vezes. É uma leitura tão fácil, uma história tão boa, que você vai lendo, vai se envolvendo e de repente se dá conta de que não prestou a devida atenção em todas as coisas profundas que ele estava dizendo."

Disse Willie: "Sinto que você teve muita sorte com o Wolf".

"Ele tem outra família. Isso ajuda muito. Não preciso ficar o tempo todo com ele. E ele é ótimo professor. Acho que é um dos motivos de ainda estarmos juntos. Sou alguém a quem ele pode ensinar. Wolf logo percebeu que eu não tinha a menor noção de tempo histórico, notou que eu não conseguia perceber a diferença entre cem e mil anos, entre duzentos e dois mil anos. Eu sabia sobre nossa mãe e o tio dela e uma ou outra coisa sobre a família do nosso pai. Com exceção disso, tudo o mais era um borrão, um oceano primevo, onde figuras como Buda, Akbar, a rainha Elizabeth, a rani de Jhansi, Maria Antonieta e Sherlock Holmes flutuavam e se entrecruzavam. Wolf me ensinou que a coisa mais importante num livro é a data. Não faz sentido ler um livro se você não sabe quando ele foi escrito, se não sabe quão distante ou quão perto ele está de você. A data fixa o livro no tempo, e quando você conhece outros livros e acontecimentos, as datas começam a compor uma escala temporal. Não dá para explicar a libertação que isso foi para mim. Quando penso em nossa história, já não me sinto afundando numa degradação atemporal. Vejo com mais clareza. Tenho uma noção da escala e da seqüência das coisas."

Willie recaía em velhos hábitos. Vinte e cinco anos antes, quando Londres se mostrara tão informe e desconcertante para ele quanto (segundo Sarojini) havia sido para o mahatma em 1890, Willie recorrera aos livros na tentativa de sair daquele aturdimento, procurando a biblioteca da faculdade para instruir-se sobre as coisas mais banais. De modo que agora, para fazer páreo à envergadura do conhecimento de Sarojini, e com a esperança de alcançar sua serenidade, ele se pôs a ler. Usava a biblioteca do British Council. Lá, certo dia, encontrou — não a estava procurando — a autobiografia do mahatma, na tradução inglesa preparada por seu secretário.

A narrativa agradável e simples o arrebatou. Não conseguia largar o livro, queria sorvê-lo por inteiro, numa sentada só, um capítulo após o outro; mas não demorou a ser importunado por uma série de detalhes de que já não se lembrava bem, eventos que já não tinham uma seqüência clara, passagens que ele lera muito rapidamente; e (como Sarojini havia dito) tinha sempre de voltar, ler aquelas palavras fáceis mais devagar, compreender as coisas extraordinárias que o autor dizia à sua maneira tão plácida. Um livro (especialmente no começo) sobre vergonha, ignorância, incompetência: toda uma cadeia de memórias que Willie (ou seu pobre pai, pensava ele) teria preferido levar consigo para o túmulo, mas que a coragem daquela confissão muito simples, conquistada sabe lá Deus à custa de quanto sofrimento, tornava inofensiva, quase parte integrante da memória popular, na qual cada indiano podia ver a si próprio.

Pensou Willie: "Quem dera esse livro reparador tivesse me caído nas mãos vinte e cinco anos atrás. Talvez hoje eu fosse outra pessoa. Teria almejado outra vida. Não teria levado aquela vida abjeta entre estranhos na África. Teria percebido que não estava sozinho no mundo, que um grande homem havia estado aqui antes de mim. Em vez disso, eu lia Hemingway, que era tão distante de mim, que não tinha nada para me oferecer, e escrevia aqueles meus contos falsos. Que escuridão, que auto-ilusão, que desperdício. Se bem que naquela altura talvez eu não tivesse sabido ler o livro. Talvez não me dissesse nada. Talvez eu precisasse experimentar aquela vida para agora poder enxergá-la com mais nitidez. Talvez as coisas aconteçam quando têm de acontecer".

Disse ele a Sarojini, quando estavam conversando sobre o livro: "Esse não é o mahatma de que ouvíamos falar na Índia. Diziam para a gente que ele era um patife, um ator, falso até o último fio de cabelo".

Disse ela: "Para o tio de nossa mãe, ele era o representante de uma casta opressora. Isso era tudo o que nos diziam. Fazia parte da guerra entre castas deles, da revolução que pretendiam fazer. Não conseguiam pensar em nada maior. Ninguém achava que precisava saber mais sobre o mahatma".

Disse Willie: "Se ele não tivesse ido para a África do Sul, se não tivesse deparado aquela outra vida, será que não teria feito nada? Teria continuado a ser como sempre havia sido?".

"É quase certo que sim. Mas releia os capítulos mais importantes. Você verá como tudo é relatado com imparcialidade e poderá tirar suas próprias conclusões."

"Como a África do Sul o escandalizou! Dá para sentir a vergonha, a perplexidade que tomou conta dele. Ele não estava preparado para aquilo. O terrível incidente no trem noturno, e depois aquele colono tâmil com a cabeça ensangüentada, clamando a ele por justiça."

Disse Sarojini: "Espancado pelo fazendeiro para o qual trabalhava e ao qual estava submetido até resgatar a dívida contraída por ocasião de sua migração. Os servos que o império transplantava, destituídos de todo e qualquer direito. Podia-se submetê-los a tudo. Os ancestrais dos nossos vendedores de rosas aqui em Berlim. Progrediram muito em cem anos. Agora têm condições de travar sua própria guerra. Isso devia fazer você se sentir bem. Não temos como nos colocar no lugar de Gandhi. Presenciar a mais gratuita das brutalidades e não poder fazer nada. A maioria de nós teria fugido e se escondido. Foi o que fez a maior parte dos indianos, e continua fazendo. Mas Gandhi, com sua inocência sagrada, pensou que havia algo que ele podia fazer. Foi assim que deu início a sua vida política, com essa necessidade de agir. 'O que posso fazer?' E foi assim até o último instante. Pouco antes da independência, houve distúrbios comunais horríveis em Bengala. Ele foi até lá. Algumas pessoas espalharam garrafas quebradas e cacos de vidro por onde ele, o frágil e envelhecido mahatma, o homem de paz, passaria caminhando. A essa altura ele se achava imerso em sua busca religiosa, mas ainda lhe restava uma boa dose da velha lucidez, e com freqüência o ouviam falando sozinho naqueles dias, indagando a si mesmo: 'O que posso fazer? O que posso fazer?'.

"Nem sempre havia muito o que ele pudesse fazer. É fácil esquecermos isso. Nem sempre ele foi o mahatma seminu. O caminho semi-religioso que ele começou a trilhar na África do Sul — a comuna, a importância do trabalho de cada um para a subsistência de todos, o emaranhado de noções extraídas de Tolstói e Ruskin — não o ajudava em nada naquela situação. Na autobiografia, o relato dos vinte anos que ele passou na África do Sul é vívido e repleto de acontecimentos, repleto das coisas que ele estava fazendo. Tem-se a impressão de que está em curso algo grandioso, algo que transformará a África do Sul, mas boa parte da luta que ele descreve é pessoal e religiosa, e visto com maior distanciamento, percebe-se que esse período na África do Sul foi um fracasso total. Ele tinha quarenta e seis anos quando desistiu e voltou para a Índia. Cinco anos a mais que você, Willie, e sem nada para mostrar por seus vinte anos de trabalho. Na Índia, ele recomeçou do nada. Teve de refletir muito, naquela altura e depois também, sobre como fazer para, sendo um estranho, inserir-se num contexto local em que já havia vários líderes mais cultos que ele. Hoje pode parecer que as coisas já estavam acontecendo e que, por ser o mahatma, tudo o que ele precisava fazer em 1915 era deixar que o levassem para o topo. Não foi assim. Ele fez as coisas acontecerem. Ele criou a onda. Era uma mistura de reflexão e intuição. Acima de tudo, reflexão. Era um verdadeiro revolucionário."

E Willie não disse nada.

Sarojini o fizera percorrer um longo caminho. Infundira-lhe o exercício mental diário de se imaginar de volta aos lugares mais desolados que havia visto ou conhecido. Isso já se tornara um hábito em suas manhãs; e agora, num prolongamento dessa meditação matinal, Willie se surpreendia reavaliando a vida que levara na Índia e em Londres, reavaliando a África e seu casamento, aceitando tudo sob uma nova luz, sem esconder nada, mesclando todo o pháthos do seu passado amorfo com um ideal novo e enobrecedor.

Pela primeira vez na vida, ele começou a experimentar algo que se poderia chamar efetivamente de orgulho. Sentia-se, por assim dizer, ocupando espaço quando caminhava pelas ruas; e indagava a si mesmo se seria assim que as outras pessoas se sentiam o tempo inteiro, sem precisar fazer esforço, todas as pessoas seguras de si que ele conhecera em Londres e na África. Aos poucos, a esse orgulho somou-se uma alegria imprevista, que era como uma recompensa adicional, a alegria de saber que ele rejeitava tudo o que via. Sarojini havia lhe dito que as pessoas que ele via viviam tão-somente para o prazer. Comiam, assistiam à televisão e contavam seu dinheiro; tinham sido reduzidas a uma simplicidade terrível. Willie via como essa simplicidade era antinatural; e ao mesmo tempo sentia a excitação proporcionada pelos novos movimentos do seu coração e da sua mente; e sentia-se acima de tudo que o circundava.

Cinco meses antes, em meio ao adorável, surpreendente e restaurador inverno, quando, na condição de refugiado da África, ele não dispunha de nenhum lugar realmente seu para o qual pudesse voltar, tudo lhe parecera acolhedor e abençoado. Os edifícios não haviam mudado, as pessoas tampouco — tudo o que ele podia dizer era que aprendera a identificar as pobres mulheres de meia-idade do Leste, mortificadas, amortecidas, a duas fronteiras de distância. Lembrava-se daqueles dias, a memória de sua felicidade, muito distintamente. Não a rejeitava. Era um indício de quão longe ele havia ido.

Aquela alegria, por não existir na Berlim real, e sim numa bolha especial — o apartamento de Sarojini, o dinheiro de Sarojini, as conversas de Sarojini —, não poderia ter durado. Vinte anos antes, ele teria desejado agarrar-se àqueles bons tempos, teria tentado fazer, em Berlim, a cidade no fim do estreito corredor aéreo, o que depois faria na África. E a coisa teria acabado pior que na África. Podia ter ficado como o indiano que ele conhecera um dia, um sujeito culto, de uns trinta anos, óculos com aros dourados, que chegara a Berlim com grandes esperanças e agora era um mendigo de cara lustrosa, maltrapilho e adulador, sem lugar para dormir, a cabeça já não muito boa, um hálito horrível, o braço quebrado numa tipóia imunda, queixando-se dos maus bocados que passava nas mãos de jovens criminosos.

Naqueles cinco meses Willie percorrera um longo caminho. Nunca para ele houvera um período assim, um período em que não experimentara nenhuma ansiedade mais premente, em que não precisara representar para ninguém, e em que, como num conto de fadas, ele e a irmã haviam se tornado adultos sem sofrer em demasia. Willie sentia que tudo o que havia pensado e elaborado durante aqueles cinco meses era verdade. Resultava de uma nova serenidade. Todas as coisas que sentira antes, todos os desejos aparentemente reais que o haviam levado à África, tudo aquilo era falso. Já não sentia vergonha; aceitava tudo; compreendia que tudo o que lhe havia sucedido fora uma preparação para o que estava por vir.

2
PAVÕES

Puseram-se a esperar por Kandapalli. Mas ele não dava notícias. O verão começava a se extinguir. Disse Sarojini: "Não desanime. Esta é apenas a primeira de muitas provações. Acontece quando a pessoa faz algo incomum, e Wolf diz que não será tão fácil para você quanto seria para alguém das tribos locais. Eles ficam preocupados com gente de fora como você. Nós mesmos tivemos muitos problemas com o pessoal do Kandapalli, e estávamos só fazendo um filme. Se você pertencesse a uma tribo local, bastaria procurar alguém de calças — essa é a imagem que eles fazem das pessoas que ocupam posições de comando — e dizer: 'Dada, quero entrar para o movimento'. E o sujeito de calças diria: 'Qual é o nome da sua aldeia? Qual é a sua casta? Como se chama o seu pai?'. Todas as informações necessárias estariam contidas nessas respostas simples, as quais poderiam ser facilmente averiguadas. No seu caso, a avaliação é um pouco mais demorada. Falamos a eles sobre o tio de nossa mãe, e contamos sobre os anos que você passou na África. Enfatizamos o lado radical".

Disse Willie: "Eu preferia ter começado sem histórias. Preferia ser eu mesmo. Começar do zero".

Sarojini pareceu não ouvir. "Você vai ter de andar muito. Devia ir se acostumando. Compre umas alpargatas. Precisa engrossar a sola do pé."

Willie passava horas a fio caminhando pelas florestas arenosas de Berlim. Deixava que as trilhas o conduzissem. Uma tarde, chegou a uma clareira ensolarada e, antes que tivesse tempo de descobrir onde estava, viu-se caminhando no meio de uma porção de homens nus, todos olhando, deitados na grama alta, entre as bicicletas que sem dúvida haviam levado alguns deles até ali. As bicicletas estavam deitadas de lado no chão, e as posturas retorcidas de homens e máquinas pareciam estranhamente expectantes e similares.

Quando contou a Sarojini sobre a pequena e intimidante aventura, ela disse: "É um lugar de homossexuais. Todo mundo sabe. Você precisa tomar cuidado. Do contrário vai se meter em encrenca muito antes de chegar a Kandapalli".

Um dia Sarojini disse: "Finalmente. Wolf recebeu uma carta da Índia, escrita por um homem chamado Joseph. É um professor universitário. Pelo nome, dá para ver que é cristão. Não está na clandestinidade. Ao contrário, leva uma vida às claras e toma bastante cuidado para se manter limpo. Em todos esses movimentos há gente assim. É bom para nós, bom para eles e bom para as autoridades. Joseph concordou em recebê-lo e, se gostar de você, vai encaminhá-lo".

E assim, depois de mais de vinte anos, Willie tornou a ver a Índia. Saíra de lá com muito pouco dinheiro, presente de seu pai; e estava voltando com muito pouco dinheiro, presente de sua irmã.

A Índia começou para ele no aeroporto de Frankfurt, na pequena área de embarque reservada aos passageiros com destino à Índia. Willie estudou os indianos que havia ali — gente que, após algumas horas, ele muito provavelmente nunca tornaria a ver — com mais receio do que estudara os tâmiles e outros indianos em Berlim. Enxergava a Índia em tudo o que vestiam e faziam. Sua missão o absorvia, a revolução tomava conta de sua alma, e ele sentia uma grande distância em relação àquelas pessoas. Contudo, em cada detalhe, a Índia que ele observava na sala de embarque e depois no interior do avião, a Índia terrível da vida familiar indiana, a maneira de comer, os linguajares, a idéia de pai, a idéia de mãe, as sacolas de compras, aquelas sacolas de plástico surradas, completamente amarfanhadas (às vezes estampando o nome comprido e irrelevante de uma loja) — essa Índia começou a assediá-lo, pôs-se a lembrá-lo de coisas que ele pensava ter esquecido e deixado para trás, coisas que a idéia da missão que escolhera para si havia apagado; e a distância que Willie sentia em relação aos outros passageiros diminuiu. Depois de uma noite comprida, ele sentiu algo semelhante a pânico ao pensar na Índia que se aproximava, a Índia oculta debaixo da claridade ofuscante que ele via da janela do avião. Refletiu: "Quando pensava nos dois mundos, eu tinha uma idéia muito clara de qual deles era o mundo a que eu pertencia. Mas, na realidade, o que eu gostaria agora era de poder voltar algumas horas no tempo e ficar espiando as vitrines da loja Patrick Hellmann em Berlim ou ir ao bar na KDW onde se comem ostras com champanhe".

Quando aterrissaram de manhã cedo, Willie tinha as emoções mais controladas. A luz do dia já era excessiva, o calor já irradiava do asfalto. O pequeno e deteriorado edifício do aeroporto estava movimentado e ecoava ruídos. Os passageiros indianos do avião já pareciam diferentes, já se sentiam em casa, já ostentavam (com suas valises, seus cardigãs e as sacolas plásticas de lojas situadas em cidades famosas do estrangeiro) uma autoridade que os separava do povaréu local. Com suas pás pretas, os ventiladores de teto trabalhavam a todo vapor; as hastes de metal que os fixavam ao teto cobertas por uma espessa camada de graxa e poeira.

Pensou Willie: "Isto é um aeroporto. É assim que devo considerá-lo. Preciso pensar em tudo o que isso significa".

A carpintaria não correspondia à que Willie esperava encontrar num aeroporto. Não era muito superior à que se via nos toscos restaurantes à beira-mar que ele freqüentara em seus finais de semana na África (onde o acabamento grosseiro fazia parte do estilo e da atmosfera). As paredes de concreto haviam sido caiadas negligentemente, com a tinta em vários pontos ultrapassando o concreto e respingando em vidros e madeiras; e por muitos centímetros acima do piso de granilito, as paredes tinham marcas de vassoura e água suja. Junto à parede havia um balde de plástico azul e uma vassourinha encardida, feita de folha de coqueiro; não muito longe dali, via-se uma mulher pequena e escura, agachada, movimentando-se de cócoras em sua camuflagem de roupas escuras, limpando, cobrindo o chão com o que parecia ser uma fina camada de fuligem.

Pensou Willie: "Vinte anos atrás eu não teria visto o que vejo agora. E se vejo o que vejo é porque me tornei outra pessoa. Não posso voltar a ser o velho Willie. Mas preciso recuperar aquela velha maneira de ver as coisas. Do contrário, minha causa estará perdida antes mesmo de eu ter começado. Deixei para trás um mundo de desperdício e aparências. Até pouco tempo atrás eu percebia nitidamente que se tratava de um mundo simples, onde as pessoas haviam sido simplificadas. Não posso retornar àquela visão. Preciso compreender que agora estou entre pessoas que têm crenças e idéias sociais mais complexas e que, ao mesmo tempo, este é um mundo completamente destituído de estilo e artifício. Isto é um aeroporto. Isto funciona. Aqui trabalham muitos indivíduos tecnicamente competentes. É isso que eu preciso ver".

Joseph vivia numa cidade do interior, a algumas centenas de quilômetros de distância.

Era preciso pegar um trem. Para pegar um trem, foi necessário tomar um táxi até a estação ferroviária; e então, tendo sido informado na bilheteria (que lembrava uma caverna, escondida da violenta luz do dia, iluminada por débeis lâmpadas fluorescentes) que só havia lugares disponíveis para dali a alguns dias, Willie foi obrigado a escolher entre instalar-se numa das salas de espera da estação ou procurar um hotel. E a Índia, com as novas definições que as coisas assumiam ali (táxi, hotel, estação ferroviária, sala de espera, banheiro, restaurante) e suas novas disciplinas (agachar no banheiro, comer somente alimentos cozidos, evitar água e frutas de casca fina), logo o tragou.

Há um tipo de ioga em que o discípulo é treinado para movimentar-se bem devagar, concentrando-se em tudo o que a mente determina que o corpo faça; após vários meses de prática (ou, para os mais mundanos e não tão bem-dotados, possivelmente anos), o discípulo sente cada músculo se movimentando individualmente, obedecendo nos mínimos detalhes aos impulsos enviados pela mente. Para Willie, nos primeiros dias de seu retorno à Índia, a mecânica da vida cotidiana tornara-se uma espécie de ioga como essa, uma série de obstáculos a serem vencidos; as coisas mais simples tinham de ser repensadas, reaprendidas.

(Ioga: trancado em seu quarto de hotel indiano, com as janelas abertas para ruídos e odores, ou lá fora na rua, imerso em sua intensa e acelerada vida interior, Willie pegava-se pensando intermitentemente na África, lembrando-se de que, perto do fim do período colonial, a ioga ganhara ares de mania entre as mulheres de meia-idade, como se o simples reconhecimento compartilhado do ideal da perfeição espiritual e corporal fosse capaz de tornar mais suportável aquele mundo à beira do colapso.) Ele passara algum tempo em Berlim se indagando sobre os livros que devia levar para a Índia. A primeira coisa que pensou foi que, após as longas marchas pela floresta e em meio ao silêncio das choupanas das aldeias, as leituras deviam ser leves. Na África, Willie praticamente perdera o hábito de ler, e só conseguiu pensar em *Three men in a boat*, que ele jamais terminara, e num *thriller* dos anos 1930, de Freeman Wills Croft, chamado *The cask* ou *The cask mystery*. Dera com o Croft na casa de um conhecido na África, um exemplar em brochura caindo aos pedaços. Perdera o livro (ou o dono o havia pegado de volta) antes de avançar muito, e a vaga memória do mistério (Londres, um barril boiando no rio, cálculos sobre marés e correntes) permanecera com ele, como uma espécie de poesia. Contudo, antes mesmo de sair procurando esses livros em Berlim, ocorreu-lhe que os leria muito rapidamente. E ainda havia esta outra complicação: com sua cumplicidade, tais livros lhe suscitariam imagens de um mundo que já não lhe servia para nada. Portanto, eram insidiosamente perniciosos e nem um pouco inofensivos e "leves" como ele havia pensado.

Desistiu da idéia de levar livros. Porém um dia, quando estava concluindo sua caminhada, entrou numa loja de antigüidades, atraído pela vitrine abarrotada de vidros coloridos e abajures e vasos e outros objetos delicados e ricamente ornamentados dos anos 1920 e 1930, os quais haviam de uma forma ou de outra sobrevivido à guerra. Havia alguns livros em cima de uma mesa, basicamente brochuras alemãs em letras góticas; mas entre eles, e destacando-se por causa das capas duras desbotadas e da tipografia inglesa, viam-se compêndios de álgebra, geometria avançada e mecânica e hidrostática. Tinham sido publicados na década de 1920, e o papel, proveniente daqueles tempos de penúria, era de baixa qualidade e cinzento; possivelmente algum estudante ou professor os levara da Inglaterra para Berlim. Quando estava na escola, Willie gostava de matemática. Apreciava a lógica, o encanto das soluções; então, ocorreu-lhe que eram esses os livros de que precisaria na floresta. Manteriam sua mente ativa; não se repetiriam; passariam de uma lição a outra, de uma unidade a outra; não apresentariam imagens perturbadoras de homens e mulheres em sociedades esgotadas, demasiadamente simples.

Agora, em seu hotel indiano, próximo à estação ferroviária, tendo que passar uma noite e um dia antes de poder entrar no trem que o levaria à cidade de Joseph, Willie tirou os livros da maleta de lona, a fim de iniciar-se em sua nova disciplina. Começou pelo livro de geometria. A lâmpada do teto era muito fraca. Ele mal conseguia enxergar os tipos apagados no papel velho e cinzento. O esforço cansava-lhe os olhos. Para resolver os problemas, seriam necessárias algumas folhas de papel e um lápis ou uma caneta. Ele não tinha nenhuma dessas coisas. De modo que não havia nada que pudesse fazer. Todavia, não podia ocultar de si mesmo o fato de que o livro de geometria, assim como os outros, era muito difícil para ele. Willie superestimara sua capacidade; seria preciso começar num nível anterior; e mesmo assim era evidente que necessitaria de alguém que lhe servisse de professor e que o encorajasse a seguir em frente. Estivera lendo, ou tentando ler, na cama; não havia mesa no pequeno quarto. Tornou a guardar os livros na mala.

Pensou: "Eu teria mesmo de me livrar desses livros. Eles acabariam me expondo".

Esse insucesso, tão simples, tão breve, tão completo, antes mesmo que ele houvesse começado, encheu-o de pessimismo, tornou difícil para ele a permanência naquele quarto acanhado, entre as paredes repletas de manchas, e ainda mais difícil enfrentar o calor e o zumbido da cidade. Os livros lhe haviam proporcionado uma espécie de orgulho, uma espécie de proteção. Agora ele estava nu. Passou a noite insone, contando cada quarto de hora, e continuou assim no dia seguinte. E no trem, durante todo o trajeto até a cidade de Joseph, seu abatimento só fazia crescer — não obstante isso, o tempo inteiro, a noite toda, em meio à gritaria das paradas em cada estação ferroviária, o trem o levava, gostasse disso ou não, para aquilo com o que agora estava comprometido. De manhã cedo, ao nascer do sol, a composição projetava no chão uma sombra completa, do alto dos vagões às rodas sobre os trilhos. Willie procurou sua própria sombra e, quando a encontrou, brincou um pouco com ela, mexendo a cabeça e as mãos e observando-a reagir a esses movimentos. Pensou: "Esse sou eu". Era estranhamente tranqüilizador ver a si mesmo àquela distância, dotado de vida como todas as outras pessoas.

A cidade em que Joseph vivia era grande, mas não tinha um ar metropolitano. A rua em frente à estação era um pandemônio, com muitos gritos urgentes e muita excitação, mas quase nenhuma locomoção. Todo mundo obstruía o caminho de todo mundo. Riquixás movidos a pedal e a motor e táxis disputavam espaço com carroças que, puxadas por cavalos ou mulas, tinham a traseira perigosamente inclinada para baixo, dando a impressão de estarem prestes a despejar seu pesado carregamento de mulheres e crianças. Havia vários agentes hoteleiros por ali, e Willie, escolhendo ao acaso, permitiu que um daqueles homens o levasse até o Hotel Riviera. Pegaram uma carroça. "Moderno, muito moderno", não se cansava de dizer o sujeito do Riviera, que desapareceu assim que introduziu Willie no pequeno lobby do hotel, como se não quisesse mais ter nenhuma responsabilidade por aquilo.

Era um pequeno prédio de concreto de dois andares na área do bazar, e apesar do concreto, parecia frágil. O quarto que deram a Willie cheirava a mofo e era abafado, e quando, com um gesto firme demais, ele tentou abrir a janela, o fecho, feito de um metal estranhamente maleável, pareceu entortar-se em sua mão. Então, agora com delicadeza, não desejando quebrar nada, ele destravou o fecho e abriu a janela. Em pé numa mesinha, um cardápio com o serviço de quarto prometia comida vinte e quatro horas por dia, com pratos saídos diretamente "da cesta do nosso padeiro", "da rede do pescador", "da tábua de cortar do açougueiro". Willie sabia que isso não significava nada, que tudo havia sido copiado de algum hotel estrangeiro e devia ser entendido apenas como um gesto de boa vontade, um desejo de agradar, um aspecto do que é ser moderno.

Pensou que devia ligar para Joseph. Mas o telefone vermelho ao lado da cama, não obstante o cartão que dizia "Seus amigos e entes queridos estão a apenas alguns dígitos de distância", não era de verdade. Willie desceu a escada e (avistando o furtivo agente hoteleiro numa sala interna) pediu para usar o telefone da recepção. O funcionário da recepção foi extremamente amável.

A voz de quem atendeu talvez fosse do próprio Joseph, uma voz vigorosa, clara e tranqüilizadora. Era a primeira comunicação inequívoca que Willie recebia desde sua chegada, a primeira indicação da existência de alguém dotado de uma mente com disposição similar à sua, e ele se viu à beira das lágrimas.

Joseph disse que tinha de dar aula naquela manhã, mas estaria livre à tarde. Marcaram uma hora no fim do dia, e Willie voltou para o quarto. De repente, sentiu-se exausto. Deitou-se vestido sobre o colchão fino da cama de ferro e, pela primeira vez desde Berlim e Frankfurt, mergulhou num sono profundo.

Uma sensação de calor e claridade o arrancou do sono muito antes que ele estivesse pronto para se levantar. A tarde ia a meio e o sol fazia o vidro da janela aberta brilhar intensamente. Willie sentia os olhos e a cabeça doloridos por ter acordado cedo demais. Tinha a impressão de ter feito a si mesmo um mal terrível. Mas faltava apenas uma hora e meia para seu encontro com Joseph, a única pessoa à qual ele podia se agarrar; e Willie obrigou-se a levantar do colchão fino e áspero de sua cama de ferro.

O motorista da lambreta disse "Área nova", quando Willie deu o endereço, e por quinze, vinte ou vinte e cinco minutos — com Willie ainda meio desorientado, sentindo o incômodo de seu súbito despertar — eles percorreram vias movimentadas fora da cidade, em meio à poeira quente e à fumaça expelida por caminhões e ônibus barulhentos. Então entraram numa estrada de cascalho que jogava a pequena lambreta para cima e para baixo e finalmente chegaram a um conjunto habitacional de edifícios de concreto, erguidos sobre a terra nua, pontilhada de morrinhos,

como se os construtores houvessem se esquecido, ou não tivessem se dado o trabalho, de limpar o terreno ao terminar a obra.
Muitos dos blocos de apartamentos se apoiavam em pilares de concreto, e a complicada numeração e o endereço haviam sido desleixadamente pintados nesses pilares, com letras e números grandes, borrados.
Situado entre dois pilares, o poço do elevador no bloco de Joseph não chegava até o nível do solo. Parava a cerca de um metro do chão, repousando sobre um monte de terra batida como se aquilo fosse uma formação rochosa no interior de uma caverna; e degraus recortados nesse monte de terra batida iam do poço até o chão. Talvez tivesse sido construído assim pelo estilo da coisa, ou por uma questão de economia; ou então alguém, o arquiteto, a construtora ou o fabricante do elevador, simplesmente se enganou na hora de fazer os cálculos. Entretanto, pensou Willie, mesmo assim se trata de um poço de elevador: era dessa maneira que os moradores do bloco deviam julgá-lo. Provavelmente se consideravam habitantes de uma área nova e rica, vivendo num moderno edifício de concreto, com elevador.
Pensou ele: "Preciso me lembrar de não mencionar isso a Joseph. Talvez ele seja um sujeito durão, alguém de conversa difícil, mas não posso trazer este prédio, o lugar onde ele vive, à baila. É o tipo da coisa que o cansaço poderia me levar a fazer. Tenho de tomar cuidado".
O elevador tinha portas de ferro pantográficas. Estavam sujas de graxa e abriam e fechavam com um rangido horrível. Willie se acostumara com construções malfeitas em seu rincão africano (onde, no fundo, as pessoas sempre souberam que um dia teriam de fazer as malas e partir); mas nunca vira nada com um aspecto tão inacabado como o que viu ao pôr os pés no andar de Joseph. O prédio parecia ter sido abandonado na primeira e mais tosca fase da obra, sem nada que suavizasse o concreto bruto, o qual, no alto das paredes do corredor, encontrava-se todo perfurado por ganchos que sustentavam uma miríade de cabos, alguns grossos, outros finos, todos cobertos por uma espessa camada de poeira. E o tempo inteiro, para agonia de Willie, ouviam-se os gritos alegres de crianças brincando na poeira quente da tarde, entre os morrinhos de terra do pátio, e os gritos de advertência de mulheres.

Foi o próprio Joseph quem abriu a porta. Era um homem corpulento, como sua voz e seus modos haviam sugerido, e estava vestido de branco ou quase branco, envergando algo que talvez fosse um conjunto de túnica e calças ou um pijama. Devia ter uns cinqüenta anos.
Disse a Willie: "Que tal o meu alojamento universitário?".
Willie não caiu na armadilha. Respondeu: "Isso só você pode dizer".
Estavam na sala de estar. Por uma porta aberta num canto, Willie podia ver a cozinha, onde uma mulher se achava sentada no chão de granilito, amassando qualquer coisa numa bacia. Duas outras portas davam para cômodos internos, quartos talvez. Willie também viu que na sala de estar havia um sofá ou leito estreito coberto com roupa de cama. Joseph deitou-se cuidadosamente nesse sofá, e Willie se deu conta de que seu anfitrião era um inválido. Debaixo do sofá e quase completamente oculto pelos lençóis, dava para ver o cabo de um urinol, e bem debaixo de onde se achava a cabeça de Joseph havia uma xícara de latão, possivelmente feita com uma lata de leite condensado, à qual uma asa fora soldada — sua escarradeira.
Talvez notando a aflição no semblante de Willie, Joseph levantou-se de novo e exibiu-se para ele. Disse: "Não é tão ruim quanto parece. Veja, posso ficar em pé e me locomover. Mas só posso andar cerca de cem metros por dia. Não é muito. Por isso preciso me impor um racionamento; mesmo aqui, em minha moradia universitária. É claro que com um carro e uma cadeira pode-se levar uma vida quase normal. Mas você viu o elevador. De modo que é em casa que fico mais prejudicado. Toda ida ao banheiro consome uma parte preciosa da minha ração diária. E quando ela acaba é dor pura. Tenho qualquer coisa na medula. Já tinha sofrido disso antes, e na época fizeram alguma coisa que resolveu. Agora os médicos dizem que podem me curar, mas que vou perder todo o senso de equilíbrio. Não há dia em que eu não pese as duas coisas. Deitado não sinto nada. Soube que há casos de pessoas com esse mesmo problema invertido: sentem dor só quando estão deitadas ou sentadas. Têm de ficar andando de cá para lá, não podem parar. Já pensou?".
Willie sentiu que seu mal-estar começava a voltar. Contudo,

pensou que devia se explicar. Joseph fez um gesto com ambas as mãos, sinalizando a Willie que era para ele parar. E ele parou. Disse Joseph: "O que está achando daqui em comparação com a África?".

Willie pensou e não soube o que dizer. Disse: "Eu tinha afinidade com os africanos, mas só os via de longe, de fora. Não cheguei a conhecê-los de fato. Na maior parte do tempo, eu via a África pelos olhos dos colonizadores. Era com eles que eu vivia. Então, de repente, aquela vida acabou, era África por toda parte, e todos nós tivemos de fugir".

Disse Joseph: "Quando fui estudar na Inglaterra, entre as matérias do curso que eu fiz, havia uma sobre governos primitivos. Foi logo depois da guerra. Era a época de Kingsley Martin e do *New Statesman*, gente como Joad e Laski. É claro que hoje não usariam este nome: governos primitivos. Adorei. Os Kabaka, os Mugabe, os Omukama, os diversos chefes e reis. Adorei os rituais, a religião, a santidade do tambor. Tantas coisas que eu não conhecia. Não é fácil lembrar. Como você, meu olhar sobre a África era o olhar do colonizador. Mas esse é o ponto de partida de todos nós. Foram os colonizadores que desbravaram a África e nos falaram sobre ela. Eu achava que aquilo era só mato, uma terra de ninguém, aberta a qualquer um. Levei certo tempo até para entender que lá, ao entrar no território de alguém, a pessoa tinha de pagar seus impostos, como em qualquer outro lugar. Primitivos, dizem, mas acho que essa é a vantagem que os africanos têm em relação a nós. Eles sabem quem são. Nós, não. Aqui as pessoas vivem falando sobre o passado cultural e coisas assim, mas quando você pergunta, não sabem explicar o que isso significa".

Willie, morrendo de sono, observou a mulher na cozinha. Notou que não estava sentada diretamente no chão de granilito, como ele pensara, mas num banquinho estreito e baixo, com cerca de dez centímetros de altura, talvez. Com as roupas e o corpo, ela o encobria, quase o ocultando debaixo de si. Tinha a cabeça coberta, como convinha, pois Willie era uma visita; e amassava alguma coisa numa tigela esmaltada de borda azul. Mas algo em suas costas e em sua postura indicava que ela estava escutando a conversa.

Disse Joseph: "Este é um dos lugares mais tristes do mundo. Vinte vezes pior do que o que você viu na África. Na África, o passado colonial está lá para quem quiser ver. Aqui a pessoa tem de se esforçar muito para começar a entender o passado, e depois que o conhece, se dá conta de que preferia nunca tê-lo conhecido".

Brigando com o sono e o velho incômodo por ter sido acordado cedo demais, Willie examinou as costas da mulher sentada e pensou: "Mas foi isso que Sarojini me falou em Berlim. Já ouvi isso antes. Achava que ela estava tentando me motivar. Admirei-a por isso, mas não cheguei realmente a acreditar nas coisas terríveis que ela me dizia. Deve ser o método deles. A causa é boa. Creio nela, mas não posso me deixar perturbar por este homem". E dormitou por um ou dois segundos.

Joseph deve ter percebido, pois quando Willie voltou a si, teve a impressão de que ele, ainda em pé junto ao sofá, perdera um pouco da pose e do estilo inicial e agora tentava com mais afinco.

Disse Joseph: "Todo o território indiano é sagrado. Mas aqui estamos em solo especialmente sagrado. Esta região sediou o último grande reino indiano e foi palco de uma catástrofe. Há quatrocentos anos, os invasores muçulmanos uniram-se e destruíram esse reino. Passaram semanas, possivelmente meses, destruindo-o. Arrasaram a capital. Era uma cidade rica e famosa, conhecida de antigos viajantes europeus. Mataram os sacerdotes, os filósofos, os artesãos, os arquitetos, os eruditos. Sabiam o que estavam fazendo. Estavam cortando fora a cabeça. Só pouparam os servos das aldeias, repartindo-os entre si. A derrota militar foi terrível. Você não faz idéia da extensão da vitória dos vitoriosos, da derrota dos derrotados. Hitler a teria chamado de guerra de extermínio, uma guerra sem freios ou limites, e foi extremamente bem-sucedida. Não houve resistência. Os servos das aldeias policiavam a si mesmos. Pertenciam a uma série de castas inferiores, e não há ódio de casta maior do que o que os indivíduos de castas inferiores nutrem uns pelos outros, que uma subcasta nutre pela outra. Alguns corriam na frente e atrás dos cavalos de seus senhores. Alguns se encarregavam do lixo. Alguns tratavam de cavar os túmulos. Alguns ofereciam suas mulheres. Todos se chamavam de escravos. Todos eram subnutridos. Era uma questão de estratégia. Dizia-se que um escravo bem alimentado morderia a mão do senhor".

Disse Willie: "Minha irmã me contou isso".

Disse Joseph: "Quem é a sua irmã?".

A pergunta apanhou Willie de surpresa. Contudo, quase na mesma hora compreendeu por que Joseph não podia fingir saber demais. Disse: "Ela produz programas de televisão em Berlim".

"Ah. E tinham de pagar tributos e mais tributos. Havia quarenta tipos de impostos. Após quatrocentos anos sob esse tipo de domínio, as pessoas daqui começaram a acreditar que essa sempre fora e sempre seria sua condição. Eram escravos. Não eram nada. Não vou mencionar nomes. Mas essa é a origem da sagrada pobreza indiana, a pobreza que a Índia tinha para oferecer ao mundo. E aconteceu outra coisa. Trinta anos após a destruição do último reino indiano, os conquistadores construíram seu imponente portal da vitória. Hoje esse portal da vitória é considerado patrimônio indiano. A cidade destruída foi esquecida. A derrota pode ter conseqüências terríveis. Seria de esperar que, com a independência, todos os senhores do povo conquistado fossem enforcados com seus familiares e que seus corpos ficassem expostos até restar somente os ossos. Isso teria sido uma espécie de redenção, o princípio de algo novo. Mas nada de semelhante aconteceu. Coube a pessoas muito simples levantar o estandarte da revolução."

A porta do apartamento se abriu. Um homem alto, escuro, quase tão alto quanto Joseph, entrou. Tinha um aspecto de atleta: ombros largos, cintura fina, ancas esguias.

Joseph sentou-se no sofá. Disse: "O governo acha que eu sou o chefe de torcida dos guerrilheiros. Bom, sou mesmo. Nada me daria mais prazer do que ver uma revolução levar tudo isto aqui de roldão. Só de pensar nisso meu coração fica mais leve".

Da cozinha vinham sons e cheiros de comida no fogo, afligindo Willie com velhos tabus que ele imaginava ter abandonado. A postura da mulher havia se alterado sutilmente.

Disse Joseph: "Meu genro. Ele faz pesquisa para um laboratório farmacêutico".

O homem escuro com físico de atleta, o corpo saudável, olhou pela primeira vez diretamente para Willie. Em sua boca via-se uma estranha contorção de prazer: era evidente que apreciava ter suas credenciais profissionais prontamente apresentadas a um estranho. Porém os olhos, congestionados nos cantos, estavam cheios de uma raiva e de um ódio contraditórios.

Disse ele: "Mas assim que descobrem que se trata de um intocável, não querem mais saber de você".

Havia palavras mais brandas que ele poderia ter usado, palavras do vocabulário jurídico, religioso, sancionadas pelo governo. Contudo, a mesma cólera, a mesma humilhação, o mesmo orgulho que o haviam feito esboçar aquele sorriso involuntário e contorcido quando Joseph o apresentara corretamente também o tinham feito empregar a palavra brutal e antiquada. Não tanto uma palavra de autocomiseração quanto uma espécie de ameaça ao mundo exterior.

Pensou Willie: "Não importa o que esse sujeito diga, o fato é que ele fez sua revolução. Eu não sabia que ainda estavam travando essa guerra. E como ele torna a coisa toda difícil! Quer porque quer uma rendição incondicional. Não sei se vou conseguir me entender com ele. Espero que não haja muitos outros assim".

Com sua presença atlética, o homem escuro avançou com arrogância — foi a impressão que Willie teve — até uma das portas que havia do outro lado da sala de estar e desapareceu atrás dela. Joseph ficou visivelmente abalado. Por um breve momento, pareceu ter perdido o fio da meada. De lá de dentro veio o som de uma descarga. E Willie formou certa convicção de que no pequeno lar de Joseph, naquele apartamento de concreto bruto, com sua fiação à vista e a filha incógnita de Joseph, a revolução já produzira algum tipo de dano velado.

Disse Joseph: "Pois é, nada me daria mais prazer do que ver uma revolução levar tudo isto aqui de roldão".

Interrompeu-se, como se houvesse esquecido seu lugar no script. Pegou a escarradeira de latão embaixo do sofá. Feita com uma tira de latão, a asa era elegantemente recurvada: trabalho de artesão. A extremidade da tira fora dobrada sobre si mesma e soldada, de maneira a perder o corte, e a borda ligeiramente irregular estava gasta pelo uso. Joseph segurou a xícara por alguns instantes, passando o dedão ao longo da extremidade da asa, parecendo ainda tatear à procura do lugar que lhe cabia no script que a entrada do genro perturbara.

Por fim disse: "Mas ao mesmo tempo não tenho a menor fé no material humano que nos restou após esses séculos de escravidão. Olhe essa menina. Nossa empregada. Não parece um gafanhoto?".

Willie observou a figura minúscula e corcunda que viera da cozinha para a sala e se locomovia por ali de cócoras, uns poucos centímetros por vez, usando uma vassourinha feita de algum tipo de junco macio, fazendo gestos muito, muito pequenos. Suas roupas eram escuras, tinham cor de lama; eram como uma camuflagem, ocultando-lhe a cor da pele, ocultando-lhe as feições, negando-lhe uma personalidade. Era como uma versão reduzida da faxineira que Willie tinha visto alguns dias antes no aeroporto.

Disse Joseph: "Ela vem de uma aldeia. De uma daquelas aldeias de que eu estava lhe falando, onde as pessoas corriam descalças à frente e atrás do cavalo do senhor estrangeiro e onde não se permitia que ninguém cobrisse as pernas em sua presença. Tem quinze ou dezesseis anos. Ninguém sabe ao certo. Nem ela. A aldeia de onde esta moça vem está repleta de pessoas assim, seres humanos nanicos, magérrimos. Uns gafanhotos, uns palitos de fósforo. Após séculos de subnutrição, não conseguem mais raciocinar. Você acha que é capaz de fazer uma revolução com ela? Kandapalli acha que sim, e desejo-lhe sorte. Mas tenho a vaga impressão de que, depois da África e de Berlim, não era bem isso que você esperava".

Disse Willie: "Eu não esperava nada".

"Quando as pessoas aqui falam em guerrilheiros, estão falando de gente como ela. Não é animador. Não se trata de Che Guevara ou de homens musculosos envergando uniformes militares. Em quase todos os apartamentos desta região há uma aldeã desvalida feito ela, e vão lhe dizer que está tudo bem, que a mulher vai engordar. Os velhos senhores foram embora. Nós somos os novos senhores. Quem não sabe o que diz, olha para ela e fala da crueldade do sistema de castas indiano. Mas o que estamos vendo é a crueldade da história. E o pior é que não há como vingar isso. Os velhos senhores oprimiram, humilharam e maltrataram por séculos a fio. Ninguém mexia com eles. Agora foram embora. Mudaram-se para as cidades ou para o estrangeiro. Deixaram essa gente miserável como monumento. Era disso que eu estava falando quando disse que você não fazia idéia da extensão da vitória dos vitoriosos, da derrota dos derrotados. E tudo permanece acobertado. Quando você compara isso com a África, chega à conclusão de que lá tudo é luz e claridade".

O cheiro de comida ficou mais forte, suscitando velhos tabus em Willie e fortalecendo a impressão que ele havia tido da infelicidade reinante no pequeno apartamento do revolucionário, onde uma filha já fora transformada numa espécie de sacrifício. Willie não queria ser convidado a ficar. Fez menção de levantar-se.

Disse Joseph: "Você está hospedado no Riviera. Talvez pense que não seja lá essas coisas. Mas, para o povo daqui, é um hotel de alta classe, de padrão internacional. Nenhuma das pessoas com quem você quer falar vai se dispor a ir vê-lo lá. Seria muita exposição. Tem um lugar indiano chamado Neo Anand Bhavan, a nova morada da paz, em alusão à casa da família Nehru. Tudo por aqui é neo isto ou neo aquilo. É um estilo. É aquela coisa indiana típica, com latrina no chão e banho de balde. Fique uma semana. As pessoas com quem você quer falar saberão de sua presença lá".

Willie desceu pelo elevador velho e barulhento. A luz do dia mudara. Ganhara um tom dourado. Em breve anoiteceria. A poeira adejava na luz dourada. Mas as crianças continuavam a brincar e a gritar despreocupadamente entre os morrinhos de terra batida do pátio, e as vozes de mulheres contentes ainda ralhavam. Alguns momentos antes tudo parecera áspero, amontoado, irremediável. Agora, vendo aquilo pela segunda vez, era como se fosse uma visão domesticada, e isso encheu Willie de júbilo.

Pensou: "Eu sabia que isto não seria fácil, isto que estou fazendo".

A dor do sono interrompido continuava a latejar em seus ossos, em sua cabeça. Mas a sonolência em si desaparecera. Willie foi a pé até o bazar — as luzes acendendo-se à sua volta —, em busca do alimento cozido mais barato, simples e seguro que pudesse encontrar. Não estava efetivamente com fome, mas desejava praticar, sempre que possível, o que encarava como a nova ioga do seu dia-a-dia, na qual todas as ações e necessidades precisavam ser reaprendidas e reduzidas ao que era mais básico. Admirava-se de ver quão longe havia ido, quão adaptável se tornara. Um ano ou menos antes, após os esplendores e excessos da vida colonial, ele experimentara as privações e o campo de refugiados, o estado de sítio na África nos últimos meses da guerra. Até poucos dias antes havia toda a agitação e o luxo de Berlim Ocidental. E, poucos minutos atrás, o relativo conforto e ordem da cozinha de Joseph. Agora ele estava ali, em meio à penumbra e à iluminação variada do bazar, a tocha fumarenta, a lamparina, o lampião de pressão, procurando com inquietude algo de que pudesse se alimentar, desejando reduzir suas necessidades a níveis ainda mais e mais frugais. Em breve, sabia-o, quando estivesse na floresta ou no interior, esse bazar lhe pareceria um luxo inverossímil. Sobreviriam outras comidas, outras austeridades: estaria pronto para elas quando chegassem. Mentalmente, ele já era uma espécie de asceta, quase um peregrino. Jamais experimentara nada parecido — a África dos tempos difíceis fora o oposto disso, fora sofrer sozinho — e sentia-se até tonto com isso.

Pagou pouco mais de um centavo por um prato de grãos-de-bico com pimenta. A panela fervia havia horas e não oferecia risco. Serviram-no numa cuia de folhas secas, amarradas com pedaços de ramos verdes. A pimenta queimou-lhe a língua, mas ele comeu com prazer, rendendo-se à sua nova simplicidade. Regressou ao Riviera, e o calor que sentia no estômago logo o devolveu ao sono interrompido.

No dia seguinte, Willie mudou-se para o Neo Anand Bhavan, e após a exaltação de sua noite no Riviera, seguiram-se ali os dias mais inanes e torturantes que ele tivera na vida, dias passados num quarto praticamente vazio, com forte cheiro de esgoto, à espera de desconhecidos que viessem buscá-lo e levá-lo a seu destino. As paredes tinham uma cor estranhamente manchada, como se houvessem absorvido todo tipo de líquidos impuros; a poeira debaixo da esteira de coco alcançava no mínimo meio centímetro de espessura; e a lâmpada do teto não chegava a emitir praticamente luz nenhuma. No princípio, Willie pensou que devia permanecer o tempo todo ali, no quarto, esperando pela pessoa que viria buscá-lo. Foi só mais tarde que refletiu que essa pessoa teria tempo de sobra e estaria preparada para esperá-lo. Então saiu para vaguear pela cidade e viu-se tomando com muitos outros a direção da estação ferroviária, a fim de desfrutar da excitação dos trens, das multidões, dos gritos ferozes dos vendedores ambulantes, dos ganidos dos cães feridos ou surrados.

Certo fim de tarde, na plataforma da estação, ele deparou uma pequena estante giratória com velhas brochuras americanas, um lote de livros encalhados, sujos, que davam a impressão de ter entrado por conta própria naquelas capas reluzentes, como os aparelhos eletrônicos ultrapassados que vez por outra apareciam nas lojas africanas, os manuais de instrução amarelados de tão velhos. Willie não queria nada que o lembrasse do mundo que ele havia abjurado. Rejeitou e rejeitou até finalmente achar dois livros que pareciam ir ao encontro de suas necessidades. Um livro da década de 1950 ou 1960 sobre o Harlem, *The cool world*, um romance, narrado em primeira pessoa, e um livro sobre os incas do Peru, *Royal commentaries*, escrito por um homem que pertencia em parte à família real inca. Willie mal podia acreditar em sua sorte.

No Neo Anand Bhavan deram-lhe uma lamparina para ler. Teria preferido uma vela, em virtude de seu romantismo antiquado, mas não havia velas no hotel. E então, como antes, quando tentara os livros de matemática, não tardou a patinar. *Royal commentaries* exigia conhecimentos de um tipo que Willie não possuía; tornou-se logo abstrato. E *The cool world* era simplesmente muito distante, americano demais, excessivamente nova-iorquino, repleto de alusões que ele não conseguia captar.

Pensou Willie: "Preciso pôr na cabeça de uma vez por todas que nessa empreitada os livros são um embuste. Tenho de me amparar em meus próprios recursos".

As coisas não ficaram mais fáceis para ele no Neo Anand Bhavan. De forma consciente, Willie começou a concentrar-se na ioga de sua vida horária, considerando cada hora, cada ação, como desafiadora e importante. Nenhum segmento temporal podia ser desperdiçado. Todas as coisas deviam fazer parte da nova disciplina. E nessa nova disciplina a idéia da espera por acontecimentos externos devia ser abolida.

Vivia intensamente; deixou-se absorver em si mesmo. Percebeu que começara a lidar com o tempo.

Então, um dia o mensageiro chegou. Era extremamente jovem, quase um menino. Vestia-se com a tanga e o camisolão do estilo local.

Ele disse a Willie: "Virei buscá-lo daqui a sete dias. Preciso ir atrás de mais alguns".

Disse Willie: "Que roupa devo usar?".

O mensageiro pareceu não entender. Disse ele: "Que roupas você tem?". Podia ser um colegial.

Willie falou como se ele de fato fosse. Disse: "O que seria mais adequado para mim? Devo usar alpargatas ou ir descalço?".

"Por favor, não vá descalço. Seria procurar encrenca. Há escorpiões e todo tipo de coisas perigosas no chão. As pessoas usam sandálias de couro."

"E quanto à comida? Você precisa me dizer o que fazer."

"Arrume um pouco de *sattoo*. É um tipo de grão tostado e moído. Tem para vender no bazar. Seco parece areia. Quando a pessoa tem fome, acrescenta-se um pouco de água. Só um pouco, o necessário para amolecer o *sattoo*. É saboroso e dura bastante. É o que as pessoas levam quando viajam. Outra coisa que você faria bem em arrumar é uma toalha ou um xale. Todo mundo aqui anda com uma toalha. Tem de um metro a um metro e meio de comprimento, com borlas nas pontas, e cerca de meio metro de largura. Usa-se em volta do pescoço ou sobre o ombro. O tecido é fino e delicado. Serve para enxugar o corpo depois do banho e seca muito rápido, em aproximadamente vinte minutos. Virei buscá-lo daqui a sete dias. Enquanto isso, avisarei que o encontrei".

Willie foi ao bazar comprar *sattoo*. Não foi tão fácil quanto imaginava. Havia tipos diferentes, feitos de grãos diferentes.

Em seu novo estado de espírito, ele pensou: "Mas que ritual, mas que beleza".

Sete dias depois, o colegial veio buscá-lo. Disse o rapaz: "Os outros me fizeram perder um tempo enorme. Não estavam realmente interessados. Era só da boca para fora. Um deles era filho único. Sua lealdade para com a família falou mais alto. O outro só queria saber de gozar a boa vida".

Foram para a estação ferroviária no final da tarde e pegaram um trem de passageiros. O trem de passageiros era um trem vagaroso, que parava em todas as estações. Em cada parada havia cenas de alvoroço, balbúrdia, empurra-empurra e uma chiadeira de vozes que se alteavam para reclamar ou protestar ou simplesmente pela formalidade da coisa. Em cada parada havia poeira e cheiro de tabaco cediço, de roupas velhas e de suor malcheiroso. O colegial dormiu a maior parte do tempo. No início Willie pensou: "Vou tomar um banho quando isso terminar". Depois pensou que não o faria: esse anseio constante de conforto e higiene pertencia a outro tipo de vida, a outra maneira de experimentar as coisas. Era melhor deixar que o pó, a sujeira e os cheiros assentassem sobre ele.

Viajaram a noite inteira, mas o trem de passageiros na realidade cobrira uma distância muito reduzida; e então, à luz clara da manhã, o colegial deixou Willie, dizendo: "Alguém virá encontrá-lo aqui".

Atrás das portas de tela e das paredes grossas, a sala de espera da estação estava às escuras. Enroladas da cabeça aos pés em cobertores e imundos lençóis cinzentos, as pessoas dormiam em cima dos bancos e no chão. Às quatro da tarde, chegou o segundo mensageiro de Willie, um homem alto, magro, escuro, com uma tanga de guingão xadrez, e os dois puseram-se em marcha.

Depois de uma hora de caminhada, Willie pensou: "Não sei mais onde estou. Acho que não seria capaz de encontrar o caminho de volta. Daqui por diante estou nas mãos deles".

A essa altura, os dois se achavam bem longe da cidadezinha onde Willie descera do trem. Tinham avançado bastante pelo interior, e começava a anoitecer. Chegaram a uma aldeia. Mesmo no escuro, Willie enxergava os beirais aparados do telhado de colmo da família mais importante do lugar. A aldeia era um amontoado de casas e choupanas, fundos dando para outros fundos, laterais dando para outras laterais, com vielas estreitas e angulosas. Willie e o mensageiro passaram por todas as casas de melhor aspecto e pararam no limiar da aldeia, diante de uma choupana de telhado de colmo sem paredes. O dono era um pária e tinha a pele muito escura. Um dos gafanhotos de que Joseph falara, criados por séculos de escravidão, maus-tratos e alimentação precária. Willie não o achou particularmente amistoso. O colmo de sua choupana estava desarrumado e não fora aparado. A choupana tinha cerca de três metros quadrados. Metade era espaço de estar e de lavar louça, a outra metade, com uma espécie de sótão, era espaço de dormir, para bezerros e galinhas, assim como para pessoas.

Pensou Willie: "Agora é natureza pura. Tudo que eu precisar fazer, farei no mato".

Mais tarde comeram uma espécie de mingau de arroz, grosso e salgado.

Pensou Willie: "Eles vivem assim há séculos. Tenho praticado minha ioga, por assim dizer, há alguns dias, e estou obcecado com ela. Eles têm praticado um tipo mais profundo de ioga, todos os dias, todas as refeições. Essa ioga é sua vida. E é claro que deve haver dias em que eles não têm nada para comer, nem mesmo este mingau. Tomara que eu tenha forças para suportar o que estou vendo".

E, pela primeira vez na vida, naquela noite Willie dormiu sujo. Ele e o guia passaram o dia seguinte descansando na choupana enquanto seu anfitrião trabalhava na lavoura. Na tarde seguinte retomaram a caminhada. Pararam à noite em outra aldeia, e tornaram a dormir numa choupana na companhia de um bezerro e de galinhas. Comeram flocos de arroz. Não havia chá nem café, nenhuma bebida quente. A água que eles bebiam era suja, tirada de um córrego lamacento.

Dois dias depois, haviam deixado as plantações e as aldeias para trás e estavam numa floresta de teca. Naquela noite, à luz da lua, chegaram a uma clareira. Ao redor de uma área desmatada, viam-se tendas de plástico verde-oliva. Não havia luzes, nem fogo. Sob o luar, as sombras eram escuras e pronunciadas.

Disse o guia de Willie: "Nada de conversas. Nada de perguntas".

Comeram bastante bem naquela noite: amendoins, flocos de arroz e carne de caça. De manhã, Willie avaliou seus companheiros. Não eram jovens. Eram gente da cidade, cada um com seu motivo particular para desistir do mundo cotidiano e ingressar na guerrilha.

Durante o dia, Willie pensou: "Kandapalli prega a Linha das Massas. Kandapalli queria que os aldeões e os pobres travassem suas próprias batalhas. Não estou entre pobres e aldeões neste acampamento. Houve algum equívoco. Vim parar no meio das pessoas erradas. Estou na revolução errada. Não gosto da fisionomia dessa gente. E, contudo, preciso ficar com eles. Preciso dar um jeito de mandar uma mensagem para Sarojini ou Joseph. Mas não sei como. Estou completamente à mercê dessas pessoas".

Duas noites mais tarde, um sujeito bruto, trajando farda militar, veio ter com ele e falou: "Esta noite, homem da África, você ficará de sentinela".

Nessa noite Willie chorou lágrimas de raiva, lágrimas de medo, e na alvorada, o grito do pavão, após a ave ter tomado sua água em algum lago da floresta, encheu-o de aflição pelo mundo inteiro.

3
A RUA DOS CURTUMES

Havia cerca de quarenta ou cinqüenta pessoas no acampamento. Corria a informação, repassada de recém-chegado a recém-chegado, de que havia outros dez, quiçá vinte, acampamentos como aquele nas áreas livres, as áreas sob controle dos guerrilheiros; e isso proporcionava uma confiança geral, chegando mesmo a imbuir os recrutas de certa fanfarronice, especialmente depois que os uniformes foram distribuídos. Coisa que aconteceu no quarto dia. Em algum lugar, pensou Willie, recordando o que ouvira sobre os guerrilheiros de sua região na África, algum comerciante de tecidos fora forçado a pagar o que devia ao movimento com aquele tecido verde-oliva leve e barato; e o alfaiate de alguma aldeia recebera a incumbência de realizar um trabalho de corte e costura grosseiro. Um boné acompanhava o uniforme; logo acima da aba se via uma estrela de cetim vermelho. O uniforme e o boné falavam de drama, chegando de supetão para quarenta ou cinqüenta vidas; também falavam encorajadoramente de organização; e davam a todos uma identidade nova, fácil, protetora.

Era um campo de treinamento. O sentinela, sem falar, sem produzir o mínimo ruído, acordava-os um por um enquanto ainda estava escuro. A norma do acampamento era que não devia haver nenhum tipo de som ou luz durante a noite. Depois vinham os gritos dos pavões barulhentos e de outras aves selvagens, a quase dois quilômetros de distância, um pássaro em particular emitindo guinchos de alarme estridentes e desesperados quando achava que algum predador estava se aproximando demais de seus ovos. Por volta das seis, havia a chamada e então, durante três horas, eles trotavam e faziam exercícios físicos e às vezes treinavam rastejar pelo chão com uma arma na mão. No café-da-manhã, comiam amendoins e flocos de arroz. Em seguida, tinham aulas sobre táticas de guerrilha. Não deviam fazer som algum quando estivessem na floresta; deviam comunicar-se por meio de assobios de passarinhos, e passavam um tempo enorme praticando esses assobios. Levavam isso muito a sério; ninguém ria quando os silvos saíam errado. Após o almoço — que podia ser carne de veado, de rã ou de cabra: esse não era um movimento vegetariano —, descansavam até o meio da tarde; depois treinavam e se exercitavam por uma hora e meia. Seguia-se então a pior parte: a demorada noite, onze horas no total, sem luz nem conversas propriamente ditas, todo mundo se comunicando apenas por meio de murmúrios.

Pensou Willie: "Nunca senti tanto tédio. Desde que cheguei à Índia tenho tido essas horríveis noites de tédio. Imagino que seja uma espécie de treinamento, uma espécie de ascetismo, mas para quê, exatamente, não sei. Preciso encarar isso como mais uma câmara de experiência. Não posso deixar transparecer a essas pessoas que não estou inteiramente com elas".

Em sua estada no Neo Anand Bhavan, Willie havia comprado alguns aerogramas. Numa tarde quente, no interior de sua abafada tenda de plástico, começou a escrever uma carta para Sarojini. Era o único momento em que podia escrever. *Querida Sarojini, tenho a impressão de que houve um terrível mal-entendido. Não estou com as pessoas de que falávamos. Não sei como isso aconteceu, mas acho que estou com os inimigos de Kandapalli.* Pensou que isso estava muito às claras. Riscou o nome de Kandapalli; depois concluiu que era perigoso demais escrever para Sarojini. Deixou a carta de lado, guardando-a na mochila de lona que haviam lhe dado e, pela abertura da tenda, olhou para a claridade branca, melancólica, da clareira e da área de treinamento.

Refletiu: "Essa luz nega tudo. Nega a beleza. Nega qualquer possibilidade humana. A África era mais suave, como Joseph insinuou. Talvez eu tenha passado muito tempo longe daqui. Mas não devo me deixar levar por essa linha de pensamento. A causa sobre a qual conversávamos em Berlim continua boa e verdadeira. Disso eu tenho certeza".

A regra no acampamento, enunciada pelo líder — um sujeito de uns quarenta anos que tinha pinta de homem de negócios ou de funcionário público e que possivelmente pertencera ao quadro de cadetes de sua escola —, era que os recrutas não deviam fazer muitas perguntas a seus companheiros. Deviam simplesmente aceitá-los como soldados da estrela vermelha. E Willie perdia-se em conjecturas sobre as pessoas à sua volta. Todos regulavam em idade com ele, alguns com pouco menos de quarenta, outros com pouco mais que isso, e Willie se indagava sobre as fraquezas ou fracassos que os haviam levado, na meia-idade, a trocar o mundo exterior por aquela estranha câmara. Estivera muito tempo afastado da Índia. Não tinha como intuir as origens e o passado daquelas pessoas. Podia apenas tentar ler os semblantes e as compleições físicas: as bocas de lábios excessivamente carnudos e sensuais de uns, insinuando algum tipo de perversão sexual, os olhos duros e mesquinhos de outros, e assustadiços de ainda outros, falando de privações ou maus-tratos na infância e de vidas adultas atormentadas. Isso era o máximo que Willie conseguia divisar. Em meio a essas pessoas que buscavam de várias formas vingar-se do mundo, estava entre estranhos.

Na décima ou décima primeira noite sucedeu um grande tumulto. O sentinela entrou em pânico e pôs-se a berrar, e o alarme espalhou-se pelo acampamento.

Alguém gritou: "Os Greyhounds!".

Era o nome do batalhão antiguerrilha da polícia. Eles empregavam táticas de guerrilha: dizia-se que eram especialmente treinados para serem velozes e silenciosos, e que atacavam primeiro, e de surpresa. Essa era sua amplamente divulgada reputação, e alguns recrutas aterrorizados saíram correndo das tendas de plástico para refugiar-se na floresta.

Foi um alarme falso. Um animal fora parar dentro do acampamento e assustara o sentinela.

Pensou Willie: "Até esta noite, eles achavam que eram os únicos que tinham armas, treinamento e disciplina, os únicos que dispunham de um plano de ação. Isso os fazia valentes. Agora têm noção da existência de um inimigo, e já não parecem tão valentes. Apenas mais vis. Amanhã serão especialmente cruéis. Terei de tomar cuidado com eles".

Naquela noite, o líder não falou nada. À sua maneira de homem de negócios ou burocrata, estava preocupado apenas em restaurar a ordem. Ao nascer do dia, a rotina do acampamento foi a mesma de sempre. Somente após o café-da-manhã (amendoins, flocos de arroz, o de costume), quando a aula de "teoria militar" estava para começar, foi que o líder falou ao acampamento; mas falou não como alguém que pretende impor disciplina, e sim como alguém que receia uma deserção em massa, que teme a violência e a dissolução de seu acampamento. Ele conhecia seus homens. Quando começou a falar, eles estavam irrequietos, como pessoas que haviam sido desmascaradas e que, num melindre infantil, haviam reassumido suas velhas e magoadas identidades, prontas para abrir mão da proteção e do conforto de suas fardas verde-oliva e da estrela de cetim vermelho de seus bonés, os quais, apenas alguns dias antes, pareciam ter tornado uma nova vida tão fácil para eles. Aguardavam uma reprimenda, as testas franzidas, os olhos apertados e duros, os lábios enrugados, as bochechas estufadas: homens de meia-idade cheios de melindre infantil, porém capazes de cólera adulta. Não tolerariam ser repreendidos. Quando ficou claro que o líder não tinha intenção de escarnecer deles, foram pouco a pouco se acalmando.

Pensou Willie: "Kandapalli tinha razão. Se eu quisesse fazer uma revolução para os derrotados e injuriados, se, como Kandapalli, eu chorasse só de pensar nos sofrimentos que ao longo dos séculos se acumularam sem vingança, não seriam esses os homens que eu desejaria ter comigo. Iria diretamente aos pobres".

Disse o líder: "Na noite passada, o sentinela cometeu um equívoco e nos pregou um grande susto. Não creio que ele deva ser censurado por isso. Não está habituado à floresta e aos animais selvagens. Além do mais, é muita responsabilidade para um homem só. Desta noite em diante teremos dois sentinelas. Mas o que aconteceu ontem serve para nos mostrar como é importante que estejamos sempre em guarda, a todo e qualquer momento. Temos de imaginar que o inimigo está nos observando, que está à nossa espera a cada curva do caminho. Os acidentes sempre nos ensinam alguma coisa, e como resultado do sucedido na noite de ontem, vamos acelerar nossos exercícios. Ao longo dos próximos dias, tentaremos familiarizar todo mundo com certos procedimentos defensivos. Esses procedimentos devem ser como uma segunda natureza para todos nós, a qualquer hora do dia ou da noite, e isso nos ajudará na próxima emergência".

E por cerca de uma semana a teoria militar deixou de ser aquela coisa escoteira de rastejar pelo chão com uma arma e imitar assobios de passarinho para o sujeito defronte. Treinaram a defesa do acampamento. Num dos exercícios, estabeleciam um perímetro em volta do acampamento; noutro, espalhavam-se por dois lados, ocupando posições preestabelecidas, em que se emboscavam para atacar agrupamentos invasores.

Pensou Willie: "Mas o que acontecerá quando estivermos numa batalha, com um inimigo que nos ataque? Não estamos sendo treinados para isso, de jeito nenhum. Isso é apenas o princípio da teoria militar. Isso não é nada. Assim só seremos bons para atirar contra quem não pode atirar de volta. E é exatamente isso o que eles querem".

Contudo, havia calma no acampamento. Agora todos aguardavam ordens.

O líder veio ter com Willie um dia e disse: "O comando tem se interessado por você. Resolveram destacá-lo para um serviço especial. Partirá dentro de dois dias. Arrume suas coisas. Seu destino é a cidade de Dhulipur. Bhoj Narayan irá com você. Foi ele o sentinela que deu o alarme falso. Mas não é por isso que vai com você. Vai porque é um dos melhores. Alugamos um quarto para vocês dois. Levarão cento e cinqüenta rupias. Em duas semanas, mandaremos mais. Devem permanecer no quarto à espera de novas ordens".

Enquanto o líder falava, Willie percebeu que era fácil imaginá-lo num terno com jaquetão. Era um homem de classe média abastada, em seus quarenta e poucos anos, fluente, experimentado, de maneiras espontâneas, seguro de si, lembrando muito um professor universitário ou um executivo de grande empresa.

Willie imaginava-o como sargento-mirim do quadro de cadetes de sua escola, bancando o sargento diante do suboficial do Exército que duas vezes por semana vinha treinar e inspecionar os cadetes. O que o fizera abandonar uma vida tão fácil? Teria sido excesso de segurança, a convicção de que seria fácil voltar para aquele outro mundo? Willie estudou sua fisionomia, buscando alguma pista na pele macia, nas feições doces, nos olhos demasiadamente serenos, e então a idéia, saída do próprio sujeito, assomou-lhe à cabeça. "A mulher o despreza e o chifra há anos. E é assim que ele pretende se vingar. Que estrago este homem elegante causará?"

Era dura a viagem até Dhulipur. Levava mais de um dia. Willie vestiu suas roupas civis (elas próprias teatrais, um disfarce semicamponês), abasteceu-se de provisões do acampamento, jogou a comprida e fina toalha de camponês sobre os ombros e pôs as sandálias de couro. Continuavam novas. Sua finalidade era protegê-lo de escorpiões e outras criaturas perigosas; porém Willie, acostumado demais a usar meias, tinha dificuldade para andar com elas. Na maior parte do tempo, seus calcanhares desprotegidos escorregavam do couro brilhante e pisavam o chão. Bhoj Narayan conhecia o caminho. Primeiro saíram da floresta de teca. Isso levou mais de três horas. Então chegaram a aldeias e pequenas plantações.

Havia um lavrador ou fazendeiro que Bhoj Narayan conhecia numa das aldeias, e foi à sua casa de colmo que eles se dirigiram quando a tarde esquentou. O sujeito não estava, mas a esposa os recebeu acolhedoramente. Willie e Bhoj Narayan ficaram abrigados na choupana dos fundos; sem paredes, mas com refrescantes beirais de colmo, os quais eram, de forma convidativa, bastante baixos, obstruindo boa parte da claridade. Willie perguntou à mulher da casa se ela tinha *sattoo*, do qual ele passara a gostar; e ele e Bhoj Narayan umedeceram o alimento com um pouco de água e comeram e se satisfizeram. O *sattoo* era feito de painço. Antes de o sol se pôr, o chefe da casa veio, um homem escuro e suado após o trabalho. Convidou-os a passar a noite na choupana em que estavam. Os bezerros foram trazidos para dentro, com sua forragem. Os anfitriões ofereceram mingau de arroz a Willie e Bhoj Narayan. Willie ia aceitar, porém Bhoj Narayan disse que não, que o *sattoo* de painço tinha sido mais que suficiente. Willie deixou-se guiar pelo companheiro. Então a noite caiu, a comprida noite, que começava quando escurecia, com as plantações lá fora, onde os aldeões faziam tudo o que era preciso fazer antes de entrar em suas choupanas para dormir.

Partiram de manhã cedo e caminharam os oito quilômetros que os separavam da estação rodoviária. Ali esperaram um ônibus. Quando este veio, levou-os até uma estação ferroviária, onde aguardaram um trem de passageiros que os conduzisse até a cidade de Dhulipur. Chegaram à tarde.

Bhoj Narayan assumira o comando da situação. Era um homem corpulento, escuro, com ombros largos e cintura fina. Até então, seguindo a norma do acampamento, mal falara com Willie; mas tornara-se mais comunicativo agora que estavam na cidade e saíam à procura do bairro onde ficava o quarto que fora alugado para eles. Procuraram e procuraram. Quando perguntavam, as pessoas olhavam para eles com uma expressão estranha. Por fim, mal acreditando no que viam, chegaram à zona dos curtumes. O cheiro de carne em decomposição e excremento de cachorro era pavoroso.

Disse Willie: "Pelo menos ninguém virá atrás de nós aqui".

Disse Bhoj Narayan: "Estão nos testando. Querem ver se esmorecemos. Você acha que agüenta?".

Disse Willie: "Tudo se agüenta. Somos mais fortes do que pensamos. Quem vive aqui tem de agüentar".

A casa em que ficava o quarto que fora alugado para eles era uma casinha baixa com telhas vermelhas, numa rua de casinhas baixas. Do lado de fora havia uma valeta aberta, e as paredes do quarto (que lhes foi mostrado por um dos gafanhotos em forma de gente de que Joseph falara) tinham a mesma composição de manchas multicolores das paredes do Neo Anand Bhavan, como se todo tipo de impurezas líquidas houvesse subido por elas, à maneira de um tipo especial de umidade tóxica.

Pensou Willie: "Preciso fazer alguma coisa para combater esse fedor. Preciso tentar vencê-lo mentalmente".

Mas ele não conseguia. E então, como fizera em vários

momentos de sua jornada recente (e tal como às vezes no passado, sentindo-se perdido na África, incapaz de refazer o caminho que o levaria de volta à segurança ou àquilo que o deixaria à vontade e sem ter ninguém a quem pudesse confessar sua ansiedade, punha-se a contar as diferentes camas em que havia dormido desde que nascera, com o fito de acompanhar o curso das coisas), assim também agora, na rua dos curtidores, Willie tratou de reviver os estágios de seu declínio nos doze meses anteriores. Da desolação e escassez real de uma fazenda arruinada numa colônia que os portugueses haviam abandonado na África; ao apartamento de Charlottenburg, em Berlim, que a princípio lhe parecera um lugar saqueado e desprotegido e malcuidado e frio, testemunhando o desmazelo do pós-guerra, repleto de fantasmas pregressos de que ele mal fazia idéia; à cidade da Índia em que seu avião aterrissara, ao Hotel Riviera, ao Neo Anand Bhavan, ao acampamento guerrilheiro na floresta de teca e agora a esse choque que era ver-se entre os curtumes, numa cidadezinha que ele não conhecia e nem sequer seria capaz de localizar num mapa: câmaras apartadas de experiência e sensibilidade, cada uma constituindo uma violação com a qual ele acabava tendo de conviver como se fosse um mundo completo.

Foi em meio à terrível fedentina da rua dos curtumes que, naquela noite, Willie e Bhoj Narayan ficaram próximos. Como se tivesse sido necessária essa singular calamidade (pelo menos assim parecia) para que se tornassem amigos. Saíram para dar uma volta, afastando-se das tochas fumarentas do lugar, rumo às débeis lâmpadas fluorescentes do que para Willie agora parecia ser a cidade mais pura, ao bazar (suas moscas a essa hora adormecidas) e à área ao redor da estação ferroviária.

Disse Willie: "Deram cento e cinqüenta rupias para a gente passar catorze dias. Isso significa dez rupias por dia. Em Berlim não dá nem para tomar um café. Você acha que eles esperam que usemos nosso próprio dinheiro?".

Disse Bhoj Narayan, com um quê de severidade: "Temos de seguir as ordens deles. Eles têm suas razões".

E Willie compreendeu que Bhoj Narayan era um verdadeiro homem do movimento, o responsável por aquela missão, e que tinha de ser respeitado.

Foram ao bazar e usaram cinco rupias para comer *dal*,* couve-flor e picles; e mais duas rupias para tomar café. Depois caminharam em meio à penumbra da cidade, falando do passado, ambos se apresentando de uma maneira que não lhes fora permitida no acampamento. Willie falou da Inglaterra e de seus dezoito anos na África.

Disse Bhoj Narayan: "Ouvi qualquer coisa sobre isso. Para você provavelmente não somos nada".

Disse Willie: "Parece mais excitante do que era. As palavras às vezes transmitem impressões falsas. Os nomes dos lugares às vezes transmitem impressões falsas. Suscitam associações grandiosas demais. Quando você está no lugar em si, em Londres, na África, tudo pode parecer banal. Na escola, estudamos um poeminha cômico de William Blake. Acho que não me lembro de tudo. *Tinha um moleque danado, e que danado ele era. Um belo dia fugiu. Foi ver a Escócia como era. E viu que lá o chão era tão duro, e as cerejas tão carmim, como eram na Inglaterra. E pensou como era engraçada essa terra.* E comigo também foi assim. Por isso vim à procura de vocês. Era infeliz onde estava. E algo me dizia que meu lugar era neste mundo aqui".

Enquanto caminhavam na escuridão, Willie viu uma agência do correio. Pensou: "Amanhã preciso dar um jeito de voltar a este lugar".

Bhoj Narayan disse que seus antepassados eram camponeses. Haviam abandonado sua terra e sua aldeia devido a um grande período de fome ocorrido no fim do século xix. Pertenciam a uma casta atrasada. Tinham ido parar numa cidadezinha ferroviária construída havia pouco tempo pelos ingleses, e lá seu avô encontrara algum tipo de trabalho. O pai de Narayan conseguira terminar os estudos e arrumara um emprego no sistema estatal de transportes. E ele se tornara contador. A história da família de sua mãe era semelhante. Tinham boa formação cultural. Eram músicos. Porém pertenciam à mesma casta atrasada.

Disse Willie: "Você está me contando uma história de sucesso. Por que entrou para o movimento? Por que está jogando

(*) Guando. (N. T.)

tudo fora? Agora você é um homem de classe média. As coisas só tendem a melhorar para você e para sua família".
Disse Bhoj Narayan: "E você, por que entrou?".
"Boa pergunta."
Bhoj Narayan disse num tom levemente irritado: "Mas por quê?".
Deixando para trás sua atitude evasiva inicial e o distanciamento social que ela implicava, Willie disse: "É uma longa história. Acho que é a história da minha vida. Acho que é o modo como o mundo é feito".
"A mesma coisa comigo. Com pessoas de sentimento nada é predeterminado. Quem compra uma máquina, recebe um manual de instruções. Os homens não são assim. Sinto orgulho da minha família, me orgulho do que fizeram nos últimos cem anos. Mas ao mesmo tempo vou lhe dizer uma coisa. Antigamente, quando eu ficava sabendo que um senhor de terras tinha sido assassinado, meu coração cantarolava. Eu queria que todos os feudais fossem mortos. Queria-os todos enforcados e pendurados até que a carne desprendesse do esqueleto."
Willie reconheceu a maneira de falar de Joseph.
Disse Bhoj Narayan: "E eu não queria que outros os matassem. Queria estar lá. Queria me mostrar para eles antes que fossem mortos. Queria ver a surpresa e o medo nos olhos deles".
Pensou Willie: "Será verdade isso? Ou será que ele só está tentando me impressionar?". Examinou as feições daquele homem escuro, tentou imaginar sua família, seu passado de impotência. Disse: "Acho que a fome que obrigou sua gente a deixar a aldeia foi a mesma fome que levou meu bisavô, o avô do meu pai, a abandonar seu antigo templo. Não é estranho? Temos um vínculo mais estreito do que imaginávamos. E descobri há alguns anos que Rudyard Kipling escreveu uma história sobre aquela fome. Uma história de amor, uma história de amor inglesa".
Bhoj Narayan não estava interessado. Retornaram à rua dos curtumes para despir-se e esperar que a noite passasse; e Willie então se viu trancado em sua nova câmara de consciência, de fedor e fealdade, mas com a convicção de que logo estaria vivendo dentro dela como num mundo completo e com a certeza de que sobreviveria.

Na manhã seguinte refez o caminho até o correio. No aerograma que ele não terminara — no qual riscara o nome de Kandapalli e depois receara continuar —, Willie escreveu: *Creio que estou entre os inimigos do homem de que falávamos. Não tenho controle sobre meus movimentos. Ficarei duas semanas aqui. Por favor, escreva para a posta-restante desta cidade. Esta carta levará uma semana para chegar aí. A sua levará uma semana para chegar aqui. Conto com você.*

Ao meio-dia, Willie e Bhoj Narayan foram ao bazar. A comida estava mais fresca do que na noite anterior. Comeram com gosto e, então, enquanto caminhavam pela cidade, Bhoj Narayan contou mais detalhes de sua história. Não foi preciso que Willie o instasse a falar.

Disse Bhoj Narayan: "Quando eu estava no segundo ano da faculdade, pensei que devia abandonar os estudos e ingressar na guerrilha. Eu costumava ir com alguns amigos até uma caixa-d'água na periferia da cidade. Deve ser algo que tenho no sangue, pois o fato é que sempre gostei do verde. Muita relva e árvores. É assim que devia ser o mundo. Falávamos sobre o que podíamos fazer. Sobre virarmos guerrilheiros. Mas não tínhamos a menor idéia de como levar isso ou qualquer outra coisa adiante. Só o que me ocorreu foi sondar um dos nossos professores. Ele disse que não sabia como me pôr em contato com os guerrilheiros. Mas sabia, sim. Um sujeito do departamento de engenharia do município veio me procurar um dia no albergue dos estudantes. Marcou uma data para me levar até as pessoas que eu queria conhecer. Prometi levar meus amigos comigo. Mas, quando chegou o dia, eles não deram as caras. Ficaram com medo. Tinham preocupações excessivamente mundanas. Gostavam demais da vida. De modo que fui sozinho. E foi assim que começou. Faz três anos".

"Quer dizer que para você funcionou?"

"Funcionou. Perdi alguns amigos. Levei seis meses para me acostumar. Também sinto falta das piadas. No movimento não são permitidas. E não se podem fazer piadas com os camponeses. Eles detestam. Às vezes tenho a impressão de que são capazes de matar uma pessoa se acharem que ela está caçoando deles. Com eles, é preciso usar sempre uma linguagem absolutamente literal. Para quem está acostumado a falar de outra maneira, nem sempre é fácil."

E assim foram passando os dias, dez rupias por dia; e na companhia de Bhoj, isso não era desagradável. Contudo, o dinheiro estava ficando curto e não havia notícia de nova remessa nem de novas ordens, e Willie começou a ficar ansioso. Disse Bhoj Narayan: "Vamos ter de racionar o dinheiro. Só restam trinta rupias. Passaremos a gastar cinco rupias por dia com comida. Quando começarmos, as dez rupias parecerão um luxo. Vai ser bom para a disciplina".

"Acha que esqueceram da gente?"

"Não, não esqueceram da gente."

No décimo quinto dia, quando fazia três dias que estavam sobrevivendo com apenas cinco rupias por dia, Willie foi ao correio. Havia uma carta de Sarojini na posta-restante. A visão do selo da Alemanha alegrou seu coração.

Querido Willie, não sei como contar a você. Imagino que, quando alguém tenta arranjar as coisas à distância, podem acontecer erros de comunicação. Não sei se foi culpa do Joseph ou de outra pessoa. Você sabe que o movimento sofreu um racha, e o que aconteceu é que você foi parar no meio de um bando de psicopatas. Em todo movimento clandestino, preste atenção, em todo movimento clandestino há um elemento de criminalidade. Conheci muitos deles e sei do que estou falando. Eu devia ter lhe dito isso antes de você partir, mas pensei que você era um homem inteligente e que acabaria descobrindo isso por conta própria e saberia o que fazer quando chegasse a hora. Não preciso lhe dizer para tomar cuidado. Alguns dos que estão à sua volta são conhecidos no movimento como "homens de ação". Significa que já mataram e que estão preparados para matar de novo. Às vezes são fanfarrões e desequilibrados. O consolo é que, no limite, todos vocês estão servindo à mesma causa, e talvez chegue o dia em que você consiga mudar de lado e juntar-se ao grupo de Kandapalli.

Willie amassou a carta, com seu precioso selo alemão, e atirou-a num monte de lixo úmido e pútrido que havia do lado de

fora do bazar. Lá dentro, Bhoj Narayan disse: "Este é nosso último dia com dinheiro".
Disse Willie: "Estou com a sensação de que esqueceram de nós".
"Precisamos mostrar que temos expediente. Depois de comer, sairemos atrás de trabalho. Deve haver empregos de meio período num lugar como este."
"Que tipo de serviço podemos fazer?"
"Essa é a questão. Não temos experiência em nada. Mas arranjaremos alguma coisa."
Comeram pequenas porções de arroz e *dal* em cuias de folhas. Quando estavam saindo, Bhoj disse: "Veja. Fumaça preta no céu a alguns quilômetros daqui. Chaminés. Usinas de açúcar. Estamos na época da moagem. Vamos caminhar um pouco".
Andaram até os limites da cidade e então atravessaram uma região semi-rural para chegar à usina, as chaminés o tempo todo ficando mais altas. E o tempo todo, caminhões carregados de cana-de-açúcar passavam por eles, seguidos de carros de boi também carregados de cana-de-açúcar. No pátio da usina a situação era caótica, mas mesmo assim eles conseguiram identificar um responsável. Disse Bhoj Narayan: "Eu falo com ele". Cinco minutos depois, voltou e disse: "Temos trabalho por uma semana. Das dez da noite às três da manhã. Vamos recolher o bagaço da cana depois da moenda. Em seguida o levaremos para a área de secagem. Eles usam o bagaço seco como combustível. Mas isso não é problema nosso. Doze rupias por dia, bem menos que o salário mínimo. Não daria para tomar um café em Berlim. Mas não estamos em Berlim, e em certas situações não se discute. Falei para o capataz que éramos refugiados de outro país. Foi uma maneira de dizer a ele que não causaríamos problemas. Agora vamos voltar para a rua dos curtumes e descansar até a noite. Teremos uma longa caminhada de volta e outra longa caminhada pela manhã".
E assim, para Willie, o quarto na rua dos curtumes mudou novamente, tornando-se um lugar de descanso antes do trabalho. E na manhã seguinte, pouco antes das seis, tornou-se um lugar onde — tendo eles palmilhado o caminho de volta na escuridão e se lavado na torneira comunitária (felizmente com água

àquela hora) e limpado seus corpos da pegajosa e adocicada umidade do bagaço — Willie e Bhoj Narayan mergulharam num sono profundo e exausto, com uma espécie de contentamento animalesco.

Willie acordava de tempos em tempos, em virtude das dores que sentia em seu corpo moído pela sobrecarga de esforço físico, e então, em seu torpor, via novamente a cena fantasmagórica no pátio mal iluminado da usina, com os andrajosos homens-gafanhoto, seus companheiros de trabalho, para os quais aquele emprego noturno não era uma brincadeira, um dramazinho representado após o fim do expediente, uma fuga da rotina, e sim uma questão de vida ou morte, andando de cá para lá numa espécie de lenta e infernal dança de silhuetas, com pequenas cestas de bagaço na cabeça, rumo à ampla área de concreto destinada à secagem, e depois com as cestas vazias na mão, enquanto outros ao longe recolhiam o lote de bagaço seco da noite para alimentar a fornalha da usina, as chamas erguendo-se num azul-turquesa extraordinariamente belo e lançando uma luminescência verde-clara adicional sobre os pequenos corpos escuros, lustrosos e extenuados: cerca de sessenta homens no total fazendo o que dez homens com carrinhos de mão poderiam fazer no mesmo período e o que duas máquinas simples fariam com um mínimo de azáfama.

Acordou pouco antes da uma, pensando, ao olhar para o pulso, que seu relógio Rolex era como uma lembrança, e uma necessidade, de outro mundo. Bhoj Narayan ainda dormia. Willie não quis perturbá-lo. Assim que reuniu forças, partiu para o centro da cidade, fugindo da rua dos curtumes. Tinha um aerograma e uma caneta Pentel. Procurou por aquilo que numa cidadezinha como essa as pessoas chamavam de hotel, mas que era tão-somente uma espécie muito tosca de café ou casa de chá. Bhoj Narayan havia desencorajado esse tipo de aventura. Encontrou o tal hotel. Pediu café e bolinhos de arroz no vapor. Estes vieram acompanhados de dois tipos de chutney e dois tipos de *dal*, e pareceram-lhe um luxo desmedido, embora um mês antes aquele hotel, onde as moscas, mais ágeis que as pessoas, estavam por toda parte, alimentando-se de tudo, o teria deixado aflito. O garçom esguio, fisicamente pouco acima da classe dos gafanhotos, com cabelos grossos e oleosos, envergava um conjunto de túnica e calças de dril branco. A roupa estava preta e suja em todos os lugares onde podia estar suja, principalmente em volta dos bojudos bolsos laterais, como se aquele tipo de sujeira fosse uma marca de serviço e trabalho duro. Era óbvio que ele só recebia uma muda de roupa limpa por semana, e a próxima troca era iminente.

O garçom passou um pano na mesa de mármore, provocando uma revoada de moscas irritadas, muitas indo aterrissar nos cabelos de Willie e do garçom. Então Willie sacou seu aerograma e pôs-se a escrever.

Querida Sarojini, não preciso lhe dizer que embarquei nisso com a mais pura das intenções e o desejo de fazer aquilo que, a partir de seus ensinamentos e à luz de minhas próprias reflexões, começara a parecer-me a coisa certa. Porém agora preciso confessar que me sinto perdido. Não sei a que causa estou servindo nem o porquê de estar fazendo o que estou fazendo. Comecei a trabalhar numa usina de açúcar, carregando bagaço de cana das dez da noite às três da manhã por doze rupias ao dia. O que isso tem a ver com a causa da revolução, sinceramente não sei. Só sei que me deixei controlar por outras pessoas. Fiz a mesma coisa, como você deve estar lembrada, quando fui para a África. E pretendia nunca mais fazer isso de novo, porém percebo agora que fiz. Estou acompanhado de um veterano do movimento. Não me sinto à vontade com ele e tenho quase certeza de que a recíproca é verdadeira. Fugi do quarto em que estamos hospedados para escrever esta carta. Acho que ele é um dos "homens de ação" de que você fala na sua carta. Ele me disse que os camponeses não gostam de piadas e são capazes de matar uma pessoa caso lhes pareça que ela está caçoando deles. Tenho a impressão de que isso também vale para ele. Ele me perguntou por que entrei para o movimento. É claro que não dava para contar a história toda em meia dúzia de palavras, então eu disse: "Boa pergunta". Como se eu estivesse em Londres ou na África ou em Berlim. Ele não gostou e não me deu chance de consertar a situação. Depois de mais alguns passos em falso assim, agora tenho medo de falar abertamente com ele, e isso o ofende. Ele é o líder. Está no movimento há três anos. Tenho de obedecer suas ordens, e sinto que nas últimas semanas abri mão da minha liberdade, mas não sei em favor de que boa causa fiz isso. Estou pensando em fugir. Ainda me restam duzentos marcos do dinheiro de Berlim. Imagino que seja possível trocar isso num banco, se não acharem muito suspeito, e depois posso ir até uma estação de trem e dar um jeito de voltar para a casa da nossa família. Mas isso também seria uma espécie de morte para mim. Não quero voltar para aquela infelicidade familiar horrível. Me desculpe por escrever desse jeito. Não sei até quando permanecerei nesta cidade, de maneira que talvez não valha a pena você perder tempo escrevendo para a posta-restante daqui. Comunicarei meu novo endereço assim que possível.

Bhoj Narayan ainda estava em sua cama de lona quando Willie regressou à rua dos curtumes. Pensou Willie: "Aposto que ele sabe onde estive e o que fiz".

Para evitar perguntas, disse: "Fui à cidade tomar um café e comer um bolinho de arroz. Estava precisando".

Disse Bhoj Narayan: "Só ganhamos doze rupias por noite na usina. Vá com calma. Pode haver dias difíceis pela frente".

Novamente sonolento após seu café-da-manhã, Willie despiu-se e deitou na pequena cama de campanha. Pesava-lhe a lembrança do longo dia que tinha pela frente, e da noite de trabalho.

Pensou: "Há algum sentido nisso? Para Bhoj Narayan há. Conhece o plano e sabe de que maneira o que estamos fazendo se encaixa nele. Tem absoluta fé nele. Eu não tenho essa fé. Tudo de que necessito agora é força para seguir em frente, força para hoje à noite. Rezo para que essa força me venha de algum lugar, de algum canto recôndito do meu espírito. É assim que preciso viver a partir de agora, um dia de cada vez, ou meio dia de cada vez. Eu decaí tanto. Pensava que esta rua de curtumes tinha sido o limite. Mas aqueles carregadores de bagaço fantasmagóricos me puxaram ainda mais para baixo e estarão lá hoje à noite de novo, sobrevivendo com toda a sua miséria. Talvez eu precisasse saber sobre esses verdadeiros sobreviventes. Talvez essa exposição à nulidade humana me faça bem, talvez me leve a enxergar as coisas com mais clareza".

Rendeu-se às imagens das chamas azul-turquesa nos pequenos corpos dos trabalhadores noturnos. Então as imagens se distorceram, perderam a seqüência e ele adormeceu. Anoitecia quando acordou. Bhoj Narayan não estava no quarto, e ele ficou grato por isso. Vestiu-se e foi ao bazar, onde comeu um punhado de grãos-de-bico com curry numa cuia de folhas. Foi como um excesso, após o banquete da manhã. Empanturrou-o, e ele pôde, ao voltar para o quarto, aguardar pacientemente até as oito, quando Bhoj Narayan chegou e era hora de eles partirem para a usina de açúcar.

E de alguma forma, como se em resposta a suas necessidades, veio-lhe a força para a faina da noite. O que fora novo e debilitante na noite anterior, em esforço e imagens, tornou-se rotina nessa segunda noite; isso ajudou. Após uma hora (o Rolex marcando a passagem do tempo, como em sua outra vida ou suas outras vidas), ocorreu-lhe a idéia reconfortante de que aquilo era como fazer uma das compridas e difíceis viagens de carro pela África. De antemão a idéia parecia aflitiva, mas era só partir que tudo ficava bem e a coisa toda se tornava mecânica: a estrada dava a impressão de fazer tudo sozinha. Bastava manter a calma e se deixar levar.

Depois entraram na fila com os demais, suados, cobertos de bagaço cinza e pegajoso, molhados, para receber suas doze rupias.

Disse Bhoj Narayan: "Trabalho honesto".

Willie não soube como lidar com isso. Não sabia se Bhoj Narayan estava sendo irônico, zombando do discurso corriqueiro de patrões e capatazes, ou se falava a sério, com o intuito de encorajá-lo, querendo dizer que o trabalho pesado que eles faziam na usina de açúcar servia à causa e por essa razão devia ser valorizado.

No dia seguinte, quando Willie acordou, Bhoj Narayan não estava no quarto, e Willie pensou que provavelmente ele saíra para tentar fazer algum tipo de contato com o movimento. A atitude de Bhoj Narayan continuava sendo a de que tudo estava sob controle, que a seu devido tempo chegariam mais dinheiro e novas ordens, e Willie já não o questionava a esse respeito.

Era uma da tarde, uma hora mais tarde do que Willie acordara no dia anterior. Seu corpo começava a habituar-se ao novo horário; com a cabeça se antecipando, alarmada, pensou que dali a dois ou três dias provavelmente passaria a maior parte do dia dormindo um sono entorpecido, suas horas mais alertas sendo as que passava carregando bagaço de cana de um lado para o outro.

Dirigiu-se ao hotel que usara no dia anterior e pediu café e bolinhos de arroz no vapor. A rotina era reconfortante. O garçom anão, com seus cabelos grossos e oleosos, continuava envergando o imundo uniforme de dril branco. Talvez estivesse um pouco mais sujo agora, ou muito mais sujo; naquele estágio de cinza e preto, era difícil determinar o grau da sujeira.

Pensou Willie: "Restam mais seis dias de trabalho com o bagaço de cana. É possível que até lá tenhamos ido para outro lugar. É possível que eu nunca veja este garçom com um uniforme limpo. Tenho certeza de que é assim que ele o vê: sempre branco, limpo e passado. Talvez, se ele visse o uniforme como realmente é, perderia a pose. Sua vida mudaria".

Depois foi à agência do correio e bateu no balcão da posta-restante, a fim de verificar se por algum milagre havia outra carta de Sarojini. Os escaninhos que se erguiam junto à parede escura estavam cheios de cartas dos mais variados tamanhos. Quando veio atendê-lo, o funcionário não se deu o trabalho de olhar. Disse: "Hoje não tem nada. Volte daqui a três dias. É quando chega a correspondência da Europa".

Willie caminhou pela lúgubre área comercial da cidadezinha. A monção e o sol haviam manchado as paredes e empanado suas cores originais. Só os letreiros, estridentes e competindo uns com os outros, eram novos e tinham cores brilhantes. Passou por uma agência do Banco de Baroda. Era bastante escuro lá dentro. Os ventiladores de teto giravam vagarosamente, sem perturbar as pilhas de papéis em cima das mesas, e os caixas ficavam atrás de uma grade de metal.

Disse Willie: "Vocês trocam marcos alemães aqui?".

"Sim, mas é preciso apresentar o passaporte. O marco está cotado a vinte e quatro rupias. Cobramos uma taxa mínima para valores abaixo de cem rupias. Trouxe seu passaporte?"

"Mais tarde. Volto mais tarde."

A idéia de fugir ocorrera-lhe somente no dia anterior, enquanto escrevia a carta para Sarojini. E agora ele pensava: "Tirando as taxas, cem marcos devem dar umas duas mil e trezentas rupias. É do que eu preciso para chegar ao lugar aonde estou pensando em ir. Tenho de manter esses marcos escondidos a todo custo. Não posso deixar que Bhoj Narayan os descubra".

Bhoj Narayan não disse nada sobre o que havia feito naquela manhã. Mas estava começando a ficar preocupado. E três dias depois, quando lhes restavam somente três dias de trabalho na usina de açúcar, disse para Willie: "Tenho a sensação de que aconteceu alguma calamidade. Precisamos aprender a conviver com a idéia de calamidade. Nunca me decepcionaram antes. E algo me diz que devemos começar a pensar em voltar para o acampamento na floresta de teca".

Pensou Willie: "Isso é o que você fará. E fará sozinho. Tenho meus próprios planos. Vou fugir e recomeçar do zero. Isto aqui é um equívoco".

Nesse dia o garçom envergava um uniforme limpo. Isso o modificava. Deixava-o sorridente e muito receptivo. Notavam-se apenas manchas mínimas nos bolsos em que, havia duas ou três horas, ele enfiava as mãos à procura de troco.

Pensou Willie: "Nunca imaginei que veria isso. Deve ser um sinal". E quando foi à agência do correio, o funcionário disse: "Chegou uma coisa para você. Não falei que levaria três dias?".

Querido Willie, nosso pai adoeceu. Faz anos que, assim como você, deixei de ter contato com ele, e imagino que, se me perguntassem, eu diria que esperava sua morte, pois assim ninguém teria como ver do que eu havia saído. Não sei como você se sente em relação a isso, mas eu tinha muita vergonha, e o dia mais feliz da minha vida foi quando Wolf apareceu e me levou embora da fraude lamentável que era aquela família e aquele ashram. Entretanto, quando soube que o velho estava doente, comecei a pensar nas coisas do ponto de vista dele. Deve ser a idade que faz isso com a gente. E comecei a ver como ele foi prejudicado, e não por culpa dele, e percebi que ele fez o melhor que pôde com o que tinha às mãos. Nós dois pertencemos a outra geração, a outro mundo. Temos outra noção das possibilidades humanas e não devemos julgá-lo severamente demais. Meu coração me diz para ir vê-lo, embora eu saiba muito bem que vou encontrar a mesma situação deplorável de antes e vou me envergonhar de todos eles e vou querer ir embora o mais rápido possível de novo.

Pensou Willie: "O uniforme branco e limpo do garçom era um sinal. A idéia de trocar meus marcos por rupias e voltar para o *ashram* era uma péssima idéia. É covardia. Vai contra tudo o que aprendi no mundo. Nunca mais devo tornar a pensar em tal coisa".

Ao retornar à rua dos curtumes, disse a Bhoj Narayan: "Você tem razão. É melhor começarmos a pensar em voltar para o acampamento. Se de fato aconteceu uma calamidade, devem estar precisando de nós".

Houve uma grande proximidade entre eles então, a qual perdurou ao longo da tarde que passaram na cidade e da caminhada até a usina e das horas de trabalho e também da caminhada de volta, pouco antes do amanhecer. E pela primeira vez Willie sentiu algo semelhante a companheirismo e afeição pelo homem escuro.

Pensou: "Nunca senti nada assim por outro homem. É maravilhoso e enriquecedor esse sentimento de amizade. Esperei quarenta anos por isso. Esse negócio está dando certo".

Foram acordados por volta do meio-dia por uma agitação do lado de fora da casa: muitas vozes ásperas falando ao mesmo tempo. As vozes ásperas eram as vozes dos curtidores, como se eles houvessem desenvolvido essa voz de característica rascante para compensar a fedentina em que viviam. A claridade em torno e acima da porta era ofuscante. Willie queria ver o que estava acontecendo. Bhoj Narayan puxou-o para um lado. Disse: "Tem alguém procurando por nós. É melhor eu cuidar disso. Sei como falar com eles". Vestiu-se e saiu rumo à agitação, que na mesma hora ganhou ares de verdadeiro tumulto, mas em seguida foi acalmada pela autoridade de sua voz recém-chegada. As vozes se afastaram da casa, e poucos minutos depois Bhoj Narayan voltou com um homem em que Willie reconheceu o que agora sabia ser o disfarce de camponês que os integrantes do movimento usavam.

Disse Bhoj Narayan: "Eu sempre soube que vocês não deixariam a gente na mão. Mas estávamos quase desistindo de continuar esperando. Faz uma semana que estamos vivendo de vento".

Disse o falso camponês, enxugando o rosto com a toalha fina e comprida que tinha nos ombros, como um ator ao encarnar seu personagem: "Tivemos um período difícil. Muita pressão dos Greyhounds. Perdemos gente. Mas vocês não foram esquecidos. Vim trazer-lhes mais dinheiro e novas ordens".

Disse Bhoj Narayan: "Quanto?".

"Quinhentas rupias."

"Vamos para a cidade. Agora somos três forasteiros trancados num quartinho na periferia e já atraímos muita atenção. Isso pode ser prejudicial para nós."

Disse o falso camponês: "Eu precisava perguntar. Talvez não tenha usado as palavras certas. E eles ficaram desconfiados".

Disse Bhoj Narayan: "Provavelmente você tentou ser engraçado".

Narayan e o recém-chegado foram na frente. Tornaram a se encontrar no hotel onde Willie tomava seu café com bolinhos de arroz. O uniforme do garçom estava se degradando em ritmo acelerado.

Bhoj Narayan disse a Willie: "Os líderes estão bastante interessados em você. Acaba de entrar no movimento, e já o querem como mensageiro".

Disse Willie: "O que faz um mensageiro?".

"Leva mensagens de uma área para outra, transmite ordens. Não é um combatente, não tem uma visão geral da situação, mas é importante. Pode fazer outras coisas também, dependendo das circunstâncias. Como transportar armas do ponto A para o ponto B. A questão-chave num bom mensageiro é que ele precisa parecer OK em todo lugar. Não deve chamar atenção. E nisso você é muito bom, Willie. Alguma vez parou para observar uma rua? Eu já — estava à procura de policiais disfarçados —, e não demora muito para a gente identificar as pessoas que não pertencem àquele lugar. Mesmo pessoas treinadas. Não têm como evitar. Acabam se entregando de mil e uma maneiras. Mas, por algum motivo, Willie parece à vontade em todos os lugares. Até no pátio da usina de açúcar, ele parece à vontade."

Disse Willie: "É uma coisa que eu treinei a vida toda, não estar à vontade, mas parecer à vontade".

4
APARELHOS

O movimento fora seriamente abalado pela ação da polícia em determinada região, um pelotão inteiro fora perdido, e para aliviar a pressão sobre outros pelotões da mesma região, os líderes — distantes, misteriosos — haviam decidido abrir nova frente de batalha numa área que ainda permanecia, no linguajar dos guerrilheiros, imperturbada.

Até então, para Willie, o território em que a guerrilha agia era composto de uma série de cenários desconexos — floresta, aldeia, campos, cidadezinhas. Agora, na condição de mensageiro, tendo Bhoj Narayan como seu guia e superior, os cenários começavam a formar um todo. Ele estava sempre em trânsito, a pé nas aldeias, em lambretas de três rodas ou em ônibus nas estradas, ou em trens. Ainda não fazia parte das listas de procurados da polícia; podia viajar despreocupadamente; isso era uma das coisas que o valorizavam como mensageiro. Esse deslocamento incessante o agradava, dava-lhe uma sensação de propósito e drama, embora ele apenas intuísse qual era a situação geral da guerrilha. Parte de seu trabalho como homem que viajava era encorajar os demais membros do movimento, exagerar a extensão das áreas livres, insinuar que em muitas áreas a guerra estava prestes a ser vencida, fazendo-se necessária somente uma última investida.

Ele passava mais tempo nas cidades, o que lhe possibilitava receber cartas de Sarojini. Também nas cidades começou a comer melhor. Estranhamente, a comida no interior — onde os alimentos eram cultivados — era ruim; na cidade, todo dia podia ser dia de banquete. Nas aldeias, quando o clima era favorável, os camponeses enchiam seus pratos ou folhas com grãos e contentavam-se em acrescentar apenas temperos de vários tipos; nas cidades, mesmo as pessoas pobres comiam menos grãos e mais verduras e lentilhas. Como estava se alimentando melhor, Willie tornou-se menos suscetível a pequenas doenças e às depressões que podem provocar.

E pela primeira vez desde as duas semanas que passara no acampamento na floresta de teca, as andanças de mensageiro permitiram-lhe começar a ter uma visão mais clara de quem eram seus camaradas no movimento. Não tivera uma boa impressão deles no acampamento, porém agora, em virtude do relacionamento mais íntimo com Bhoj Narayan, um relacionamento que no princípio não fora dos melhores, Willie controlava sua tendência a ver defeitos nas pessoas.

Aproximadamente a cada duas semanas, realizavam-se reuniões com membros graduados de várias regiões. Willie ajudava a organizar essas reuniões. E assistia a muitas delas. Em geral aconteciam em alguma cidade e envolviam certo risco, uma vez que qualquer aglomeração atípica era notada pelos moradores do lugar e informada à polícia. Por isso, cada homem ou dupla de homens tinha seu próprio contato na cidade e procurava chegar à casa desse contato ao anoitecer, após jornadas por vezes bastante exaustivas, jornadas que podiam durar um dia ou mais, às vezes envolvendo caminhadas de um dia inteiro pelos taludes entre uma plantação e outra, longe das perigosas vias públicas. Usavam roupas que não chamassem atenção. Disfarçar era importante. A ordem era que, nas estradas, deviam vestir-se como se vestiam nas aldeias. Cabreiros e fiandeiros, ou gente que fingia ter essas ocupações, envergavam xales de lã grossa que praticamente escondiam a pessoa inteira.

Era pelo contato que, ao chegar à cidade, as pessoas eram informadas do lugar em que a reunião aconteceria. Então, às vezes iam para o sótão da casa do contato e vestiam roupas menos suadas; ou trocavam as roupas de trabalhadores rurais — a tanga e a camisa comprida com bolsos grandes nas laterais e a toalha colorida nos ombros — por roupas citadinas, calças e camisas ou túnicas longas. A despeito de todo seu discurso revolucionário, não raro ansiavam usar calças, para dar a impressão de que eram gente da cidade e assim granjear um pouco mais de autoridade junto aos companheiros durante as discussões. Tiravam as sandálias grosseiras tão logo chegavam ao aparelho onde se daria a reunião; mas seus pés continuavam esfolados e exibiam uma sujeira encardida mesmo depois de terem sido lavados e, em conjunto com o amontoado de xales de lã imundos, davam ao encontro uma aparência aldeã.

As pessoas vinham à cidade para conversar, receber instruções, fazer suas sessões de autocrítica. Mas também vinham para comer, para saborear os mais simples pratos da cidade e mesmo para sentir o gosto do sal refinado. E essa avidez contida gerava uma espécie de fanfarronice às avessas, com muitos falando competitivamente da austeridade de suas vidas nas aldeias.

Numa de suas primeiras reuniões — numa colônia ferroviária, numa casa ferroviária, onde a mobília do aposento principal fora empurrada para as paredes e as pessoas se sentavam sobre colchões e lençóis estendidos no chão —, Willie ouviu um homem de tez pálida dizer: "Faz três dias que só como arroz frio". Willie não recebeu isso como o ponto de partida para uma conversa amistosa. Interpretou-o literalmente. Não acreditou, implicou com a bravata e manteve os olhos fixos no rosto do homem um pouco mais do que devia. O sujeito notou e não gostou. Devolveu o olhar de Willie, retribuindo a expressão hostil enquanto continuava a dirigir-se aos demais presentes na sala. "Mas isso para mim não é nada. Fui criado assim." Pensou Willie: "Oh, oh. Arrumei um inimigo". Desse momento em diante tentou evitar o olhar do homem, mas durante toda a noite percebeu que a inimizade do sujeito só fazia crescer. Não podia ter sido uma ocasião menos funesta. Ele recordou a desconfiança inicial que sentira em relação a Bhoj Narayan, a maneira como julgara com parâmetros de outro país um homem que nunca havia saído da Índia. Não sabia como consertar a situação com o comedor de arroz frio e, mais tarde, ainda naquela noite, soube que o sujeito era comandante de um pelotão e possivelmente bem mais que isso no interior do movimento, um homem graduado e importante. Willie era tão-somente um mensageiro às voltas com o que era visto como uma atividade semi-intelectual de propaganda e ainda em período de experiência; levaria algum tempo para ser integrado num pelotão.

Pensou Willie: "Certa vez eu disse irrefletidamente: 'Boa pergunta' para Bhoj Narayan, e por algum tempo angariei sua antipatia. Por força do hábito, quando esse homem estava falando sobre comer arroz frio, olhei para ele de modo mais zombeteiro do que devia. E agora ele é meu inimigo. Vai tentar me intimidar. Como Bhoj Narayan faz com outras pessoas, vai querer ver nos meus olhos a zombaria dando lugar ao medo".

Seu inimigo era conhecido pelo epíteto de Einstein, e nos meses seguintes Willie foi coletando aqui e ali pedaços esparsos de sua história, que no movimento era lendária. O sujeito vinha de uma família de camponeses. Um professor primário reconhecera seu talento para a matemática e o ajudou o máximo que pôde num ambiente rural. Naquela família nunca ninguém freqüentara uma universidade e, chegada a hora, sacrifícios imensos haviam sido feitos para mandá-lo para uma cidadezinha próxima, onde ele poderia fazer um curso superior. Um quarto, ou para ser mais exato, um espaço, de um metro por dois, foi alugado na varanda da casa de um tintureiro por quinze rupias mensais. A insignificância espacial desse local de moradia, assim como as somas minúsculas com que ele tinha de se virar eram parte do romantismo da história.

A rotina da vida de estudante que Einstein levara na casa do tintureiro era famosa. Levantava às cinco, enrolava o colchão e limpava a varanda (aferrado a sua velha maneira de ser, Willie não via como isso pudesse tomar muito tempo). Depois lavava suas panelas (que mantinha à parte das do tintureiro) e cozinhava seu arroz num fogão à lenha improvisado na parte da varanda destinada à cozinha. Willie notava que na agenda de estudante de Einstein não havia tempo para recolher lenha; talvez se levantasse às quatro nos dias em que tinha de catar lenha. Comia o arroz quando ficava pronto e ia para a aula. À tarde, ao voltar para casa, lavava suas roupas; tinha apenas uma muda de roupa. Então cozinhava mais um pouco de comida, possivelmente arroz de novo, comia e deitava-se para dormir. Entre um afazer e outro, dedicava-se aos estudos.

Vieram os exames do bacharelado. Einstein sentiu-se desnorteado com o primeiro problema da primeira prova. Deu um branco em sua cabeça. Pensou que devia escrever uma carta ao pai, desculpando-se pelo fiasco. Pôs-se a escrever, porém enquanto o fazia veio-lhe à mente uma maneira totalmente nova de resolver o problema. O restante da prova foi fácil, e a nova solução que ele apresentou para o primeiro problema deixou a universidade em polvorosa. Todo mundo ficou sabendo da carta de desculpas a partir da qual, como num sonho, nascera a solução; e as pessoas puseram-se a dizer que ali estava mais um representante da linhagem de gênios matemáticos indianos do século XX. Esses comentários, que ele encorajava, por fim começaram a afetá-lo. Publicou um artigo matemático num periódico indiano. O artigo foi bem recebido, e ele pensou que estava incumbido de corrigir Einstein. Em pouco tempo, isso tornou-se uma obsessão. Perdeu o emprego na universidade e não arrumou outro. Não publicou mais nenhum artigo. Retornou a sua aldeia, desfez-se de todos os paramentos da educação (calças, camisas enfiadas dentro delas, sapatos e meias) e sonhava em destruir o mundo. Quando irrompeu o movimento, engajou-se.

Pensava Willie: "Esse sujeito não tem como fazer uma revolução. Ele nos odeia. Preciso encontrar Kandapalli e me bandear para o outro lado".

Então, na posta-restante de uma das cidades que ele visitava regularmente, chegou uma carta de Sarojini.

Querido Willie, nosso pai está gravemente doente e interrompeu todo o trabalho no ashram. Sei que a seus olhos o mundo não perde muito com isso, mas comecei a pensar diferente. Não importa o que você diga, o fato é que o ashram foi uma criação. Imagino que esse seja o efeito que a perspectiva da morte tem sobre nós. A outra notícia, igualmente ruim, e do seu ponto de vista talvez ainda pior, é que Kandapalli não está bem. Já não tem a mesma lucidez de antes, e não há nada mais frágil que um revolucionário cuja lucidez dá sinais de esgotamento. As pessoas que admiravam o homem forte e desejavam compartilhar seu vigor fogem do homem enfraquecido. Sua debilidade torna-se uma espécie de defeito moral, conspurcando todas as suas idéias, e receio que seja isso que esteja acontecendo com Kandapalli e seus seguidores. Sinto que o dei-

xei em maus lençóis. Não sei se você tem como entrar novamente em contato com Joseph ou se ele próprio é parte do problema.

Pensou Willie: "Agora é tarde demais para pensar em Joseph e no genro rancoroso dele, enchendo aquele apartamento de tensão. Estou para ver alguém mais vaidoso e vingativo que um sujeito vindo de baixo com ganas de corrigir o passado. Fiquei perturbado com o rapaz tão logo o vi, com aquele seu sorriso torto de auto-satisfação".

Um dia Bhoj Narayan disse: "Arrumamos um recruta interessante. Tem um táxi-lambreta de três rodas. É de origem humilde, vem de uma casta de fiandeiros, mas por algum motivo — talvez um professor, talvez o exemplo de um amigo ou parente distante, talvez alguma ofensa — tornou-se ambicioso. É o tipo de pessoa que costumamos atrair. Começam a sair do lugar, e percebem que querem ir mais rápido. No movimento, fizemos pesquisas sobre esse tipo de gente. Estudamos o padrão de comportamento das castas nas aldeias".

Pensou Willie: "Sou seu amigo, Bhoj Narayan. Mas essa também é a sua história. Por isso você o compreende". Então, pouco depois, não desejando trair o amigo nem em pensamento, veio-lhe esta idéia complementar: "Talvez seja a minha história também. Talvez esse seja o ponto em que todos nós nos encontramos. Talvez por isso sejamos pessoas tão difíceis".

Disse Bhoj Narayan: "Ele procurou nossa gente. Convidou-os a sua casa e deu-lhes de comer. Quando a repressão policial estava no auge, ofereceu a casa como esconderijo. Acho que pode ser útil em nosso trabalho de mensageiros. Vale a pena ir conhecê-lo melhor. A história dele lembra a do Einstein, sem o brilhantismo. Foi estudar numa cidadezinha, mas não chegou a obter um diploma. A família foi obrigada a chamá-lo de volta à aldeia. Não tinham como arcar com as dez ou doze rupias do aluguel por um espaço na cidade nem com as vinte ou trinta rupias da alimentação do rapaz. É patético. Deixa a gente com vontade de chorar. Ele sofreu ao retornar à aldeia. Já estava muito acostumado à vida na cidade. Sabe o que significava essa vida para ele?

Significava ir a uma pequena casa de chá ou a um hotel para tomar um café e fumar um cigarro pela manhã. Significava pagar meia rupia por um ingresso num cineminha fajuto. Significava calçar sapatos e meias. Significava vestir calças e enfiar a camisa para dentro e caminhar feito um homem, em vez de arrastar os pés em sandálias de sertanejo, envergando um camisolão. Ao voltar para a casa típica da casta de fiandeiros que a família tinha na aldeia, perdeu tudo isso de um golpe só. Não tinha nada para fazer. Não queria ser fiandeiro. E vivia num tédio só. Sabe o que ele disse? 'A aldeia é só natureza, não se vê nem um transistor.' Apenas dias vazios e compridos e noites mais compridas ainda. Por fim, ele conseguiu um empréstimo no banco e comprou um táxi-lambreta. Pelo menos assim pode sair da aldeia. Mas o que realmente o fez vir atrás de nós foi o tédio. Quando alguém sente o tédio que é viver numa aldeia, está pronto para tornar-se um revolucionário".

Uma tarde, cerca de uma semana depois, Willie e Bhoj Narayan foram à aldeia do rapaz da lambreta. Não era uma aldeia de telhados de sapê mal aparados e ruas de terra, a aldeia da imaginação popular. As ruas eram pavimentadas e os telhados feitos de telhas-canais vermelhas. Os fiandeiros eram uma casta atrasada, e a área dos *dalits*, ou "atrasados", começava numa curva da principal ruela da aldeia, mas se a pessoa não soubesse que se tratava de uma região *dalit*, não perceberia. As casas não se diferenciavam das demais. Os fiandeiros sentavam-se às compridas sombras que se formavam à tarde no pátio da frente de suas casas e fiavam. Os teares ficavam dentro de casa; pelas portas abertas, viam-se pessoas trabalhando neles. Era uma cena pacata, dotada de certa beleza; e custava crer que o produto desse fiar e tecer, que lembrava tanto uma atividade artesanal antiga e preservada, tivesse como único destino a aldeia, os miseráveis, e que para as pessoas envolvidas se tratasse de um negócio desesperado, com margens de lucro estreitíssimas. As rodas de fiar eram caseiras, com velhos aros de bicicleta fazendo as vezes de roda principal; todas as outras partes pareciam construídas com galhos e barbantes, o que lhes dava um aspecto frágil, como se estivessem prestes a despedaçar-se.

A lambreta do rapaz estava no pátio da frente, junto a uma

roda de fiar. Ele morava com o irmão e a família do irmão, e as dimensões da casa eram acima da média. Os dois quartos estavam situados à esquerda, as salas com os teares à direita. Os cômodos não tinham mais que três ou quatro metros de comprimento, de modo que mal a pessoa entrava na casa, já estava fora dela. Nos fundos havia, de um lado, uma cozinha a céu aberto e um cesto grande, cheio de espigas de milho, compradas para serem usadas como combustível. Do outro lado ficava a edícula. A plantação de alguém mais rico chegava até os limites do terreno, onde o irmão do lambretista plantara uma árvore de folhas delicadas, a qual ainda era pequena e delgada, mas que dali a algumas estações seria derrubada e usada como combustível.

Espaço: como sempre era comprimido, como em toda amplidão tornava-se diminuto. Willie não estava disposto a elucidar o arranjo habitacional em vigor na casa. Imaginava que em ambos os quartos havia algum tipo de sótão. E compreendia como, para um rapaz que experimentara a relativa liberdade de uma cidadezinha, ver-se reduzido ao espaço acanhado daquela casa de fiandeiros e não ter nada para fazer o dia inteiro devia ser uma espécie de morte.

Puseram bancos baixos do lado de fora para Willie e Bhoj Narayan e, com antigas cortesias, como se fossem muito ricos, ofereceram-lhes chá. No rosto da mulher do irmão revelava-se o histórico de privações. As maçãs eram afundadas e ela aparentava uns quarenta anos, apesar de certamente não ter mais que vinte e cinco, vinte e oito. Mas, ao mesmo tempo, Willie ficou comovido ao notar o cuidado com que ela havia se vestido para a ocasião, envergando um sári novo de tons foscos, cinza e preto com desenhos de pequenos retângulos e uma franja dourada.

O rapaz da lambreta não se agüentava em si de tanto contentamento por ter Willie e Bhoj Narayan em sua casa. Falou um pouco livremente demais da admiração que sentia pelo movimento, e de tempos em tempos Willie notava certa inquietude nos olhos do irmão.

Pensou: "Há um pequeno problema aqui. Talvez seja a diferença de idade, talvez a diferença de instrução. O irmão mais novo foi um 'homem de calças' e descobriu o que é o tédio. O irmão

mais velho não. Ele, ou a esposa, possivelmente sente que está indo fundo demais numa coisa que escapa à sua compreensão".
Mais tarde, quando Bhoj Narayan indagou a Willie: "O que achou?", Willie respondeu: "Raja é de confiança". Raja era o nome do lambretista. "Mas não dá para dizer o mesmo do irmão ou da mulher dele. Estão com medo. Não querem confusão. Só querem trabalhar e ganhar suas quatrocentas rupias por mês. Você faz idéia de quanto Raja tomou emprestado do banco para comprar a lambreta?".
"Uma lambreta custa entre setenta e setenta e cinco mil rupias. Uma nova. A do Raja deve ter sido bem mais barata. Ele provavelmente tomou trinta ou quarenta mil emprestados. O banco não daria mais que isso."
"O irmão mais velho deve pensar todas as noites nessa dívida. Deve achar que Raja é instruído demais para a vida que eles levam e que isso subiu à cabeça dele e que vai acabar se arruinando."
Disse Bhoj Narayan: "Eles adoram o Raja. Têm muito orgulho dele. Farão tudo o que ele quiser que façam".

Convocavam Raja duas ou três vezes por mês para fazer algum trabalho para o movimento. Raja levava Willie, Bhoj Narayan ou outros para lugares aonde eles tinham de ir com urgência. E, dispondo agora desse recurso, Willie ia com freqüência ao correio das cidadezinhas por onde passava, a fim de verificar se suas postas-restantes guardavam para ele cartas provenientes da Alemanha. Willie ficou conhecido nessas agências do correio, a ponto de muitas vezes não precisar mostrar o passaporte. Isso pareceu-lhe encantador, a cordialidade indiana de que as pessoas falavam; só mais tarde lhe ocorreu ficar preocupado.
Então, após alguns meses, Raja começou a transportar suprimentos, acompanhado de Willie ou de Bhoj Narayan ou sozinho. Havia um espaço embaixo do banco do passageiro, e também era fácil instalar um piso falso na lambreta. Os pontos de coleta e entrega eram constantemente modificados; ficava subentendido que eles eram apenas elos de uma espécie de corrente. Bhoj Narayan agia como coordenador; sabia pouco mais

que Willie, mas nem ele sabia de tudo. Os suprimentos, sobretudo armas, destinavam-se à abertura de uma nova frente de batalha em algum lugar. Depois de todas as perdas que o movimento sofrera recentemente, todo cuidado era pouco. Utilizavam-se vários mensageiros, cada um deles sendo empregado apenas uma ou duas vezes por mês; e os carregamentos eram pequenos, de modo que eventuais apreensões ou acidentes redundassem somente em pequenas perdas locais, nada que alterasse o plano mais amplo.

Certa feita Raja disse a Willie: "Você já viu o quartel da polícia? E se fôssemos até lá só para dar uma espiada?".

"É, por que não?"

Jamais ocorrera a Willie sair à procura do adversário. Já fazia muito tempo que convivia com suas paisagens e tarefas desconexas, sem saber ao certo o resultado de suas ações. Não lhe ocorrera que aquela outra e bem mapeada visão da área também estivesse disponível, que alcançá-la fosse fácil como abrir um livro. E quando eles entraram na rua principal, rumo ao quartel distrital, por alguns instantes Willie teve a sensação de retornar a uma vida pregressa, uma vida plena.

A paisagem adquiriu um aspecto mais amistoso. As amargoseiras e os flamboyants dispostos à margem da rua, ainda que em alguns trechos a fileira de árvores estivesse interrompida, falavam de uma antiga idéia de benevolência que continuava viva. A rua assumiu outro feitio, o do mundo do trabalho, com os prazeres desse mundo — as paradas de caminhões com sinais grandes e coloridos, os anúncios de refrigerantes cola, as cozinhas pretas e fumacentas nos fundos, com fogões de barro em plataformas altas, e as mesas e cadeiras de plástico, pintadas em cores vivas (tudo nas cores dos anúncios de refrigerantes cola), nos pátios empoeirados da frente — tão diferentes, no ânimo que exibiam, nas promessas que continham, dos prazeres abnegados com que Willie convivia fazia mais de ano. Onde havia água se viam pequenas e convidativas plantações de arroz, milho, tabaco, algodão, e às vezes batata, às vezes pimenta. As plantações das áreas livres que Willie conhecera tinham sido abandonadas: os antigos proprietários de terras e os feudais haviam fugido anos antes do caos da guerrilha, e nenhuma ordem nova, minimamente estável, fora instaurada em seu lugar.

Willie recaía com facilidade em velhos estados de alma, e levou um choque quando, em meio ao barulho ensurdecedor de vinte ou trinta táxis-lambretas iguais ao de Raja e um vagalhão azul-acastanhado de fumaça de escapamento, os dois chegaram ao quartel distrital, a área reservada à polícia numa das extremidades da cidadezinha, e viram os velhos sacos de areia manchados (assinalando a ação do sol, da chuva e novamente do sol) e as metralhadoras e os uniformes amarrotados e surrados da Central Reserve Police Force do lado de fora do quartel, uniformes que sugeriam uma seriedade mortal: ver esse efeito das coisas desconexas que ele vinha fazendo, compreender de maneira nova que havia vidas em jogo. A praça de armas da polícia, possivelmente também seu pátio de recreação, estava coberta de areia; o meio-fio das ruas internas do quartel tinha sido caiado recentemente; as árvores umbrosas eram grandes e antigas: como o restante daquela área policial, deviam ter uma história, decerto vinham da época dos ingleses. Gritando para vencer a algazarra das lambretas, Raja explicou a Willie com entusiasmo onde ficava, no prédio de dois andares, as salas do comissário de polícia, e onde, em outro ponto do complexo, junto à praça de armas, estavam instalados os prédios da assistência social da polícia.

Willie não se entusiasmou. Com o coração aflito, pensava: "Quando me contaram sobre as ações da guerrilha, eu devia ter perguntado sobre a polícia. Não devia jamais ter me permitido acreditar que só havia um lado nessa guerra. Não sei como cometemos erros assim. Mas o fato é que cometemos".

Não muito tempo depois disso, Raja foi enviado para um campo de treinamento. Ficou um mês, depois voltou ao trabalho com a lambreta.

Foi então que as coisas começaram a dar errado para ele.

Um dia Bhoj Narayan disse a Willie: "É terrível, mas acho que estamos tendo problemas com Raja. As duas últimas entregas de suprimentos que ele fez foram apreendidas pela polícia exatamente no lugar onde ele as deixou".

Disse Willie: "Talvez tenha sido um acidente. E nada garante que a culpa não seja das pessoas que receberam as entregas".

Disse Bhoj Narayan: "Vejo a coisa de outra maneira. Algo me

diz que a polícia está subornando o irmão mais velho. Talvez também estejam subornando o próprio Raja. Trinta mil rupias é uma dívida e tanto".

"E se por ora deixássemos tudo como está? Podíamos passar um tempo sem usá-lo nas missões."

"Combinado, é o que faremos."

Duas semanas mais tarde, Bhoj Narayan disse: "É como eu temia. Raja quer sair do movimento. Não podemos permitir. Acabaríamos todos em cana. O melhor é irmos vê-lo. Eu disse a ele que iríamos lá para discutir a questão. Temos de dar um jeito de chegar ao anoitecer. Vamos pegar outra lambreta".

O céu estava vermelho e dourado. Na área dos fiandeiros, as poucas árvores de grande porte estavam escuras. Numa casa a uns cem metros deles, viam-se as chamas de um fogão aceso. Era a casa de uma família que produzia cigarros *bidi*.* Se num dia enrolassem cem cigarros, ganhavam quarenta rupias. Era o dobro do que um fiandeiro ganhava por dia de trabalho.

Bhoj Narayan disse para Raja e seu irmão: "É melhor irmos para dentro".

Assim que entraram na casa, o irmão mais velho disse: "Fui eu que pedi para ele sair. Não quero que seja morto. Se Raja for morto, teremos de vender a lambreta. Não conseguiremos obter o mesmo preço que ele pagou e ainda teremos de liquidar o empréstimo no banco. Eu não poderia arcar com isso. Deixaria meus filhos na miséria".

A mulher do irmão mais velho, que na visita anterior envergava seu melhor sári, com a franja dourada, mas que agora vestia somente uma saia de camponesa, disse: "Corte fora um braço ou uma perna dele. Deixe-o aleijado. Ele ainda será capaz de sentar-se num tear e fazer alguma coisa. Por favor, não o mate. Viraremos mendigos se o senhor fizer isso". Sentou-se no chão e agarrou-se às pernas de Bhoj Narayan.

Pensou Willie: "Quanto mais ela implorar e suplicar, mais furioso ele vai ficar. Narayan quer ver o medo estampado nos olhos do homem".

(*) Espécie de cigarro barato, feito com fumo não processado e enrolado com folhas de palha. (N. T.)

E quando o tiro foi disparado e a cabeça de Raja ficou um pandemônio, os olhos do irmão mais velho, fitos no chão, esbugalharam-se. Foi assim que o deixaram, ao irmão mais velho, com os olhos esbugalhados junto aos teares caseiros. Durante todo o trajeto de volta à base, ambos agradeciam o pipocar do motor da lambreta. Uma semana depois, quando tornaram a encontrar-se cara a cara, Bhoj Narayan disse: "Em seis meses passa. Pela minha experiência, é o tempo que demora".

Willie passou as semanas que se seguiram admirado consigo mesmo. Pensava: "Quando conheci Bhoj Narayan, não gostei dele. Sua presença me incomodava. Então, por algum motivo, quando estávamos na rua dos curtumes e eu me sentia profundamente deprimido, encontrei nele um companheiro. O companheirismo que surgiu entre nós foi necessário para mim. Ajudou-me a vencer uma fase difícil, em que eu recaía em velhos estados de alma, na velha vontade de fugir, e agora esse sentimento de companheirismo é o que predomina quando penso nele. Sei que o primeiro Bhoj Narayan, o homem que não me inspirava confiança, continua lá, porém agora preciso olhar muito atentamente para divisá-lo. O segundo Bhoj Narayan é o homem que eu conheço e compreendo. Sei como ele pensa e por que faz o que faz. Carrego na lembrança o que se passou na casa dos teares. Vejo a lambreta no pátio, junto à roda de fiar com o velho aro de bicicleta. Vejo o coitado do irmão mais velho de olhos esbugalhados e compreendo sua dor. E, todavia, não creio que eu seria capaz de trair Bhoj Narayan por vontade própria. Não vejo que sentido isso faria. Ainda não decifrei por que não vejo sentido nisso. Poderia dizer várias coisas sobre o que é a justiça e sobre as pessoas que estão do outro lado. Mas não seria genuíno. O fato é que alcancei um novo estado de alma. É impressionante que isso tenha acontecido somente após catorze ou quinze meses nessa vida estranha. Na primeira noite, no acampamento na floresta de teca, fiquei perturbado ao ver o rosto dos novos recrutas. Depois, perturbaram-me os rostos que vi nas reuniões clandestinas do movimento. Agora sinto que compreendo todos eles".

* * *

Continuaram na lenta e cautelosa tarefa de levar suprimentos ao lugar onde seria aberta uma nova frente de batalha, trabalhando qual formigas cavando um formigueiro no chão ou transportando fragmentos de folhas para lá, cada trabalhador se sentindo satisfeito e importante com seu serviço mínimo, carregando um grão de terra ou um pedacinho de folha.

Bhoj Narayan e Willie foram a uma cidadezinha ferroviária verificar se os suprimentos ali deixados estavam em segurança. Essa cidade era um dos lugares onde Willie freqüentava a posta-restante do correio para apanhar suas cartas. Fora com Raja a última vez que estivera lá, e na época ficara com a sensação — em virtude do modo familiar demais, amistoso demais com que o funcionário o tratara — de que andava exagerando suas visitas ao correio na lambreta de Raja e fazendo-se notar como o sujeito que recebia cartas da Alemanha. Até então, considerava a posta-restante muito segura; pouquíssimas pessoas conheciam o serviço. Porém agora estava com um mau pressentimento. Repassou mentalmente todos os perigos que poderiam estar associados com a posta-restante. Descartou-os todos. Mas o mau pressentimento persistia. Pensou: "É por causa do Raja. É assim que uma morte ruim nos amaldiçoa".

A colônia de empregados ferroviários era um velho assentamento, possivelmente da década de 1940, de casas de concreto de dois ou três cômodos, com telhados planos, dispostas muito perto umas das outras nas ruas de terra, sem saneamento básico. Na época, talvez houvesse sido apresentada como uma obra de consciência social, uma maneira de proporcionar moradia de baixo custo; e talvez tivesse parecido passável nas linhas idealizadoras e apuradas (e nas legendas não menos sofisticadas) dos cortes verticais do arquiteto. Trinta e cinco anos depois, o aspecto da coisa era medonho. Numa faixa de meio metro a um metro de altura, o concreto estava encardido, preto; as esquadrias das janelas e as portas achavam-se parcialmente apodrecidas. Não havia árvores nem jardins, somente, pendurados em algumas casas, pequenos vasos de manjericão — uma erva associada à religião e empregada em certas cerimônias religiosas. Não havia bancos públicos em que se pudesse sentar, não havia áreas onde as crianças pudessem brincar, nem lugares para lavar roupas ou estendê-las para secar; e o que fora limpo, reto e despojado no desenho do arquiteto, agora era adornado por um emaranhado de fios — cabos elétricos finos e grossos que pendiam de um poste inclinado a outro; e a babilônia era extraordinariamente povoada: as pessoas eram compelidas por suas casas a viver na rua, fosse qual fosse a estação do ano, como se ali se pudesse fazer qualquer coisa com elas, dar-lhes qualquer lugar para viver, enfiá-las em qualquer buraco.

O aparelho ficava numa das ruas dos fundos. Parecia um esconderijo perfeito.

Disse Bhoj Narayan: "Fique uns cinqüenta metros atrás de mim".

E Willie diminuiu o passo, os calcanhares escorregando no couro liso das sandálias de camponês, roçando a terra da rua.

Meninos magricelas jogavam uma versão rudimentar de críquete com uma bolinha de tênis imunda, uma pá feita com o veio central de uma folha de coqueiro e um caixote servindo de baliza. Willie viu quatro ou cinco arremessos: não tinham estilo nem demonstravam conhecer o jogo a fundo.

Alcançou o companheiro em frente à casa.

Disse Bhoj Narayan: "Não tem ninguém aí dentro".

Foram até os fundos. Bhoj Narayan bateu na porta frágil, que estava podre na parte de baixo, onde por anos e anos respingara a água da chuva. Não seria difícil arrombá-la com um pontapé. Entretanto, vozes estridentes, hostis, provenientes de três casas nos fundos, chamaram-nos: mulheres e homens sentados à sombra estreita de suas casas.

Disse Bhoj Narayan: "Estou atrás do meu cunhado. O pai dele foi internado".

Uma mulher horrivelmente descarnada, num sári verde que deixava à mostra todos os seus ossos, disse: "Não tem ninguém aí. Algumas pessoas vieram procurá-lo, e ele foi embora com elas".

Indagou Bhoj Narayan: "Quando foi isso?".

Disse a mulher: "Duas semanas atrás. Três semanas".

Bhoj Narayan falou baixinho para Willie: "É melhor a gente dar o fora daqui". Para a mulher ele disse: "Precisamos levar o recado para outros parentes".

Deram meia-volta e tornaram a passar pelo jogo que era um arremedo de críquete.

Disse Bhoj Narayan: "Ainda estamos sofrendo as conseqüências do que Raja aprontou. Todo mundo que ele conheceu conosco está comprometido. Abaixei a minha guarda, me afeiçoei demais a ele. Temos de esquecer esta cidade. É provável que agora mesmo estejam nos vigiando".

Disse Willie: "Não acredito que tenha sido Raja. Pode ter sido o irmão dele, e talvez ele nem soubesse direito o que estava fazendo".

"Raja ou irmão de Raja, o que eu sei é que foi um prejuízo e tanto. Um ano de trabalho jogado fora. Centenas de milhares de rupias em armas. Pretendíamos trazer um pelotão para cá. Sabe Deus o que aconteceu em outras áreas."

Saíram da colônia ferroviária e tomaram o rumo da cidade velha.

Disse Willie: "Eu gostaria de ir ao correio. Talvez tenha chegado uma carta da minha irmã. E como não voltaremos mais aqui, pode ser minha última chance, por ora, de ter notícias dela".

A agência do correio era um pequeno prédio de pedra, muito decorado, construído pelos ingleses. Nas paredes ocre ou cor de magnólia havia uma borda saliente de alvenaria, pintada de vermelho; os beirais de pedra eram baixos e profundos, em estilo indiano; e um painel semicircular de pedra ou alvenaria no alto da fachada indicava que a construção datava de 1928. Do outro lado da rua, na diagonal, via-se uma casa de chá.

Disse Willie: "Vamos tomar uma xícara de chá ou café".

Quando o café chegou, ele disse: "Tem uma coisa que eu preciso contar. Essa agência do correio está me deixando nervoso. Vim aqui muitas vezes com o Raja. Você lembra como ele era. Parecia que tinha cócegas nos pés. Vivia querendo pegar a estrada. Vínhamos aqui até quando eu sabia que não haveria nenhuma carta da minha irmã. Acho que às vezes eu vinha só pela companhia do Raja e pelo passeio. Fiquei conhecido do funcionário. No princípio achei isso bom. Depois começou a me preocupar".

Disse Bhoj Narayan: "Vou lá para você".

Tomou um gole de café, descansou a xícara no pires e atravessou a rua ensolarada rumo à entrada da agência do correio, escura sob os baixos beirais de pedra. Assim que Narayan foi engolido pela escuridão, Willie viu quatro ou cinco homens junto à boca sombria do prédio, em trajes variados, abandonando a postura rígida em que até então permaneciam sentados. Um segundo depois, agora todos juntos, esses mesmos homens empurravam Bhoj Narayan para o que parecera ser um táxi, mas que então se revelou um carro policial disfarçado.

Depois que a viatura foi embora, Willie pagou o café e cruzou a rua ensolarada para ir ao balcão da posta-restante. O funcionário que o atendeu era novo.

Willie perguntou-lhe: "O que foi aquilo?".

Em seu inglês excessivamente formal, o funcionário respondeu: "Algum malfeitor. Fazia uma semana que a polícia esperava por ele".

Indagou Willie: "Dá para comprar selos neste balcão?".

"Não, só no da frente."

Pensou Willie: "Preciso ir embora daqui. Rápido. Preciso pegar um trem. Tenho de voltar à base o mais rápido possível".

Então, a cada novo pensamento que lhe vinha à mente durante sua caminhada veloz ao sol vespertino, Willie compreendia com clareza maior a complicação em que havia se metido. A essa altura a carta de Sarojini devia estar nas mãos da polícia. Possivelmente cartas anteriores também. Agora tudo a seu respeito era conhecido. Entrara para a lista de procurados. Não contava mais com a proteção do anonimato. E foi somente vários minutos mais tarde, após ter digerido esses novos fatos a seu respeito, que Willie se pôs a reviver aqueles dois ou três minutos tão simples da caminhada e captura de Bhoj Narayan. A culpa fora da bravata de Narayan sobre como ele era capaz de passar uma rua em revista e identificar aqueles que não pertenciam ao lugar. A aptidão acabara lhe deixando na mão. Ou ele não soubera fazer uso dela. Talvez não houvesse percebido a extensão do perigo. Talvez estivesse perturbado demais com o que havia acontecido antes, na colônia ferroviária.

Na estação ferroviária, o quadro de horários preto-e-branco, desbotado e empoeirado, informava que o próximo trem a seguir na direção para onde Willie queria ir era um trem expresso, e não um trem de passageiros. Estes últimos eram vagarosos, pois paravam em todas as estações do caminho. O trem expresso o deixaria vários quilômetros adiante do lugar em que ele normalmente desceria. Isso faria com que Willie tivesse de caminhar à noite por aldeias e plantações, excitando cães nas aldeias e aves nos descampados, sempre o centro de uma grande agitação; ou então teria de bater na porta de camponeses ou párias nos arredores de alguma aldeia e pedir abrigo para passar a noite e arriscar a sorte numa cabana aberta, na companhia de galinhas e bezerros. O trem expresso partiria dali a uma hora e pouco. Veio-lhe à cabeça o pensamento ocioso de que o Rolex que tinha no pulso o denunciaria a qualquer um que estivesse à procura de um fugitivo com ligações alemãs. Então essa ansiedade simulada tornou-se real e ele ficou cismando se teria sido seguido desde a cidade, se algum policial especialista em vistoriar ruas e transeuntes o teria identificado como intruso, e não como habitante local, na casa de chá em frente à agência do correio.

Ao rés-do-chão havia um caminho sobre os trilhos que conduzia à plataforma do outro lado. Ali o ir-e-vir era intenso. Havia também uma velha ponte de madeira, com uma passagem entre muretas altas (altas, talvez, para impedir que alguém se jogasse na frente de um trem). Lá só havia meia dúzia de pessoas. Eram jovens; estavam na ponte pela aventura e pela paisagem. Willie foi e postou-se entre eles e, sabendo que somente sua cabeça e seus ombros permaneciam à vista, tentou tornar-se um observador de multidões. Não tardou a ficar fascinado, vendo quão distraídas de seus gestos eram as pessoas; quão únicos eram os gestos de cada um e quão reveladores de suas personalidades.

Não viu nada que o preocupasse, e quando o expresso entrou na estação e a multidão pareceu rugir e os ambulantes deram ainda mais estridência a seus gritos a fim de os alçar acima do bramido geral, Willie desceu correndo e abriu caminho até uma cabine de terceira classe que já se achava bastante cheia. As janelas abertas eram dotadas de barras de metal horizontais; havia uma poeira fina por toda parte; tudo era quente e todo mundo cheirava a roupa velha e tabaco. Quando o trem se pôs em movimento e saiu novamente ao sol, ele pensou: "Estou com sorte. E pela primeira vez aqui, por conta própria".

Não muito longe da parada do trem de passageiros em que ele teria preferido descer, os trilhos faziam uma curva acentuada. Até os trens expressos reduziam a velocidade ali, e, sentindo que a sorte estava a seu lado, Willie planejava saltar do trem nesse ponto, com o intuito de poupar-se uma longa marcha noturna por território estranho. Faltavam duas horas para chegarem lá.

Pensou ele: "Estou sozinho. Bhoj Narayan não está mais comigo. Dá para imaginar as dificuldades que enfrentarei com certas pessoas a partir de agora".

Estudou as pessoas na cabine. Provavelmente fora de uma condição semelhante à sua que o infeliz Bhoj Narayan e sua família haviam saído duas ou três gerações antes. Todo aquele trabalho e ambição se achavam agora desperdiçados; qualquer nova possibilidade de melhoria se perdera. Em conversas que haviam tido sobre esses assuntos muito tempo atrás, antes de se tornarem amigos, Willie dissera a Bhoj Narayan que a história da família dele era uma história de sucesso. Porém Narayan não respondera, dera a impressão de não ter ouvido. O mesmo se aplicava, ainda que em escala bem menor, à ascensão de Raja da casta de fiandeiros em que nascera. Isso também estivera prenhe de possibilidades futuras e acabara igualmente dando em nada. Que sentido tinham essas vidas? Que sentido tinha isso que, em ambos os casos, podia ser considerado um suicídio?

Muitos minutos depois, quando o trem se achava um pouco mais perto do ponto em que Willie pretendia saltar, ele pensou: "Estou errado. Estou olhando isso do meu ponto de vista. Para Bhoj Narayan o sentido estava em tudo. Ele sentia que era um homem. Foi isso o que o movimento, e mesmo seu suicídio — se assim podemos chamá-lo —, proporcionou-lhe".

E então, um pouco mais tarde, instantes antes de descer, Willie pensou: "Mas isso é romântico e equivocado. Para alguém se tornar um homem é preciso muito mais. Bhoj Narayan quis pegar um atalho".

O expresso diminuiu a velocidade para cerca de quinze quilômetros por hora. Willie saltou para o talude íngreme e deixou-se rolar até o chão.

A luz do dia se extinguia. Contudo, Willie sabia onde estava. Tinha pela frente uma caminhada de uns cinco quilômetros até uma aldeia e uma choupana, mais propriamente uma casa de fazenda, cujo proprietário ele conhecia bastante bem. A monção chegara ao fim, mas então, como que por despeito, começou a chover. Willie levou um tempo enorme para trilhar aqueles cinco quilômetros. Mas podia ter sido pior. Se não tivesse reunido coragem para saltar do trem naquela curva escarpada, teria sido levado muitos quilômetros adiante, até o lugar onde o expresso parava: um dia de viagem a pé, no mínimo.

Foi somente pouco antes das oito que ele chegou à aldeia. Não havia luzes acesas. As pessoas se deitavam cedo; as noites eram compridas. A rua da aldeia corria ao longo da parede de pau-a-pique da fachada alta da casa de Shivdas. Willie chacoalhou a porta baixa e chamou. Shivdas não tardou a responder lá de dentro e veio às pressas abrir a porta, praticamente sem roupa, um homem escuro, alto e magro. Fez Willie entrar na cozinha, que ficava na parte da frente da casa, atrás da parede de pau-a-pique. A palha do telhado era preta e granulosa em virtude dos muitos anos sob a ação da fumaça do fogão a lenha.

Disse Shivdas: "Não sabia que você vinha".

Disse Willie: "Foi uma emergência. Prenderam Bhoj Narayan".

Shivdas recebeu a notícia calmamente. Disse: "Venha, enxugue-se. Quer uma xícara de chá? Um prato de arroz?".

Chamou alguém no quarto ao lado, e em seguida houve uma movimentação lá dentro. Willie sabia o significado dessa movimentação: Shivdas estava pedindo à mulher para ceder a cama deles ao visitante. Era assim que Shivdas procedia em tais ocasiões. A cortesia era-lhe instintiva. Ele e a mulher deixavam a casa principal e se instalavam nos quartos baixos, desemparedados, cobertos por telhas, que ficavam junto ao pátio dos fundos, onde os filhos dormiam.

Menos de uma hora depois, deitado na cama de Shivdas sob o teto de palha alto, negro e fresco, em meio a um cheiro quente de roupas velhas e tabaco, que era como o cheiro que ele sentira na cabine de terceira classe do trem algumas horas antes, Willie pensou: "Nós achamos, ou melhor, eles acham que Shivdas faz o que faz porque é um camponês revolucionário, alguém criado pelo movimento, alguém novo e muito precioso. Mas ele faz o que faz porque segue instintivamente velhas idéias, velhas atitudes, velhas cortesias. Um dia não cederá mais a cama para mim. Chegará à conclusão de que não tem por que fazê-lo. Quando isso acontecer, será o fim do mundo antigo e o fim da revolução".

5
MAIS FUNDO NA FLORESTA

Willie chegou a sua base — tinha sido sua e de Bhoj Narayan, seu comandante — no fim da tarde do dia seguinte. Era uma aldeia em que metade, ou um quarto, dos habitantes vivia em situação tribal, e que até então permanecera livre de ações policiais; um lugar em que ele poderia verdadeiramente descansar, se isso fosse possível em tais circunstâncias.

Chegou no horário em que algumas pessoas ainda chamavam de a hora da poeira de vaca, a hora em que, nos velhos tempos, um menino boiadeiro (contratado pelos aldeões por alguns centavos ao dia) trazia o gado da aldeia de volta para casa em meio a uma nuvem de poeira, e a claridade dourada do fim de tarde transformava essa poeira sagrada num ouro rarefeito, turbilhonante. Não existiam mais meninos boiadeiros; já não havia fazendeiros para contratá-los. Os revolucionários tinham acabado com esse tipo de vida feudal nas aldeias, embora ainda houvesse quem precisasse de gente para cuidar do gado e também houvesse meninos que ansiavam ser contratados para fazer alguma coisa em seus dias compridos e ociosos. Todavia, a luminosidade dourada dessa hora do dia ainda era considerada especial. Iluminava toda a área mais aberta da floresta e por alguns minutos fazia com que as paredes brancas de pau-a-pique e os telhados de colmo das choupanas e as pequenas roças de mostarda e pimenta espalhadas pela aldeia parecessem cuidados e bonitos: como a aldeia de um velho conto de fadas, tranqüila e encantadora para quem chega, mas subitamente se revelando cheia de perigos, com duendes e gigantes e plantas altas e selvagens e homens com machados e crianças sendo engordadas em gaiolas. Por ora essa aldeia estava sob controle do movimento. Era uma da série de aldeias em que a guerrilha instalara bases de apoio e permanecia sob uma espécie de ocupação militar. Os guerrilheiros se destacavam com seus uniformes verde-oliva de tecido barato, seus bonés com a estrela vermelha — "gente de calças", como os tribais respeitosamente se referiam a eles — e suas armas. Willie tinha um quarto numa choupana comprida que havia sido requisitada pela guerrilha. Dispunha de uma velha cama de baldaquino e aprendera a guardar, como um aldeão, pequenos objetos entre as traves (feitas de galhos podados) e o baixo telhado de colmo. O chão, de terra batida, tinha sido firmado e alisado com uma mistura de lama e esterco de vaca. Ele havia se acostumado com isso. Fazia alguns meses que a choupana se tornara uma espécie de lar. Era o lugar para o qual ele retornava após suas expedições; e consistia numa importante adição à lista de locais em que ele havia dormido, os locais que guardava na memória e se punha a enumerar (como era seu hábito) quando sentia necessidade de retomar o fio de sua vida. Porém agora a choupana também se tornara um lugar onde, sem Bhoj Narayan, Willie sentia-se terrivelmente sozinho. Ficou feliz ao chegar, mas quase de imediato se deixou dominar por um sentimento de inquietude.

 A regra da discrição, que proibia a pessoa de falar muito sobre si mesma ou inquirir a respeito das circunstâncias dos outros no mundo exterior, enunciada na primeira noite de Willie no acampamento na floresta de teca, essa regra ainda vigorava.

 Ele só sabia alguma coisa sobre o sujeito do quarto pegado ao seu. Era um homem escuro e feroz, com olhos grandes. Quando criança, ou adolescente, levara uma surra feia dos capangas de algum senhor de terras e desde então passara a engajar-se nos movimentos revolucionários que eclodiam nas aldeias. O primeiro deles, historicamente o mais importante, acabara perdendo força e se esvaíra; o segundo fora massacrado; agora, após alguns anos na clandestinidade, o sujeito participava de sua terceira revolução. Devia ter quarenta e tantos anos, quase cinqüenta, e não havia outro estilo de vida que pudesse levar. Gostava de caminhar pelas aldeias em sua farda, intimidando aldeões e falando de revolução; gostava de viver dos produtos da terra, e isso em certa medida significava viver às custas dos próprios aldeões; gostava de ser importante. Não possuía nenhuma instrução e era um assassino. Sempre que podia, entoava canções revolucionárias horríveis; nelas estava contida toda a sua sabedoria política e histórica.

Certa feita disse a Willie: "Tem gente que está no movimento há trinta anos. Às vezes, durante uma marcha, você topa com um desses, embora seja difícil reconhecê-los. Preferem passar despercebidos, e são bons nisso. Mas às vezes gostam de sair das sombras e falar com sujeitos como nós e contar vantagem".

Pensou Willie: "Igual a você".

E repetidas vezes durante a noite de seu retorno, ao ouvir o sujeito do quarto ao lado entoando canções e mais canções revolucionárias (do mesmo modo como alguns meninos costumavam entoar hinos na escola missionária que ele freqüentara), Willie pensou: "Quem sabe isso não me ajuda a recobrar a noção de propósito?".

Uma ou duas vezes durante a noite, levantou-se e saiu. Não havia banheiros externos; as pessoas faziam suas necessidades na floresta. Não havia luzes na aldeia. Não havia lua. Ele estava a par da presença dos sentinelas armados. Dizia a senha e dali a pouco tinha de dizê-la novamente, de modo que, conforme andava, sentia a palavra "camarada", tão estranha, ecoando a seu redor, em tom de pergunta e resposta tranqüilizadora. A floresta era um negrume só e estava repleta de sons: o súbito bater de asas em meio aos gritos de alarme e dor proferidos por aves e outras criaturas, clamando por um socorro que não viria.

Pensou Willie: "A coisa mais reconfortante a respeito da vida é a certeza da morte. Não tenho mais como voltar ao mundo da superfície. Onde ele ficava? Em Berlim? Na África? É possível que tal mundo nem sequer exista. Talvez essa idéia tenha sido sempre uma miragem".

De manhã alguém bateu na porta do quarto de Willie e entrou antes de ele responder. O sujeito carregava um AK-47. Era pálido como Einstein, porém muito mais baixo, devia ter cerca de um metro e meio de altura. Era extremamente magro, com um rosto esquelético, porém bonito, e mãos ossudas, nervosas. Quinze ou vinte centímetros a mais lhe proporcionariam uma presença formidável. Disse ele: "Meu nome é Ramachandra. Sou o comandante da sua unidade. O comandante da unidade a que você pertence a partir de agora. Não é mais mensageiro. Fomos instruídos a integrá-lo em minha unidade. Você demonstrou seu valor. Hoje ou amanhã teremos uma reunião seccional para discutir a nova situação. Será aqui ou em algum outro lugar. Não sei ainda. Esteja preparado para começar a marchar esta noite".

O homem tinha olhos pequenos, severos, alucinados. Não parava de tamborilar na arma com os dedos ossudos enquanto falava. Então, tentando adotar outro estilo, virou-se abruptamente e deixou o quarto.

Como Einstein, Ramachandra era proveniente de uma casta superior, talvez da mais alta delas. Pessoas como eles vinham passando maus bocados no país; depois da independência, governos populistas haviam estabelecido todo tipo de barreiras contra elas. Receando sofrer, nessas condições, um processo de lento empobrecimento, muitos migravam para os Estados Unidos, Austrália, Canadá, Inglaterra. Ramachandra e Einstein estavam fazendo algo diferente. No interior do movimento, uniam-se a seus perseguidores. Com suas origens mistas — o pai de casta superior, plácido, inativo, com queda para o ascetismo, sempre esperando que as coisas se resolvessem por conta própria; a mãe muitas castas abaixo, mais impetuosa, desejando abraçar o mundo —, Willie compreendia bastante bem esses homens.

Pensou: "Eu imaginava que havia deixado tudo isso para trás. Mas agora vejo que está tudo aqui, exatamente como era, saltando à vista. Rodei o mundo, mas isso continua aqui".

Para seu grande alívio, Willie não teve de marchar à noite pela floresta. A reunião seccional foi realizada na própria aldeia em que ele se encontrava. Reuniram-se todos no dia seguinte, chegando não em disfarces variados, como faziam nas cidades,

mas de farda; e numa grande demonstração de camaradagem, comeram a comida simples da aldeia: lentilhas apimentadas e pão fino de painço.
Einstein veio. Willie temera reencontrá-lo, mas agora, depois de Ramachandra, estava inclinado a perdoar a malevolência que via em seus olhos e mesmo disposto a achar que ele se tornara menos desumano. Outro que veio foi o líder do acampamento na floresta de teca, aquele que tanto tempo antes mandara Willie e Bhoj Narayan para a rua dos curtumes. Ele se mostrou cortês e afável, até um pouco sedutor, com modos extraordinariamente cativantes, falando com suavidade, porém atento a todas as modulações de sua voz, como um ator. Willie o vestira mentalmente com um terno cinza trespassado, fazendo dele um professor universitário ou um funcionário público no mundo exterior. Indagando-se o que teria levado um homem aparentemente tão completo à guerrilha e à dureza da vida no meio do mato, deixando-se levar por uma espécie de intuição, Willie vira-o como um homem atormentado pelas infidelidades da esposa. Mais tarde havia pensado: "Não inventei isso. Vi-o porque por algum motivo ele queria que eu visse. Era a mensagem que me comunicava". Agora, ao reencontrar o sujeito após dois anos, ainda identificando em seus olhos aquele sofrimento remoto, Willie pensou, mantendo-se fiel, meio que de brincadeira, a sua primeira apreciação: "Coitado. Deve ter sofrido um bocado nas mãos daquela mulher detestável". E tratou-o assim o tempo inteiro.

A reunião aconteceu na choupana de Ramachandra. Começou por volta das dez horas; era o horário de costume dessas reuniões seccionais. Havia um lampião de pressão. No princípio, ele rugia e lançava uma luz ofuscante; depois o rugido deu lugar a um zumbido e a luz foi se tornando cada vez mais mortiça. O chão de terra batida fora coberto com sacos de juta marrom, e em cima dos sacos haviam sido colocados lençóis e cobertores.

O sujeito afável, o líder do acampamento na floresta de teca, encarregou-se de dar as notícias. Eram péssimas. As perdas estavam longe de restringir-se aos homens da colônia ferroviária. Estes eram apenas parte de um pelotão, e outros três pelotões inteiros haviam sido desbaratados pela polícia. Todo o armamento reunido, peça por peça, ao longo dos últimos doze meses se perdera. Isso significava um prejuízo de muitas centenas de milhares de rupias, a troco de nada.

Disse o líder: "Numa guerra, as perdas precisam ser digeridas. Mas essas perdas são excepcionais, e temos de repensar nossa estratégia. Precisamos abandonar nosso plano de levar a guerra às pequenas cidades que margeiam as áreas libertadas. Talvez fosse mesmo algo ambicioso demais no estágio atual. Ainda que seja correto dizer que na guerra há ocasiões em que a ambição recompensa. É claro que voltaremos a investir nessas áreas, ou em áreas como essas. Mas só futuramente".

Disse Einstein: "O veneno dos ensinamentos de Kandapalli está por trás de tudo o que aconteceu. A idéia de que o povo deve ser organizado pelo próprio povo é bonita e pega bem no exterior. Mas nós, que conhecemos a realidade, sabemos que os camponeses têm de ser disciplinados para que possam tornar-se soldados da revolução. É preciso pegar mais pesado com eles".

Disse um homem escuro: "Não entendo como você, justamente você, que vem de uma família de camponeses, pode falar assim".

Disse Einstein: "Pois é por isso mesmo que falo assim. Nunca escondi minhas origens. Não há nada de bonito num camponês. Isso é invenção do Kandapalli — um sujeito de casta elevada, embora esconda seu sufixo de casta. E ele está errado, porque isto aqui não é um movimento de amor. Uma revolução jamais pode ser um movimento de amor. Se querem saber, na minha opinião devíamos manter os camponeses em currais".

Disse um terceiro: "Como você tem coragem de falar desse jeito cruel quando pessoas como Shivdas prestam serviços ao movimento com tanta lealdade?".

Disse Einstein: "Shivdas é leal porque precisa de nós. Quer que os aldeões vejam a proximidade que tem conosco. Usa nossa amizade para aterrorizá-los. Shivdas tem a pele muito escura e é extremamente magro e nos faz dormir em seu quarto e fala de revolução e distribuição de terras. Mas não passa de um escroque, um carrasco. Os grandes proprietários de terras e os velhos funcionários feudais fugiram. Na aldeia de Shivdas não há mais policiais nem inspetores, e todos os anos ele se apossa de boa parte da colheita dos outros aldeões e incorpora à sua propriedade vários hectares das terras deles. Se as pessoas não achassem que o apoiamos, ele estaria morto há muito tempo. No dia em que chegar à conclusão de que ganhará mais nos entregando à polícia, não pensará duas vezes para fazer isso. O revolucionário precisa manter o olhar sempre aguçado e não pode se esquecer de que o material humano com que tem de lidar infelizmente é de péssima qualidade. Se o comandante Bhoj Narayan não tivesse sido induzido ao erro pelo nosso amigo africano, não estaríamos aqui discutindo a catástrofe que nos sucedeu".

As atenções se voltaram para Willie. Ramachandra o olhava com uma expressão severa. O sujeito que presidia a reunião, o líder do acampamento na floresta de teca, o qual claramente assumira a posição de líder daquela seção do movimento, disse a Willie: "Acho que você deve ter a oportunidade de falar alguma coisa".

Disse Willie: "O comandante tem razão. Eu me sinto responsável pelo que aconteceu. Sinto-me especialmente responsável pelo que aconteceu com Bhoj Narayan. Ele era meu amigo. Gostaria de dizer isso também".

Einstein pareceu satisfeito. E um relaxamento geral sobreveio à reunião. A autocrítica fazia parte desses encontros. Quando vinha sem demora, tinha um efeito positivo: tornava mais forte o vínculo entre as pessoas.

Disse o líder: "Chandran falou com generosidade. Creio que merece ser elogiado por isso".

Então, avançando gradualmente, em meio a inúmeras interrupções e perguntas sobre a extensão das perdas em termos de homens e armas e também sobre a prisão de Bhoj Narayan, passando por longas discussões sobre a natureza do campesinato em comparação com a do proletariado urbano (um tópico sempre muito apreciado), o líder conseguiu chegar à nova estratégia que o movimento resolvera implementar.

Disse ele: "Como já falei, desistimos de levar a guerra às cidades pequenas. Em vez disso, aprofundaremos nossa inserção na floresta. Cada seção assumirá o controle de cento e cinquenta aldeias. Administraremos essas aldeias e anunciaremos a expansão das áreas livres. Isso ajudará a elevar o moral. Não será fácil. Teremos muitas dificuldades, mas só assim avançaremos".

A reunião foi concluída após três horas. Muito antes disso eles haviam dito tudo o que tinham para dizer. Repetiam-se. Afirmavam: "Eu pessoalmente acho", ou: "Estou convencido de que", para acrescentar paixão a opiniões expressas anteriormente; era um sinal de que estavam ficando cansados. A própria luz do lampião de pressão ia se tornando cada vez mais fraca; até que chegou o momento em que não havia como bombear seu êmbolo mais para cima.

Depois — o lampião de pressão rapidamente se apagando, as pessoas se dispersando, algumas se demorando para trocar duas ou três palavras finais, mas a essa altura já em pé (descalços ou com meias verde-oliva) sobre os lençóis e os sacos, entre os mesmos travesseiros e almofadas sobre os quais haviam se sentado, outros resgatando suas botas em meio aos vários pares que jaziam junto ao vão da porta e então usando lanternas para iluminar o caminho até suas choupanas, as lanternas ampliando as dimensões da floresta e tornando a noite circundante ainda mais escura — depois, quando Willie estava prestes a sair, Einstein veio ter com ele, dizendo num tom de voz neutro: "O rapaz da casta dos fiandeiros foi à polícia, não foi?".

Disse Willie: "Parece que sim".

"Bom, pelo menos já pagou por isso. Acho que a polícia vai tentar indiciar o Bhoj Narayan no artigo 302. Alguém viu?"

Disse Willie: "O irmão".

Os olhos de Einstein assumiram uma expressão distante. Um ou dois segundos depois, ele piscou, fez um meneio com a cabeça, como que para indicar a compreensão de algo, e comprimiu os lábios: um homem arquivando mentalmente uma informação.

Pensou Willie: "Espero não ter cometido outro equívoco".

Um mês depois teve início a investida para aprofundar a inserção do movimento na floresta e ampliar a área libertada. Cada pelotão recebia uma rota própria a seguir, uma lista de aldeias a ocupar e reeducar. Às vezes acontecia de dois pelotões marcharem alguns quilômetros na mesma direção, e havia também ocasiões, não obstante mais raras, em que dois ou três pelotões acampavam juntos numa das aldeias maiores. Somente a alta hierarquia do movimento sabia como os pelotões eram alocados e qual era a estratégia; apenas essas pessoas conheciam a extensão das novas áreas libertadas. Para todos os outros a árdua campanha era uma questão de fé: as longas marchas no meio da floresta, a comida ruim e a água impotável, os dias passados entre aldeões e integrantes das tribos locais, sempre nervosos e passivos, os quais (depois de severamente preparados por um grupo de "aquecimento", que chegava ao local com antecedência) eram de tempos em tempos reunidos para falar de seus "problemas" ou simplesmente para bater palmas e cantar canções folclóricas. Estando a seu alcance, o líder do pelotão apresentava uma solução para os problemas de que ouvia falar. Se não pudesse fazê-lo, falava (sempre com o mesmo linguajar simples, os mesmos slogans) sobre a idéia e a promessa por trás da libertação daquela área; enunciava algumas das novas regras e as novas lealdades a que os habitantes estavam sujeitos. Então o pelotão retomava sua marcha, prometendo retornar dali a alguns meses, para ver como as pessoas estavam lidando com a liberdade que haviam recebido de presente.

Foi um período estranho para Willie, uma descida a ainda outro tipo de vida: trabalho assistemático, sem recompensas nem objetivos, sem solidão nem companheirismo, sem notícias do mundo exterior, sem a perspectiva das cartas de Sarojini, sem nada em que ele pudesse se ancorar. No início, tentara apegar-se à noção particular que tinha de tempo, a idéia que fazia do fio de sua vida, contando as camas em que havia dormido desde que nascera (a exemplo de Robinson Crusoé e dos entalhes que ele fazia num pedaço de madeira para registrar a passagem dos dias, conforme Willie imaginara ao ler um dos livros de sua escola missionária). No entanto, com os dias de marcha passando indiferenciadamente, as aldeias quase todas iguais, esse cômputo de leitos tornara-se cada vez mais difícil. Muitos meses haviam se passado desde que tivera início a vida de marchas e acampamentos; talvez um ano, talvez mais. O que no princípio fora doloroso, encompridando indefinidamente os dias, agora era costumeiro. Willie sentia que a memória se embaralhava, como o tempo, e com esse embaralhamento da memória, desaparecia a razão de ser do exercício mental. Era cansativo demais, frustrante demais; dava-lhe dor de cabeça. Acabou desistindo; foi como jogar fora um pedaço de si mesmo.

No pelotão, Willie só conseguia experimentar algo minimamente semelhante a companheirismo com Ramachandra, o comandante. O que distanciava Willie do restante do pelotão era o que atraía Ramachandra. Um dia estavam descansando na floresta. Passou um aldeão com a mulher, que tinha uma trouxa na cabeça. O aldeão cumprimentou Willie e Ramachandra. Willie perguntou: "Vão muito longe?". O homem contou que estavam indo visitar familiares que viviam a muitos quilômetros dali. Então disse sorrindo: "Se eu tivesse uma máquina fotográfica, daria a vocês uma bela lembrança deste momento. 'Perdidos no mato'". E riu.

Ramachandra ficou imediatamente em guarda. Indagou a Willie: "Por acaso esse sujeito está caçoando de nós?".

Disse Willie: "Não, não. Só estava querendo ser simpático. Embora eu deva dizer que nunca vi um aldeão fazer uma piada tão elaborada. Ele não se limitou a dizer que parecíamos perdidos — e foi só isso que quis dizer. Colocou a máquina fotográfica no meio, para dar graça à coisa. Deve ter tirado isso de algum filme".

Depois que o casal de aldeões se afastou, Ramachandra comentou: "Dizem que seu pai é sacerdote, que vive num templo. Um homem de casta elevada. Se é verdade, o que você está fazendo aqui? Por que não está na Inglaterra ou nos Estados Unidos? É lá que estão muitos dos meus parentes".

Willie fez uma síntese de sua vida na Inglaterra, na África e em Berlim. Pronunciados na floresta, os nomes eram em si mesmos deslumbrantes, inclusive quando ele (procurando não despertar inveja e tomando cuidado para não exagerar seus dramas pessoais) falava do fracasso, da humilhação, da impostura. Ramachandra não demonstrou inveja. Seus olhos tornaram-se menos severos. Queria ouvir mais. Era como se, naqueles lugares distantes, Willie estivesse vivendo também por ele. Depois, de tempos em tempos, porém nunca de maneira demasiado freqüente e jamais querendo parecer excessivamente amistoso, ele procurava Willie para conversar sobre aquelas coisas longínquas.

Cerca de duas semanas mais tarde, Ramachandra disse: "Eu não era como você. Você é de classe média. Eu era um menino do interior. E pobre. Mas entenda. Quando eu era pobre e estava na roça, não vivia pensando na pobreza. É isso que muita gente no movimento não compreende. Quando eu morava na roça, achava que nossa vida era uma vida como outra qualquer. Eu cuidava do gado com um menino de casta inferior, um *harijan*,* como as pessoas diziam naquela época. Imagine: cuidar do gado e não pensar nisso. Às vezes, na volta, eu levava o menino *harijan* para minha casa. Meu pai não achava ruim. Dizia que o garoto era ambicioso e na opinião dele era isso que importava nas pessoas. Minha mãe também não se incomodava, mas se recusava terminantemente a lavar qualquer xícara ou copo que o garoto usasse. Por isso era eu que os lavava. Pergunto-me se o menino tinha consciência disso. Sabe o que lhe aconteceu? Ele era mesmo ambicioso — meu pai estava certo. Hoje é um professor importante, aquele menino, seboso que nem um *paratha*,** gordo que nem um barril. E eu aqui".

Pensando muito, como se ainda corresse seriamente o risco de cometer deslizes com Ramachandra, Willie disse: "Ele está onde quer estar. Você também".

Disse Ramachandra: "Foi só quando me mudei para a cidade, para fazer um curso superior, que me dei conta de como éramos pobres. Você está acostumado a me ver de farda. Mas no começo, quando fui para a cidade, eu usava camisolões e pijamas. Nossos políticos fazem questão de se vestir como o povo do interior, com o intuito de mostrar que se preocupam com o homem comum, mas para as próprias pessoas do campo, essas roupas muitas vezes são motivo de vergonha. Quando cheguei à cidade, minhas roupas me envergonhavam constantemente. Alguns colegas da faculdade notaram. Eram mais ricos que eu. Ou talvez devamos dizer que tinham um pouco mais de dinheiro que eu. Um dia me levaram a um alfaiate e encomendaram um terno para mim. Dois ou três dias depois, voltamos à alfaiataria e eles me ajudaram a vestir o terno. Eu mal acreditava no que via. Todo

(*) Nome dado por Gandhi aos intocáveis. (N. T.)
(**) Espécie de pão ázimo passado na manteiga. (N. T.)

aquele tecido tão fino. Pus-me a indagar a mim mesmo se teria coragem de sair na rua usando toda aquela roupa. Já não é tão fácil para mim lembrar esses meus primeiros momentos com um terno — acabei me acostumando tanto com eles. Então o alfaiate me perguntou se eu não queria me ver no espelho. Foi outro choque. O rapaz da roça tinha desaparecido. Era um homem da cidade que olhava para mim. Mas então aconteceu uma coisa inesperada. De repente me senti possuído por um frenesi sexual. Eu era um homem da cidade. Sentia as necessidades de um homem da cidade. Queria uma mulher. Mas mulher nenhuma olhava para mim".

Willie estudou o rosto pálido, descarnado, bonito que encimava o corpo diminuto, um corpo que continuava a ser pouco mais que o de um menino cuidando do gado de sua aldeia. O menino dava a impressão de zombar da beleza do rosto, anulando-a; os olhos que podiam parecer tão severos no fundo também estavam cheios de dor.

Disse Willie: "Todos nós do subcontinente temos problemas com o sexo. Esperamos que nossos pais e nossas famílias arrumem uma mulher para nós. Não sabemos como fazer isso sozinhos. Se eu não tivesse esse problema, não teria me casado com a mulher com quem me casei. Não teria ido para a África e desperdiçado dezoito anos da vida dela e da minha. Se soubesse lidar mais tranqüilamente com o sexo, se soubesse ir atrás de uma mulher e conquistá-la, teria me tornado outro tipo de homem. Minhas possibilidades seriam ilimitadas. Mal consigo imaginá-las. Mas sem esse talento eu estava condenado. Estava fadado a obter apenas o que obtive".

Disse Ramachandra: "Mas saiu-se melhor que eu".

Willie, notando um leve sinal de inveja nos olhos de Ramachandra, achou por bem deixar o assunto morrer.

Foi Ramachandra quem, vários dias depois, quando estavam marchando, trouxe, após muitos rodeios, a questão novamente à baila.

Disse ele: "Que livros você leu na juventude?".

Disse Willie: "Eu tinha dificuldades terríveis com os livros que nos mandavam ler. Tentei ler *O vigário de Wakefield*. Não entendi nada. Não sabia quem eram aquelas pessoas nem por que estava lendo sobre elas. Não conseguia fazer nenhuma relação com o que eu conhecia. Hemingway, Dickens, Marie Corelli, *The sorrows of Satan* — eu sentia a mesma dificuldade com eles e com todos os outros. Por fim, criei coragem e parei de lê-los. As únicas coisas que eu compreendia e de que gostava eram os contos de fada. Os irmãos Grimm, Hans Andersen. Mas não tinha coragem de revelar isso para meus professores ou para meus amigos".

Disse Ramachandra: "Um dia, um professor me perguntou na faculdade — e olhe que a essa altura eu já era um 'homem de calças' — 'Você já leu *Os três mosqueteiros*?'. Quando respondi que não, ele disse: 'Jogou fora metade de sua vida'. Saí feito um louco à procura do livro. Não foi nada fácil achá-lo em nossa cidadezinha. E que decepção senti ao começar a ler! Não sabia onde estava nem quem eram aquelas pessoas fantasiadas. E sabe o que eu pensei? Pensei que o meu professor — ele era anglo-indiano — havia dito aquela coisa de eu ter jogado fora metade da minha vida porque o professor dele dissera a mesma coisa. Fiquei com a impressão de que essa coisa sobre *Os mosqueteiros* vinha sendo repetida de geração a geração, de professor a professor, e ninguém lhes dissera para parar. Sabe o que para mim era fácil, o que eu logo entendia e conseguia relacionar com minhas necessidades? Lênin, Marx, Trótski, Mao. Esses eram moleza. Eu não os achava abstratos. Eu os devorava. Fora isso, a única outra coisa que eu conseguia ler eram os livros de Mills e Boon".

Disse Willie: "Histórias de amor para moças".

"E era por isso que eu lia esses livros. Por causa da linguagem, dos diálogos. Imaginava que eles me ensinariam a abordar as garotas na faculdade. Sentia que, em virtude das minhas origens, eu não sabia usar a linguagem correta. Não sabia falar nem de cinema nem de música. Certo tipo de linguagem leva a certo tipo de conversa e, então, à experiência sexual — era assim que eu pensava. Por isso, depois das aulas eu ia para casa e ficava lendo meus Mills e Boons e punha-me a decorar passagens inteiras. Exercitava esse tipo de linguagem com as garotas no café da faculdade. Elas riam. Teve só uma que não riu. Mas depois de certo tempo se levantou e foi embora com o rapaz que estava esperando. Tinha me usado como muleta. Por ela passei a nutrir um ódio particularmente feroz. Como disse outro dia, eu me via possuído por um frenesi sexual. Me arrependi de não ter ficado com minhas roupas de gente da roça, lamentei ter um dia saído da minha aldeia. Desejava nunca ter permitido que meus amigos me enfiassem num terno. O frenesi só fazia crescer. Tinha a impressão de estar sentado em cima de um chafariz. Foi esse frenesi que me fez entrar para o movimento. Na faculdade, havia um sujeito do movimento que pregava o ódio às mulheres. Pregava isso como uma nova espécie de moralismo. Dizia: 'O primeiro sacrifício é a sexualidade, camarada'. Havia outros que diziam a mesma coisa. Eu os ouvia dizer que o revolucionário na realidade era um asceta, um santo. O ascetismo é algo que tem muito a ver com nossa tradição, e me senti atraído por isso. E é uma coisa que eu prego no nosso pelotão. Já matei dois soldados que desrespeitaram esse ensinamento. Um deles tinha estuprado uma moça de uma tribo local, o outro eu peguei acariciando um menino de uma aldeia. Deste último eu nem quis ouvir explicações. Tirei tudo que pudesse identificá-lo e deixei o corpo com os aldeões para que fizessem dele o que bem entendessem."

Willie notou como, em todos os relatos a respeito de sua infelicidade sexual, Ramachandra se recusava a levar em consideração sua baixa estatura. Falava de todas as outras coisas: suas origens, suas roupas, sua linguagem, a cultura da aldeia; mas deixava de fora o que era óbvio e primordial. Era como as sessões de autocrítica durante as reuniões formais do movimento, nas quais muitas vezes se evitava falar a verdade, tal como ele próprio fizera ao falar da prisão de Bhoj Narayan e da perda de seu pelotão. Willie admirou Ramachandra por ele não se queixar de sua estatura, por fingir que, em sua condição masculina, era como os outros, capaz de falar de questões mais gerais. Mas não havia dissimulação — nem piedade — capaz de apagar a dor e o sentimento de incompletude de Ramachandra. E com freqüência, quando via aquele homem de feições delicadas dormindo, Willie sentia grande afeição por ele.

Pensou Willie: "Quando conheci Bhoj Narayan, achei que ele era um bruto. Mas então me afeiçoei a ele e não o vi mais assim. Quando conheci Ramachandra, tamborilando na arma com seus dedinhos ossudos, achei que ele era um assassino, um fanático. Agora começo a esquecer que o via assim. Nesse esforço de compreensão, estou perdendo contato comigo mesmo".

Noutro dia, Ramachandra perguntou-lhe: "Por que você se separou de sua mulher?".

Disse Willie: "Eu estava na África. Numa colônia portuguesa moribunda, onde fiquei dezoito anos. Minha mulher era de lá. Eu morava no casarão dela e vivia às custas de suas terras, vinte vezes mais extensas que qualquer propriedade daqui. Não trabalhava. Era só o marido dela. Por muitos anos pensei ter tirado a sorte grande. Poder viver onde eu vivia — tão longe daqui: a Índia era o último lugar em que eu queria estar — e desfrutar daquele elevado estilo colonial. Porque, veja, eu era pobre, não tinha um tostão furado, e quando conheci minha mulher, em Londres, pouco antes de concluir um curso universitário inútil, não tinha a menor idéia do que fazer nem para onde ir. Após quinze ou dezesseis anos na África, comecei a mudar. Comecei a sentir que tinha desperdiçado minha vida, que o que havia me parecido sorte não era sorte coisa nenhuma. Comecei a sentir que a única coisa que estava fazendo ali era viver a vida da minha mulher. A casa dela, os amigos dela, as terras dela, nada que fosse propriamente meu. Comecei a sentir que, por causa da minha insegurança — essa insegurança de nascença, como a sua —, eu me rendera com demasiada freqüência ao acaso, e que isso me havia afastado mais e mais de mim mesmo. Quando falei a minha mulher que pretendia deixá-la porque estava cansado de viver a vida dela, ela me disse uma coisa muito estranha. Disse que tampouco era a vida dela. Refleti bastante sobre isso nos últimos dois anos e cheguei à conclusão de que o que ela quis dizer foi que a vida dela era, exatamente como eu dizia da minha, apenas uma série de acontecimentos fortuitos. A África, a colônia portuguesa, seu avô, seu pai. Na época pensei que se tratasse simplesmente de uma censura, e eu não estava nem um pouco disposto a dar ouvidos. Entendi que o que ela estava dizendo era que, ao viver com ela, eu ganhara vigor, ânimo, experiência: essas eram as coisas com que ela me havia presenteado, e naquele momento eu as estava usando para arruinar sua vida. Se tivesse compreendido o que agora creio que ela quis dizer, teria ficado muito comovido, e talvez nunca houvesse me separado. Isso teria sido um erro. Eu precisava abandoná-la para encarar a mim mesmo".

Disse Ramachandra: "Tenho a sensação de que tudo na minha vida, inclusive meu nascimento, foi obra do acaso".

Pensou Willie: "É assim com todos nós. Talvez os homens consigam levar vidas mais planejadas em lugares onde são mais senhores de seu destino. Talvez seja assim no mundo exterior simplificado".

Chegaram a uma aldeia que era diferente das aldeias e dos povoados da floresta pelos quais vinham passando em sua marcha ao longo do último ano. Provavelmente servira, nos velhos tempos, de base a um pequeno senhor feudal. Um "plantador de impostos", como disse Ramachandra: o coletor de quarenta ou cinqüenta tipos de tributos que aqueles aldeões miseráveis tinham de pagar antigamente; o proprietário, para todos os efeitos, de vinte, trinta ou mais aldeias. A casa-grande, imponente demais para o lugar, continuava de pé, nos arrabaldes da aldeia. Achava-se desocupada, mas (talvez devido a arraigadas noções de respeito ou por medo de espíritos malignos) ninguém se dispusera a invadi-la, e em toda a ampla edificação — no vestíbulo da frente, nos pátios internos pavimentados com tijolos, nas suítes de cômodos a essa altura sem portas — se sentia o cheiro úmido, cediço, corrupto da alvenaria putrefata de uma mansão há muito abandonada. Esse cheiro vinha dos morcegos e de seus excrementos acumulados em montículos, assim como de uma colônia de pombos e de aves mais selvagens que haviam deixado uma casca de borrifos brancos, arenosos, nas paredes, borrifos sobre borrifos e mais borrifos. Seria um trabalho repelente limpar a sujeira deixada por morcegos e aves, e mesmo assim levaria muito tempo, numa eventual reocupação, para que a casa voltasse a ter o cheiro de vida humana.

As terras do senhor local estendiam-se quase a perder de vista: campos cobertos de mato, sem irrigação e ressequidos, pomares descuidados de limoeiros e limeiras com galhos compridos, desgrenhados, acácias e amargoseiras crescendo por toda parte.

Disse Ramachandra: "Esses aldeões são de chorar. A maioria não possui terra, e faz uns três anos, no mínimo, que tentamos incentivá-los a tomar posse desses duzentos e cinqüenta hectares. Fizemos um sem-número de reuniões com eles. Falamos sobre como a velha ordem era perversa. Eles concordam com tudo, mas quando lhes dizemos que agora cabe a eles invadir e lavrar esses hectares, eles retrucam: 'A terra não é nossa'. Você passa duas horas falando e eles dão a impressão de estar perfeitamente de acordo, mas no final tornam a dizer: 'A terra não é nossa'. Você pode induzi-los a limpar caixas-d'água. Pode obrigá-los a construir estradas. Mas não consegue fazer com que se apossem dessas terras. Começo a entender por que as revoluções têm de ficar sangrentas. Essas pessoas só compreenderão a revolução quando começarmos a matar gente. Isso eles não terão a menor dificuldade em compreender. Instauramos pelo menos três comitês revolucionários nesta e em várias outras aldeias. Nenhum vingou. Os jovens que entram para o movimento querem sangue. Freqüentaram o ensino médio. Alguns são até formados. Eles querem sangue, ação. Querem transformar o mundo. E nós os enchemos de conversa fiada. É o legado de Kandapalli. E como não vêem nada acontecer, acabam desertando. Se administrássemos as áreas libertadas com mão-de-ferro, como deveríamos, em um mês teríamos esses duzentos e cinqüenta hectares limpos e arados. E essa gente teria alguma noção do que significa uma revolução. Desta vez precisamos fazer algo. Fomos informados de que a família do antigo coletor de impostos está tentando vender essas terras. Fugiram na época da primeira revolta e desde então vivem numa cidade qualquer. Continuam os mesmos parasitas de antes, não fazem absolutamente nada. E agora estão pobres. Querem vender ilegalmente as terras para um fazendeiro rico da região, uma espécie de Shivdas local. Um sujeito que vive a cerca de trinta quilômetros daqui. Estamos decididos a impedir esse negócio. Queremos que as terras sejam ocupadas pelos aldeões, e tudo indica que desta vez teremos de matar alguém. Acho que precisaremos deixar alguns homens para trás para impor nossa vontade. É nisso que Kandapalli nos tem prejudicado. Sempre aquela choradeira pelos pobres; não consegue concluir uma frase, mas impressiona todo mundo, mesmo sem fazer nada".

Chegaram à casa do senhor local. Tinha dois andares e a

parede externa era inteiriça. O vestíbulo atravessava todo o pavimento inferior. Nas duas extremidades do vestíbulo via-se uma plataforma elevada, com meio metro ou um metro de largura, formando uma alcova na parede grossa. Nos velhos tempos, era ali que os porteiros ficavam vigiando, dormindo ou fumando seus narguilés, e era ali também que os visitantes mais humildes esperavam para ser recebidos. Esse estilo de casa — pátios que se alternavam com suítes de cômodos, cortados por um corredor central, de maneira que da frente se podia enxergar, através de um túnel de luz e sombra, os fundos —, esse estilo de casa exemplificava o método de construir adotado antigamente na região. Muitos fazendeiros tinham versões mais simples da casa-grande. Era um traço de uma cultura que, ao menos nesse aspecto, permanecia intocada; e, em meio à fedentina da casa-grande semi-apodrecida, Willie ficou comovido com a breve e inesperada visão que naquele momento teve de seu país. O passado era terrível; precisava ser suprimido. Porém o passado também exibia uma espécie de completude que pessoas como Ramachandra não eram capazes de entender nem tinham como substituir.

A reunião com os aldeões, na noite seguinte, foi como Ramachandra disse que seria. Vieram respeitosamente, com seus turbantes curtos e suas tangas compridas ou curtas e seus camisolões, e puseram-se a ouvir e pareciam ao corrente de tudo. Os homens do movimento, uniformizados, mantinham as armas à mostra, como ordenara Ramachandra. O próprio Ramachandra tinha uma expressão impaciente e severa e tamborilava seu AK-47 com os dedos ossudos.

"Essas terras têm entre duzentos e duzentos e cinqüenta hectares. Se as invadissem, vocês poderiam reparti-las entre cem famílias, dois hectares para cada uma, e então poderiam cultivá-las e torná-las férteis novamente."

Os aldeões deram um suspiro coletivo, como se isso fosse seu maior desejo. E no entanto, quando Ramachandra se pôs a interpelá-los individualmente, só o que respondiam era: "A terra não é nossa".

Depois disse a Willie: "Está vendo como as velhas e boas maneiras, os velhos e bons costumes, preparam as pessoas para a escravidão? É a cultura milenar de que falam nossos políticos.

Mas tem outra coisa. Eu entendo essa gente; afinal, também sou um deles. Basta eu virar uma chavinha na cabeça para saber exatamente o que estão pensando. Eles aceitam o fato de que existam pessoas ricas. Não se importam nem um pouco com isso. Porque os ricos não são como eles. Os que são como eles são pobres, e o fundamental para eles é que os pobres permaneçam pobres. Sabe o que pensam quando lhes digo para pegar quatro hectares de terra cada um? Pensam: 'Vai ser um inferno agüentar o Srinivas com mais quatro hectares de terra. Se for para o Srinivas e o Raghava terem mais quatro hectares de terra, prefiro abrir mão da minha parte'. A revolução vai ter de sair na marra. Acho que desta vez precisaremos deixar meio pelotão aqui para forçá-los a deixar de lado idéias tolas".

Naquela noite, ele disse a Willie: "Tenho a sensação de que sempre damos um passo para a frente e dois para trás, e o governo continua lá, sempre à espera de mais um fiasco da nossa parte. No movimento, há homens que participaram de todas as revoltas e há trinta anos fazem o que fazemos. São indivíduos que no fundo já não querem que aconteça nada. Para eles, a revolução, a rotina de esconder-se e bater nas portas dos aldeões para pedir comida e abrigo para passar a noite tornou-se um modo de vida. Sempre tivemos eremitas vagando pela floresta. Está no nosso sangue. É algo que as pessoas louvam em nós, mas não nos leva a lugar nenhum".

Ramachandra estava ficando descontrolado, o furor sobrepujando a consideração que nutria por Willie, e este ficou aliviado quando se separaram e cada qual foi dormir em seu canto.

Pensou Willie: "Todos querem banir os velhos costumes. Mas os velhos costumes fazem parte da essência das pessoas. Se forem banidos, elas não saberão mais quem são, e estas aldeias, que têm uma beleza toda própria, se tornarão uma selva".

Deixaram três homens do pelotão para trás, incumbidos de falar sobre a necessidade de lavrar as terras do senhor local.

Com um ânimo mais filosófico nesta manhã, como um gato que de repente esquece sua fúria, Ramachandra disse: "Não farão nada".

A quase dois quilômetros da aldeia, alguns rapazes começaram a sair da floresta. Marchavam no mesmo passo que o pelotão. Não o faziam por gozação.

"Nossos recrutas", disse Ramachandra. "Está vendo. Colegiais. Como eu disse. Para eles, somos uma visão da vida que a certa altura eles experimentaram. Mas não tinham dinheiro para permanecer na cidadezinha para onde haviam se mudado a fim de concluir os estudos. Somos para eles o que os rapazes que retornavam de Londres e dos Estados Unidos eram para você. Vamos desapontá-los e, no atual estágio, acho que é melhor deixá-los em paz."

Ao meio-dia, descansaram.

Disse Ramachandra: "Não lhe contei por que entrei para o movimento. No fundo, o motivo é muito simples. Você deve estar lembrado dos rapazes da faculdade que se afeiçoaram a mim e me compraram um terno. Havia na faculdade um professor que por alguma razão era especialmente amável comigo. Quando recebi meu diploma, achei que devia oferecer-lhe algo a título de agradecimento. Sabe o que eu pensei? Não ria, por favor. Pensei que devia convidá-lo para jantar. Era algo que vivia acontecendo nos livros de Mills e Boon. Perguntei-lhe se gostaria de jantar comigo. Ele disse que sim, e marcamos uma data. Eu não sabia o que fazer a respeito desse jantar. Estava atormentado. Nunca havia oferecido um jantar a ninguém. Ocorreu-me uma idéia maluca. Na cidade havia uma família rica. Eram pequenos industriais, fabricavam bombas pneumáticas e coisas assim. Para mim, uma gente assombrosa. Eu não os conhecia, mas reuni toda a coragem de que era capaz e fui ao palacete deles. Vesti meu terno, aquele que me havia proporcionado tanta alegria e dor. Imagine os carros estacionados na ruazinha interna, as luzes, a varanda enorme. As pessoas iam e vinham, e no princípio ninguém reparou em mim. No meio da sala de estar, havia aquele tipo de bar que as pessoas têm nessas casas modernas. Era tanta gente que ninguém estava prestando muita atenção em mim, e eu tinha a impressão de que poderia até mesmo me sentar junto ao bar e pedir um drinque ao criado com gravata-borboleta. Ele era o único com quem eu me sentia capaz de falar. Não pedi o drinque. Perguntei quem era o dono da casa. Ele apontou um homem sentado com outras pessoas na varanda. Aproveitando o ar fresco da noite. Um homem de meia-idade, mais robusto que gordo, os cabelos finos alisados e penteados para trás. Fui, como dizem, com o coração na mão, e disse ao grande homem, na presença de todos os que ali estavam: 'Boa noite. Estou na faculdade e sou aluno do professor Coomaraswamy, que me enviou aqui com um pedido. Ele gostaria muito de jantar com o senhor no dia — eu disse a data —, caso o senhor não tenha outro compromisso'. O grande homem levantou-se e disse: 'O professor Coomaraswamy é muito admirado nesta cidade e seria uma honra para mim jantar com ele'. Então eu disse: 'O professor Coomaraswamy ficaria particularmente satisfeito se o senhor fosse o anfitrião do jantar'. Fora nos livros de Mills e Boon que eu aprendera esse linguajar. Sem Mills e Boon, eu não teria sido capaz de nada daquilo. O grande industrial pareceu ficar surpreso, mas em seguida disse: 'Isso seria uma honra ainda maior'. E eu: 'Muito obrigado', e praticamente fugi dali. No dia combinado, vesti meu terno de dor e alegria e peguei um táxi até a casa do professor. Ele disse: 'Ramachandra, é um grande prazer jantar com você. Mas por que veio de táxi? Vamos muito longe?'. Não respondi nada, e seguimos para a casa do industrial. Então meu professor disse: 'Que casa grandiosa, Ramachandra'. E eu: 'Quero que o senhor desfrute somente do bom e do melhor, professor'. Levei-o para a varanda, onde o industrial, a esposa e algumas outras pessoas se achavam sentados, e então mais uma vez praticamente fugi dali. No dia seguinte, na faculdade, meu professor perguntou: 'Ramachandra, por que me raptou ontem à noite e me fez ir à casa daquela gente? Eu não sabia quem eles eram e eles não sabiam nada a meu respeito'. Respondi: 'Sou pobre, professor. Não posso oferecer um jantar a alguém como o senhor, e queria que o senhor desfrutasse somente do bom e do melhor'. Ele replicou: 'Mas, Ramachandra, minhas origens são como as suas. Minha família era tão pobre quanto você'. E eu: 'Cometi um equívoco, professor'. Mas estava muito envergonhado. Fora a isso que aquele terno e os livros de Mills e Boon haviam me conduzido. Odiei a mim mesmo. Quis aniquilar todos os que haviam testemunhado minha vergonha. Imaginava as risadas daquelas pessoas na varanda. Sentia que não conseguiria viver neste mundo, a menos que estivessem mortas. A menos que meu professor estivesse morto. Mal me lembro como eles eram, mas a vergonha e a raiva continuam comigo".

Disse Willie: "Às vezes não percebemos a importância que pequenos detalhes têm para as pessoas. Fiz muitas coisas de que me envergonho. Na Índia, em Londres, na África. Continuam vivas, mesmo após vinte anos. Não creio que um dia morrerão. Só morrerão comigo".

Disse Ramachandra: "Também sinto assim".

Ainda naquela tarde, algumas horas depois, um grupo de jovens saiu da floresta quando o pelotão passou por eles. Talvez houvessem passado o dia inteiro à sua espera; ali o tempo não valia quase nada. E por seus rostos radiantes e suas maneiras entusiasmadas dava para ver que eram recrutas em potencial, jovens aprisionados em sua aldeia, sonhando em fugir: sonhando com a cidade, as roupas e as diversões modernas, sonhando com um mundo onde o tempo tivesse mais significado, talvez sonhando também — os mais destemidos dentre eles — com rebelião e poder. Grupos assim vinham abordando o pelotão em vários estágios de sua marcha; seus nomes, filiações e aldeias haviam sido registrados. Mas esse grupo de rapazes era diferente dos outros. Tinham informações e estavam excitados por conta dessas informações.

Procuraram o homem cuja arma se destacava das demais, identificando-o como o comandante. Ramachandra pôs-se a falar com eles. Após algum tempo, fez sinal para a coluna interromper a marcha.

Comentou Ramachandra: "Dizem que prepararam uma emboscada para nós mais à frente".

Indagou Willie: "Quem?".

"Pode ser qualquer um. Se for verdade. A polícia. Gente do Kandapalli. Homens contratados por aquele grande fazendeiro que quer comprar as terras do velho feudal. Todos nos vêem como inimigos. Podem ser até aldeões que se cansaram de nos ter em suas aldeias e querem se livrar de nós. No fundo, eles não nos levam a sério. Faz parte da embrulhada em que estamos metidos. Todo mundo percebe que o velho mundo está mudando, e ninguém sabe com clareza para onde ir. Desperdiçamos nossa chance, e agora há centenas de causas por aí. Se tivéssemos recebido um treinamento militar de verdade, saberíamos como lidar com uma emboscada. Mas não queríamos usar armas. Só treinamos aquelas coisas de escoteiro e cadete. Levantar armas, apresen-

tar armas, descansar. Isso é o suficiente quando você é o único que tem uma arma. Só que agora tem mais alguém armado, e eu não sei o que fazer. Tudo o que sinto é que devo avançar e tentar matá-lo. Não posso pedir que me sigam, já que não sei o que fazer. Se de fato houver alguém de tocaia e acontecer alguma coisa comigo, voltem pelo mesmo caminho que fizeram até aqui. Agora, espalhem-se."
Disse Willie: "Ramachandra".
"Minha arma é boa."
Aguardaram naquela parte da floresta até escurecer. Então um dos rapazes que haviam trazido a informação da emboscada apareceu na trilha da floresta e os chamou.
"Eles o mataram."
"Quem era?"
"A polícia. Ele chegou bem perto deles e disparou uma rajada. Matou três. Isso mostrou onde ele estava, e os outros o mataram. Vai sair nos jornais, aposto."
Disse Willie: "Ele matou três?".
"Sim, senhor."
Era como uma boa notícia. Pensou Willie: "No final, ele honrou seu nome. No épico indiano, Ramachandra é o tipo mais elevado de homem. É muito mais que um homem religioso. Sejam quais forem as circunstâncias, sabe-se que ele agirá corretamente, fará a coisa certa".
Disse o rapaz que trouxera a notícia: "Que azar o de vocês, perderam uma arma".
Algum tempo depois — quando (de acordo com a última ordem dada por Ramachandra) eles retornavam por onde tinham vindo, mantendo-se afastados da trilha principal da floresta, locomovendo-se vagarosamente na escuridão, decididos a marchar a noite inteira se necessário, a fim de escapar do destacamento policial, caso estivessem sendo seguidos —, quando estavam havia algum tempo nessa marcha silenciosa, parcialmente cega, Willie pensou: "Não pensei nos policiais mortos. Não lembrei nem de mim mesmo. Agora, sim, estou perdido. Não sei o que me aguarda à frente nem o que deixei para trás. De agora em diante, minha única causa é sobreviver, dar o fora disso".

6
O FIM DE KANDAPALLI

Após dois dias de ansiedade, o pelotão chegou novamente à aldeia com a mansão abandonada do senhor local, os abandonados campos cor de palha do senhor local (com o verde vivo das ervas daninhas espalhando-se rapidamente) e os pomares onde os galhos das árvores haviam crescido tanto que já não sustentavam a si mesmos, onde as poucas folhas, encarquilhadas e esmaecidas, brotavam de ramos finos, longos, enrijecidos, e as frutas eram dispersas e enganadoras, com vespas fazendo ninhos no interior das cascas podres, branco-acinzentadas, de limas e limões.
Para eles, era outra aldeia agora. Tinham sido verdadeiras estrelas nas duas semanas que haviam passado lá. Exibiam suas armas, seus uniformes e seus bonés com a estrela cor de sangue, e suas palavras tinham peso (mesmo que ninguém acreditasse nelas para valer). Agora isso mudara; a aldeia toda sabia da emboscada policial e da morte do temível comandante do pelotão. Sem chegar a agredi-los, apenas cuidando dos pequenos detalhes do cotidiano da aldeia com a intensidade sobranceira de quem já viu o mundo dar muitas voltas, os aldeões davam mostras de que sabiam perfeitamente bem que aqueles homens fardados eram uma farsa.
Procuraram os três soldados que tinham sido deixados para trás com a tarefa de organizar a invasão das terras do senhor local. Chegava a ser espantoso, agora, que tivessem cogitado tal coisa. Os três provavelmente haviam passado por maus bocados. Ninguém na aldeia sabia onde eles estavam. Nem sequer pare-

ciam se lembrar deles. E logo ficou claro para o restante do pelotão de Willie e para Keso — o gordo e escuro lugar-tenente de Ramachandra, um estudante de medicina fracassado — que os três haviam desertado. Keso sabia como eram essas deserções. Quando da ocupação e libertação da aldeia, algumas choupanas haviam sido reservadas ao uso dos guerrilheiros. Agora Keso achava que não seria prudente requisitá-las e suspeitava que talvez fosse até arriscado passar a noite na aldeia. Por isso ordenou que continuassem a marcha, fazendo o que Ramachandra os mandara fazer, retornando por onde tinham vindo, estágio por estágio, até chegar à base.

Disse Keso: "Coisas assim fazem a gente pensar que Ramachandra tinha razão. Teríamos sido muito mais bem-sucedidos se tivéssemos matado algumas dessas pessoas sempre que libertávamos uma aldeia. Sem contar que estaríamos mais seguros agora".

Eles não conheciam a floresta o bastante para permanecer longe das trilhas e evitar as aldeias. Começaram a ver os aldeões como inimigos, embora dependessem deles para obter água e comida. Todas as noites, acampavam a cerca de oitocentos metros de uma aldeia; todas as noites (com o que lhes restava de seu muito tosco treinamento militar) postavam um integrante armado do pelotão de sentinela. Esse fato tornou-se conhecido; poupava-os de serem pilhados por certos habitantes das aldeias.

Durante a marcha de ida, agora Willie percebia, assim como em todo seu período na guerrilha, ele vivera com a visão bucólica do interior e da floresta que era a base das teses do movimento. Persuadira a si mesmo de que esse era o interior que ele via; jamais questionara isso. Convencera-se de que longe do alarido, da agitação e da feiúra das cidades havia esse mundo tão diferente, onde as coisas seguiam um curso antigo — que cabia à revolução destruir. Essa visão bucólica continha a idéia de que o camponês trabalhava e era oprimido. O que ela não contemplava era a idéia de que a aldeia — como aquelas que eles iam libertando durante a marcha (e depois deixavam para trás) e talvez um dia, se tivessem sorte, tornariam a libertar de novo — estava cheia de criminosos, tão limitados e cruéis quanto o ambiente a seu redor, e cuja existência não tinha nada a ver com a idéia de trabalho e opressão.

Willie indagava a si mesmo como, no caminho de ida, pudera deixar de notar esses aldeões criminosos. Com seus dedos ossudos sempre tamborilando o AK-47, Ramachandra talvez os houvesse feito ficar na moita. Agora não havia aldeia em que o desfalcado pelotão não enfrentasse o assédio e as provocações de criminosos. Numa delas, um sujeito de pele clara, montado a cavalo e armado — como não o haviam visto da outra vez? —, veio até o acampamento deles e gritou: "Gente da CIA. É da CIA que vocês são. Deviam levar bala". Keso achou por bem não responder. Era a melhor coisa a fazer, mas não era fácil. O sujeito a cavalo era um capanga da aldeia, estava ali em nome dos aldeões, pavoneando a valentia que algum tempo antes preferira esconder.

Em algumas aldeias havia quem tivesse posto na cabeça a idéia de que o pelotão era formado por pistoleiros itinerantes que podiam ser contratados para assassinar seus inimigos. As pessoas que queriam encomendar a morte de alguém geralmente não tinham dinheiro, mas pensavam que com súplicas e bajulações podiam convencer os homens a fazer o que desejavam. Possivelmente era assim que viviam, rogando favores por tudo. Esse modo de vida se revelava em seus olhos perturbados, seus físicos debilitados.

Willie lembrou-se de uma das coisas que Ramachandra costumava dizer: "Precisamos desistir da idéia de transformar todo mundo. Há muitos que apodreceram demais para isso. Temos de esperar que a geração atual desapareça. A atual e a próxima. É melhor fazer planos apenas para a geração que vier depois".

Assim, para Willie, conforme eles retrocediam, a visão bucólica ia como que por encanto se desfazendo. Estradas que haviam sido abertas pelo pelotão, com a ajuda dos aldeões, tinham desaparecido; caixas-d'água que haviam sido limpas achavam-se de novo entupidas de lama. Conflitos familiares absolutamente mesquinhos, envolvendo terras, poços ou heranças, que haviam sido levados ao julgamento de Ramachandra, o qual, em sua condição de líder do pelotão, parecia tê-los equacionado, grassavam outra vez; pelo menos um assassinato havia sido cometido.

Certo dia, nos arredores de uma aldeia, um homem escuro de meia-idade se acercou do pelotão em marcha. Perguntou a

Keso: "Há quanto tempo você está no movimento?". E foi como se o sujeito tivesse falado apenas para que ouvissem sua voz bela e educada e compreendessem que, a despeito de suas roupas de camponês e do lenço nos ombros, eles estavam diante de um homem da cidade.

Respondeu Keso: "Oito anos".

Disse o desconhecido: "Quando encontro homens como você — e de tempos em tempos de fato os encontro —, não tenho como não pensar que são somente capitães e majores. Principiantes galgando o primeiro degrau da hierarquia. Não me leve a mal. Estou no movimento — em todos os movimentos, se preferir — há trinta anos, e não vejo por que não possa continuar por mais trinta. Se você está sempre alerta, não tem como ser apanhado. É por isso que vejo a mim mesmo como um general. Ou, se achar que é muita pretensão minha, como um brigadeiro".

Indagou Willie: "Como passa seu tempo?".

"Evitando ser capturado, claro. Fora isso, vivo num tédio sem fim. Mas no meio desse tédio a alma nunca deixa de submeter o mundo a julgamento e jamais deixa de considerá-lo desprezível. Não é fácil explicar isso a quem é de fora. Mas me mantém vivo."

Indagou Willie: "Como começou?".

"À maneira clássica. Estava na universidade. Queria ver como os pobres viviam. Havia entre os estudantes um zunzunzum excitado sobre eles. Um recrutador do movimento — havia dezenas deles por lá — ofereceu-se para me mostrar os pobres. Encontramo-nos numa estação ferroviária e viajamos a noite toda num vagão de terceira classe de um trem extremamente lerdo. Eu era como um turista e o recrutador era como meu guia de viagem. Por fim chegamos à nossa pobre aldeia. Não me passou pela cabeça perguntar por que meu guia havia escolhido aquela aldeia em particular nem como o movimento a encontrara. Não havia saneamento básico, claro. Isso naquela época parecia algo extraordinário. E a comida era muito pouca. Meu guia fazia perguntas às pessoas e traduzia as respostas para mim. Disse uma mulher: 'Faz três dias que na minha casa não tem fogo'. Ela queria dizer que fazia três dias que não cozinhava e que sua família não comia havia três dias. Fiquei numa excitação tremenda. Ao fim daquele primeiro anoitecer, os aldeões sentaram-se em volta de uma fogueira e puseram-se a cantar. Se estavam fazendo isso para nós ou para si próprios ou se o faziam todas as noites, nem me passou pela cabeça perguntar. A única coisa que eu sabia era que desejava loucamente entrar para o movimento. O movimento da época, de trinta anos atrás. Meu guia arranjou isso para mim. Levou tempo. Abandonei a universidade e me mudei para uma cidadezinha. Lá fui procurado por alguns contatos. Disseram-me que meu posto seria em determinada aldeia. Foi uma longa caminhada da cidadezinha até lá. A estrada principal tornou-se uma estrada de terra e então anoiteceu. Estávamos em março, portanto fazia uma noite bastante agradável, não muito quente. Eu não sentia medo. Então, cheguei à aldeia. Ainda não era tarde. Assim que vi a aldeia, divisei a casa do grande senhor de terras local. Era uma casa ampla, com um telhado de colmo cuidadosamente aparado. Os pobres não tinham telhados de colmo aparados. Seus beirais eram cheios de imperfeições. O grande proprietário de terras era o homem que eu tinha de matar. Foi uma coisa inusitada, ver logo no meu primeiro dia a casa do homem que eu tinha de matar. Vê-la assim, sem mais nem menos. Se eu fosse outro tipo de pessoa, teria pensado que era a mão de Deus determinando meu caminho. Essas eram as minhas ordens, arranjar a morte do grande senhor local. Eu não devia matá-lo com as próprias mãos. Tinha de arrumar um camponês para fazer isso. Era a ideologia da época, transformar os camponeses em rebeldes, e por meio deles começar a revolução. E, vejam só que coisa, nem bem eu divisara a casa na escuridão, vi um camponês que por algum motivo estava voltando mais tarde da lavoura. De novo a mão de Deus. Apresentei-me a ele. E fui direto ao assunto: 'Boa noite, irmão. Sou um revolucionário. Preciso de abrigo para passar a noite'. Ele me tratou por senhor e me levou para sua choupana. Quando chegamos, ofereceu-me seu estábulo. É a história clássica da revolução. Era um estábulo nojento, embora eu tenha visto coisas muito piores depois. Comemos um arroz horrível. A água vinha de um pequeno regato. Não um regato rumorejante como o dos livrinhos de histórias ingleses, com água cristalina. Estamos na Índia, meus senhores. Era um fio d'água lamacento, asqueroso.

Era preciso ferver tudo o que saía daquela porcaria pestilenta. Falei com meu anfitrião sobre sua pobreza, suas dívidas e a dureza de sua vida. Ele pareceu surpreso. Então, incitei-o a matar o senhor de terras. Um tanto precipitado, não acham? Logo na primeira noite e me saio com uma dessas. Meu camponês simplesmente disse não. E, para ser sincero, fiquei bastante aliviado. Ainda não era calejado o suficiente. Teria querido fugir dali se o sujeito dissesse: 'Mas que boa idéia o senhor me deu. Fazia algum tempo que eu estava mesmo com isso na cabeça. Venha ver como passo aquele desgraçado na faca'. O que meu camponês disse foi que fazia três meses que dependia do senhor local para obter comida e dinheiro. Matá-lo, disse ele, oferecendo-me um pouco de sua sabedoria em troca de minhas teorias, seria matar a galinha dos ovos de ouro. Sua fala estava repleta de ditados como esse. Na manhã seguinte, dei o fora de lá o mais rápido que pude. É a história clássica de todos os revolucionários. A maior parte das pessoas teria retornado à cidade e pegado um ônibus ou um trem de volta para casa, teria retomado os estudos e as fornicações com as criadas. Mas eu perseverei. E aqui estou, trinta anos depois. Ainda entre os camponeses, ainda com a mesma filosofia do assassinato."

Indagou Willie: "Como passa seus dias?".

Disse Keso: "Era justamente isso que eu ia perguntar".

"Estou na choupana de um camponês. Passei a noite lá. Não preciso me preocupar com aluguel nem com seguros nem com utilidades domésticas. Levanto cedo e vou para o campo cuidar das minhas tarefas. Já estou acostumado. Acho que não conseguiria mais ficar sentado numa sala apertada entre quatro paredes. Volto para a choupana, como um pouco da comida do camponês. Leio um pouco. Os clássicos: Marx, Trótski, Mao, Lênin. Depois visito diversas pessoas na aldeia, organizando uma reunião para uma data futura qualquer. Retorno à choupana. Meu anfitrião volta da lavoura. Conversamos. Não, minto. É difícil conversar. Não temos nada para dizer um ao outro. A gente não tem como se integrar à vida da aldeia. Dali a um dia ou dois, parto. Não quero que meu anfitrião se canse de mim e me denuncie à polícia. Dessa maneira passam-se todos os dias, e todos os dias são iguais. Tenho a sensação de que a vida que estou descrevendo é semelhante à desses grandes executivos."

Disse Willie: "Não entendo isso".
Disse Keso: "Eu também não".
Disse o desconhecido: "Refiro-me ao tédio. Tudo é preparado para eles. Quando você entra numa dessas empresas, está acabado. British American Tobacco, Imperial Tobacco, Unilever, Metal Box. Ouvi dizer que na Imperial a única coisa que os chefões fazem é almoçar e visitar as tabacarias, verificando as datas nos maços de cigarros".
O sujeito ficara agitado com a insinuação de desconfiança e pôs-se a falar em tom defensivo. Algo de seu estilo retórico desaparecera. Já não queria a companhia do pelotão, e na primeira oportunidade — ao ver um conjunto de choupanas onde poderia descansar — despediu-se.
Disse Keso: "Acha que ele já trabalhou numa dessas grandes empresas?".
Disse Willie: "Fiquei com a sensação de que talvez tenha se candidatado a alguma vaga, mas não foi aceito. Se houvesse arrumado um emprego na Metal Box ou em qualquer uma das outras, dificilmente teria vindo para o interior tentar convencer os camponeses a sair matando as pessoas. E aquela história de capitães e majores e de ele se considerar um general, aquilo me fez pensar que um dia ele talvez tenha tentado entrar para o Exército, mas o Exército não o quis. Fiquei um pouco irritado com ele".
"Aí você está exagerando."
"Fiquei irritado com ele porque no começo pensei que, apesar daquele jeito de palhaço, havia um fundo de sabedoria nele, algo que poderia me ser útil. Escutei-o com atenção, pensando que mais tarde faria uma reflexão sobre tudo o que ele estava dizendo."
Disse Keso: "Ele é louco. Vai ver nunca foi preso porque a polícia acha que não vale a pena perder tempo com ele. E os camponeses devem achá-lo uma piada".
Pensou Willie: "Mas provavelmente é isso que os aldeões acham de todos nós. Sem perceber, talvez tenhamos ficado todos um pouco loucos ou desequilibrados. Keso gostaria de ser médico. Agora está aqui e tenta se convencer de que isto é real. É fácil ver a esquisitice dos outros. Percebemos a demência daqueles aldeões que queriam que matássemos pessoas para

eles. Aqueles homens que tinham rostos tão malformados, contorcidos, como se lhes tivesse sido um sacrifício enorme nascer. Não enxergamos nossa própria esquisitice. Embora eu tenha começado a sentir a minha".

Finalmente chegaram à base, onde Willie tinha seu próprio quarto. A intenção do alto-comando de ampliar as áreas libertadas havia fracassado; isso todo mundo sabia. Mas a despeito do desapontamento geral, Willie sentia-se feliz por se encontrar num lugar onde já havia estado antes. Não tinha mais a sensação de estar sendo arremessado no espaço; sentia que podia reapossar-se de si mesmo. Gostava do telhado baixo — tão protetor, especialmente quando estava na cama de baldaquino —, onde podia guardar pequenos objetos entre o colmo e os caibros; gostava do chão de terra batida rebocada, produzindo sons ocos debaixo de seus pés.

Willie contava voltar a ver o líder seccional, aquele homem de maneiras suaves, educadas. Mas o sujeito não estava por ali. Corria a notícia de que desertara, que se entregara à polícia após uma série de negociações. Reclamara a recompensa que havia sido oferecida por sua captura; os guerrilheiros que se rendiam podiam exigir para si esse prêmio. Depois retornara à metrópole onde originalmente vivia. Lá chegando, passara alguns dias no encalço da ex-mulher, antes de matá-la com um tiro. Agora ninguém sabia de seu paradeiro. Talvez houvesse se suicidado; embora fosse mais provável que, graças à liberdade de locomoção que a recompensa lhe proporcionara, estivesse à solta em algum canto do imenso país, recorrendo a suas habilidades de guerrilheiro para disfarçar-se e esconder-se, ou quem sabe até estivesse prestes a se livrar de sua antiga personalidade e da dor que por tantos anos carregara consigo.

A notícia teria provocado mais sensação se quase ao mesmo tempo a polícia não houvesse capturado Kandapalli. Esse era, sem sombra de dúvida, o evento mais importante, ainda que a essa altura Kandapalli tivesse perdido a maior parte de seus seguidores e representasse uma ameaça tão pequena à segurança que a polícia nem se preocupara em tomar precauções especiais ao prendê-lo ou ao levá-lo ao tribunal. O mais notável a seu respeito era o álbum de recortes do qual ele não se separava nem um minuto. Nesse álbum, Kandapalli colava recortes de jornal com fotos de crianças. Havia algum motivo de emoção profunda aí, nas fotos das crianças, mas ele já não podia explicar o que era; sua razão o abandonara; tudo o que lhe restara fora essa grande emoção. Willie ficou profundamente tocado, mais tocado do que ficara em Berlim da primeira vez que Sarojini falara em Kandapalli: sua paixão pela humanidade, sua predisposição às lágrimas. Não lhe era mais possível entrar em contato com a irmã, e por alguns dias, numa espécie de tristeza desamparada, na qual se misturava a tristeza que ele sentia por si próprio e pelo mundo, assim como por todas as pessoas e todos os animais que haviam sido feridos, Willie tentou entrar na cabeça do homem alienado. Tentou imaginar o velho e pequeno professor primário selecionando fotos nos jornais e colando-as em seu álbum. Que fotos o atraíam? Por quê? Porém o homem lhe escapava, permanecia prisioneiro de sua mente, para sempre em confinamento solitário. A idéia do tresvario da mente, onde ninguém mais podia alcançá-lo — os inimagináveis sorvedouros que iam do presente ao passado —, era mais comovente do que teria sido a notícia de sua morte.

Até os inimigos de Kandapalli ficaram comovidos. Einstein achava que os guerrilheiros deviam fazer um gesto para demonstrar sua solidariedade para com o velho revolucionário. Levantou a questão durante a reunião formal daquela seção do movimento.

Disse ele: "A desgraça de Kandapalli nos arruína a todos. Divergíamos dele, mas temos de fazer alguma coisa em sua homenagem. Devemos a ele o ressurgimento do movimento numa época difícil, quando a guerrilha havia sido esmagada e nossas esperanças tinham praticamente se extinguido. Proponho que seqüestremos um ministro do governo central ou, se isso estiver além de nossas possibilidades, um ministro do governo estadual. Deixaremos claro que se trata de um gesto de apoio a Kandapalli. Desde já me candidato para executar essa ação. Fiz algumas investigações. Tenho alguém em mente e sei quando a coisa pode ser feita. Tudo de que necessito são três homens, três pistolas e um carro. Um quarto homem terá de ficar junto ao semáforo que há perto da casa do ministro e interromper o tráfego do cruzamento por três ou quatro segundos, enquanto fugimos. Dará a impressão de estar abrindo passagem para a comitiva do ministro. A ação em si não deve levar mais que dois minutos. Cheguei a fazer um ensaio, e levou um minuto e cinqüenta segundos".

Disse um importante líder de pelotão: "No momento, devemos evitar dar mais motivos à polícia para aumentar a repressão sobre nós. Mas, por favor, diga-nos em linhas gerais como é esse seu plano".

"A casa do ministro fica em Aziznagar. Temos de chegar lá com uma semana de antecedência, ou quatro dias no mínimo, a fim de nos familiarizarmos com o traçado das ruas. Precisaremos alugar um carro. Faremos isso em algum outro lugar. Na manhã da ação, três de nós estarão no carro, que será estacionado bem em frente ao portão da casa. Há um muro alto que impede que a casa seja vista da rua. Perfeito para nós. Um guarda virá nos perguntar o que estamos fazendo. Será com esse guarda que teremos de lidar quando chegar a hora. Diremos que somos estudantes universitários — verificarei qual faculdade devemos mencionar — e que queremos convidar o ministro a fazer uma palestra para nós ou qualquer coisa assim. Aguardaremos que o ajuntamento de pessoas e suplicantes comece a diminuir. Fica a meu cargo decidir a hora certa. Então descerei do carro e passarei pelo guarda rumo à porta da frente da casa. Quando eu fizer isso, os outros homens que estarão comigo atiram no guarda, tentando acertá-lo na mão ou no pé. A essa altura já estarei dentro da casa. Atirarei em todos que cruzarem meu caminho. Invadirei o gabinete do ministro ou a sala em que ele concede audiências, farei isso com bastante barulho, muitos gritos. Atirarei em sua mão, fogo rápido, disparando o tempo todo. Ele ficará apavorado. Assim que o atingir, tratarei de arrastá-lo para fora da casa, em direção ao carro, que continuará bloqueando o portão. Já estudei o físico dele. Não será problema. Não terei dificuldades em arrastá-lo para fora. Tudo isso tem que ser feito com frieza, precisão e determinação. Não haverá lugar para vacilações. Passaremos com o carro pelo semáforo, que deverá ser mantido aberto para nós. Dois minutos. Dois minutos de ousadia e frieza. A ação terá conseqüências positivas para nós. Deixará claro para todo mundo que continuamos vivos."

Disse o líder de pelotão: "Parece bom e simples. Talvez simples demais".

Disse Einstein: "As coisas mais eficientes são simples e claras".

Disse Keso: "O semáforo me preocupa. Não seria melhor desligá-lo de uma vez?".

Disse Einstcin: "Muito cedo, e eles o consertam. Muito tarde, e o cruzamento fica congestionado. É melhor ter alguém ali, à nossa espera. Se o sinal estiver fechado para nós, essa pessoa calça muito friamente um par de luvas brancas com aspecto de coisa oficial e pára o trânsito. E se o sinal estiver verde para nós, então não temos que fazer absolutamente nada".

Disse o líder de pelotão: "Há algum policial, alguma guarita no cruzamento?".

Disse Einstein: "Se houvesse, eu não iria querer fazer isso. Quando tivermos passado, essa pessoa caminhará calmamente até o outro lado da rua, tirando as luvas, e entrará num carro ou num táxi, que em seguida deixará o lugar. O que significa que talvez precisemos de um segundo carro. Se alguém chegar a reparar, vai achar que se trata de mais uma dessas palhaçadas que vivem aprontando nas ruas indianas. Quatro homens, dois carros, três pistolas".

Disse Keso: "Você parece decidido a levar isso em frente, seja qual for nossa opinião".

Disse Einstein: "Acho que será um desafio. E pegará a todos de surpresa, já que não temos nada em particular contra esse ministro. Gosto do inesperado. Acho que servirá de exemplo à nossa gente. Quando planejamos uma ação militar, muitos de nós só conseguem pensar de forma excessivamente banal. De modo que o outro lado está sempre à nossa espera, e continuamos a encher as prisões".

Depois, Einstein e Willie trocaram algumas palavras.

Disse Einstein: "Ouvi dizer que vocês passaram por maus bocados durante aquele avanço pelo interior. Ampliação da área libertada. A estratégia era ruim e alguns pagaram por isso. Estávamos tão espalhados que não tínhamos poderio para nada".

"Eu sei, eu sei."
"Nossos dirigentes estão nos deixando na mão. Só querem saber da boa vida. É um sem-fim de conferências em lugares exóticos. Muito acotovelamento para ir para o exterior fazer propaganda e levantar fundos. Ah, e antes que eu me esqueça. Lembra-se daquele sujeito da casta dos fiandeiros que nos delatou à polícia há alguns anos?"
Disse Willie: "Aquele da prisão do Bhoj Narayan?".
"Esse mesmo. Não está mais aqui para testemunhar. Duvido que consigam indiciar o Narayan no artigo 302 agora."
Disse Willie: "Que alívio".
"Queria que você soubesse. Sei como vocês dois eram amigos."
"Vai mesmo tentar fazer esse seqüestro?"
"Não quero mais falar sobre isso. Às vezes, de tanto falar, a gente acaba pondo as coisas a perder. É como matemática quando somos jovens. A coisa vem sem que você se dê conta, quando está no mais profundo silêncio."
Willie lembrou-se da pequena colônia de fiandeiros tal como a vira da última vez: o céu vermelho, os pátios da frente desimpedidos, onde a fibra era transformada em fio, o táxi-lambreta de três rodas na frente da casa onde Raja vivia com o irmão mais velho. Recordou as chamas do fogão, com sua aparência festiva à luz débil do entardecer, na cozinha semi-aberta dos enroladores de cigarros de palha, a cem metros de distância: pessoas duas vezes mais ricas, ou cinqüenta por cento menos pobres que os fiandeiros, aquele fogo precoce marcando a diferença entre eles. Evocou a mulher do irmão mais velho, com sua saia de algodão de camponesa, atirando-se ao chão da casinha diante de Bhoj Narayan, agarrando seus joelhos, implorando pelo cunhado junto ao tear caseiro.
Pensou: "Quem aqui imaginaria que eu me importava com aqueles homens? Talvez a morte tenha sido a melhor solução para ambos. Talvez Ramachandra tivesse razão. Para pessoas como Raja e o irmão dele, o estrago é muito grande, não tem conserto. Essa geração está perdida e possivelmente a próxima também. Talvez os dois irmãos tenham sido poupados de uma imensa quantidade de sacrifícios vãos e sofrimentos desnecessários".

* * *

Agora, a cada duas semanas havia reuniões distritais. Líderes de pelotões ou seus representantes vinham de áreas libertadas em diferentes partes da floresta numa espécie de arremedo de vida social à moda antiga. As notícias que traziam, extra-oficialmente, davam conta de capturas pela polícia e de pelotões dizimados, porém a ficção do sucesso da revolução e da expansão ininterrupta das áreas libertadas continuava valendo, ao menos nas discussões formais, de modo que esses debates se tornavam mais e mais abstratos. Discutia-se com enorme seriedade, por exemplo, se a contradição maior era a estrutura fundiária ou o imperialismo. Às vezes alguém falava com veemência contra o imperialismo — que no lugar onde eles se encontravam parecia algo muito distante — e depois alguém comentava com Willie: "É claro que ele pensa assim. Seu pai é um grande proprietário de terras, e quando ele fala sobre imperialismo, o que está realmente dizendo é: 'Façam o que bem entenderem, mas fiquem longe do meu pai e da minha família'". Em outras ocasiões eles debatiam — faziam-no a cada duas semanas e sabiam de antemão o que seria dito por ambos os lados da polêmica — se o motor da revolução seria o campesinato ou o proletariado industrial. Apesar de todas as mortes, o movimento tornava-se cada vez mais uma questão de palavras abstratas.

Nesse ínterim chegou a notícia da ação de Einstein. Ele havia feito exatamente o que dissera que faria, e fracassara. Einstein afirmara que o muro alto da residência oficial do ministro era favorável à ação, pois serviria para ocultar a ele e aos companheiros que permaneceriam dentro do carro utilizado no seqüestro. Porém verificou-se que suas investigações não haviam sido tão completas quanto ele alardeara durante a reunião seccional. Pois o muro também se prestara a ocultar de Einstein a verdadeira extensão do aparato de segurança da casa. Ele pensava que só havia um guarda armado, o qual ficava no portão. O que descobriu no dia da ação, e apenas alguns segundos antes de executar o seqüestro, foi que havia dois outros guardas armados no interior da casa. Resolveu cancelar a coisa toda: nem bem havia adentrado o pátio, passou novamente correndo pelo guarda do portão e entrou no carro. O semáforo estava vermelho, mas o homem que eles haviam destacado para interromper o tráfego fez muito bem seu trabalho, caminhando lentamente até o meio da rua, calçando as grandes luvas brancas e obrigando os motoristas a parar. Alguns tinham achado que essa era a parte mais fraca do plano. No fim das contas, foi a única que deu certo. E, como Einstein havia dito, quase passou despercebida.

Ao reaparecer na aldeia que lhes servia de base, ele comentou: "Talvez tenha sido melhor assim. Era bem capaz de a polícia vir com tudo para cima de nós".

Disse Willie: "Você teve muita frieza para cancelar tudo na última hora. Eu provavelmente teria continuado em frente. Quanto mais me vejo encrencado, mais fico tentado a seguir em frente".

Disse Einstein: "Todo plano precisa ter certa margem de manobra".

Um integrante do conselho do movimento compareceu à reunião seccional seguinte. Com seus sessenta anos, era bem mais velho do que Willie imaginara. De forma que o doido falastrão que dissera ter participado de todos os movimentos revolucionários dos últimos trinta anos talvez tivesse razão em certos aspectos. Também tinha um quê de dândi, o tal membro do conselho: era alto e esguio, com cabelos muito bem aparados, brilhantes. Isso também foi algo que pegou Willie de surpresa.

Para desviar as atenções de seu plano abortado, Einstein disse ao homem do conselho: "Precisamos parar de falar sobre as áreas libertadas. Dizemos às pessoas das universidades que a floresta é área livre, e às pessoas da floresta dizemos que as universidades são área livre. Coisas improváveis acontecem: essas pessoas às vezes se encontram. Não conseguimos enganar ninguém e acabamos alienando gente que gostaríamos de recrutar".

O integrante do conselho ficou fora de si. Seu rosto se contorceu todo e ele disse: "Quem são esses que ousam me questionar? Por acaso leram os livros que eu li? São capazes de ler esses livros? Entendem um mínimo que seja de Marx e Lênin? Não sou Kandapalli. Essa gente fará o que eu mando. Ficarão em pé quando eu mandar que fiquem em pé, sentarão quando eu mandar que sentem. Acham que fiz uma viagem tão longa para ouvir esse tipo de asneira? Corri o risco de ser preso. Vim aqui para falar sobre as novas táticas, e sou obrigado a ouvir um disparate desses".

Sua cólera — a cólera de um homem muito acostumado a impor sua vontade — turvou o restante da reunião, e ninguém se arriscou a tocar em outras questões importantes. Depois Einstein disse a Willie: "Esse sujeito faz com que eu me sinta um idiota. Faz de todos nós idiotas. Não consigo acreditar que seja por ele que fazemos o que fazemos".

Disse Willie (algo de sua antiga ironia de universitário londrino lhe retornando inesperadamente, vencendo sua cautela): "Talvez os livros enormes que ele lê falem sobre os grandes líderes deste século".

As novas táticas, que deviam ter sido discutidas naquela reunião, foram comunicadas mais tarde pelo conselho, já em caráter impositivo. As áreas libertadas passariam a ser isoladas e rigidamente policiadas; os habitantes dessas áreas só ficariam sabendo daquilo que ao movimento interessava que soubessem. Estradas e pontes em todo o perímetro seriam explodidas. Os telefones seriam cortados, e os jornais do mundo exterior banidos; não haveria filmes nem eletricidade. Ênfase renovada seria dada à velha idéia de liquidar o inimigo de classe. Como fazia muito tempo que os feudais tinham fugido dessas aldeias e não restara inimigos de classe propriamente ditos, as pessoas a serem aniquiladas eram as que se achavam em melhor situação. O guerrilheiro destrambelhado que Willie e Keso haviam conhecido dissera que a filosofia do assassinato era o dom revolucionário que ele ofertava aos pobres, a causa pela qual ele caminhava de aldeia em aldeia, semana após semana. Uma versão dessa filosofia estava sendo novamente adotada, e era apresentada com ares de doutrina. Assassinatos de inimigos de classe — que a essa altura significavam apenas camponeses que possuíam um pedaço de terra um pouco extenso demais — agora se faziam necessários para contrabalançar os êxitos da polícia. Nos pelotões, a disciplina seria endurecida; seus integrantes passariam a fazer relatos uns sobre os outros.

Willie foi transferido para um novo pelotão e viu-se de repente entre estranhos desconfiados. Perdeu o quarto na choupana de beirais baixos, o quarto que ele se habituara a considerar seu. Seu pelotão dedicava-se à explosão de estradas e pontes, e ele passou a viver em acampamentos, mais uma vez mudando constantemente de um lugar para outro. Ficou desorientado. Lembrava-se do tempo em que isto o consolava, dava-lhe segurança sobre as coisas, contar as camas em que havia dormido. Tal segurança já não lhe era possível. Agora ele só desejava alucinadamente se salvar, entrar de novo em contato consigo mesmo, fugir para um lugar onde o ar fosse mais respirável. Mas não fazia a menor idéia de onde estava. Seu único consolo — e Willie não chegava a ter certeza de que se tratasse realmente de um consolo — era que, em meio a todos os estranhos cujo caráter ele já não fazia questão de desvendar, os quais ele preferia (em virtude do cansaço e da desorientação enormes que sentia) manter como enigmas, seu único consolo era que, nas reuniões seccionais, a cada duas semanas, continuava a encontrar-se com Einstein.

Então o pelotão recebeu ordens de instar os aldeões a matar os fazendeiros mais abastados. Não se tratava mais de algo facultativo, um objetivo a ser alcançado um dia, quando as condições fossem propícias. Era uma ordem, como uma rede varejista determinando o aumento das vendas a seus gerentes. O conselho queria números.

Willie e outro integrante do pelotão foram com uma arma a uma aldeia ao entardecer. Willie recordou a história do sujeito destrambelhado chegando a uma aldeia ao cair da noite e pedindo ao primeiro lavrador que vira que matasse o senhor local. Isso acontecera trinta anos antes. E agora Willie estava passando pela mesma experiência. Com a diferença de que já não havia senhor local.

Pararam um lavrador. Era um homem escuro, com um turbante curto, e tinha mãos grossas, fortes. Parecia bem alimentado.

Disse o companheiro de Willie: "Boa noite, irmão. Quem é o homem mais rico da sua aldeia?".

O aldeão parecia saber aonde eles queriam chegar. Disse a Willie: "Por favor, peguem essa arma e vão embora".

Disse o companheiro de Willie: "Por que deveríamos ir embora?".

Disse o aldeão: "Para vocês não será problema nenhum. Têm suas casas confortáveis. Porque, se eu aceitar sua sugestão, quem vai acabar pagando o pato sou eu. Disso não tenho a menor dúvida".

Disse o companheiro de Willie: "Mas se você matar o homem rico, terá um a menos a oprimi-lo".

Disse o aldeão a Willie: "Mate-o por mim. Além do mais, eu não sei atirar".

Disse Willie: "Eu o ensino a usar a arma".

Disse o aldeão: "Seria mais simples para todo mundo se você o matasse".

Disse Willie: "Vou lhe mostrar como se faz. Pegue-a assim e olhe por aqui".

A figura do fazendeiro surgiu na alça de mira da pistola. Vinha descendo uma colina. Estava no fim do seu dia de trabalho. Willie, seu companheiro e o aldeão eram encobertos pelo matagal junto à trilha da aldeia.

Olhando para o homem pela mira, a pistola percorrendo distâncias mínimas, como se em resposta à incerteza ou certeza em sua mente, a escala das coisas modificou-se para Willie, e ele brincou com essa mudança de escala. Coisa similar havia acontecido na África portuguesa quando, após um assassinato em massa de colonos, o governo franqueara os estandes de tiro da polícia para os que quisessem aprender a atirar. Willie não entendia nada de armas, mas fascinava-o essa mudança de escala que sucedia no mundo ao redor quando ele olhava pela mira da pistola. Era como concentrar a atenção numa chama no interior de um aposento escuro: um momento místico que o fazia pensar em seu pai e no *ashram* em que o velho propiciava esse tipo de iluminação.

Disse alguém: "Você está com o homem rico na mira".

Sem desviar os olhos, Willie reconheceu a voz do comandante do pelotão.

Disse o comandante, que não era jovem: "Faz algum tempo que nos preocupamos com você. Não pode pedir a alguém que faça uma coisa que você próprio não é capaz de fazer. Atire. Agora".

E a figura que até então tremulava dentro e fora da mira girou para um lado, como se tivesse levado uma pancada forte, e caiu na trilha que descia a encosta. Disse o comandante do pelotão ao aldeão atônito: "Viu? Não é nenhum bicho-de-sete-cabeças". Quando seu sangue esfriou, Willie pensou: "Estou no meio de verdadeiros loucos". Pouco depois refletiu: "Essa foi a primeira impressão que tive no acampamento, na floresta de teca. Deixei que essa impressão submergisse. Tive de fazer isso para poder conviver com as pessoas entre as quais me encontrava. Agora ela voltou à tona para me castigar. Tornei-me eu mesmo um louco. Preciso dar o fora enquanto ainda tenho tempo de retornar a mim mesmo. Sei que disponho desse tempo".

Mais tarde, num tom de voz que era quase amistoso, disse-lhe o comandante do pelotão: "Em seis meses passa. Daqui a seis meses estará tudo bem". Sorriu. Tinha quarenta e poucos anos, era neto de um camponês e filho de um amável escriturário do serviço público; em seu rosto via-se uma vida de amargura e frustração.

Ele caminharia até o ponto onde a estrada não havia sido explodida. Não mais que quinze quilômetros. Uma estradinha vicinal, duas faixas de concreto sobre uma superfície de terra vermelha. Não era servida por nenhuma linha de ônibus, nem por táxis ou táxis-lambretas. Estava na área de influência da guerrilha, era uma área de conflitos, e tanto taxistas quanto lambretistas receavam chegar muito perto. De modo que ele teria de dar o menos na vista possível (o lenço fino, o camisolão com grandes bolsos laterais e calças; as calças dariam conta do recado) e caminhar dali até a estação rodoviária ou ferroviária mais próxima.

Nessa altura, contudo, seu sonho de fuga desmilingüia-se. Willie estava na lista de procurados da polícia, e certamente haveria policiais vigiando as estações de ônibus e de trem da região. Como membro do movimento, lhe seria possível esconder-se mesmo a céu aberto, por assim dizer; o movimento tinha uma rede de retaguarda que o manteria longe dos olhos da polícia. Mas, na condição de alguém que fugia do movimento e era procurado pela polícia, ele ficaria completamente desprotegido. Estaria por conta própria. Não tinha contatos na região. Resolveu aguardar até a reunião seccional seguinte e abrir-se com Einstein. Era arriscado, porém não havia nenhuma outra pessoa com quem sentia que podia conversar.

Todas as dúvidas de Willie em relação a Einstein desfizeram-se tão logo se pôs a falar com ele.

Disse Einstein: "Há um caminho melhor. Mais curto. Por ele chegaremos a outra estrada. Vou com você. Também estou cansado. Há duas aldeias no caminho. Conheço os fiandeiros em ambas. Eles nos abrigarão durante a noite e arrumarão um lambretista para nos levar. Cruzaremos a fronteira estadual. Eles têm amigos do outro lado. Os fiandeiros também possuem suas redes de proteção. Como pode ver, andei fazendo minhas averiguações a respeito dessa viagem. Cuidado com o pessoal daqui. Se não tiver jeito, faça o jogo deles. À menor suspeita de deserção, matam você".

Disse Willie: "Fiandeiros. E lambretistas".

"Está pensando que é como Raja e o irmão. Bom, tem razão. Mas às vezes é assim que as coisas acontecem. Muitos fiandeiros em ascensão acabam virando lambretistas. Os bancos os ajudam."

Continuaram conversando sobre a fuga até o último dia da reunião seccional.

Dizia Einstein: "Você não pode simplesmente ir e se entregar à polícia. Corre o risco de levar um tiro. É um negócio complicado. Temos de nos esconder. Talvez tenhamos de ficar bastante tempo escondidos. Primeiro com algum fiandeiro no outro estado, depois em outro lugar qualquer. Precisamos encontrar políticos que se disponham a nos ajudar. Aposto que iriam achar bom dizer que nossa rendição foi obra deles. Negociariam com a polícia em nosso nome. Pode ser até o sujeito que eu planejei seqüestrar. O mundo é assim mesmo. Hoje as pessoas estão do lado de cá, amanhã estão do lado de lá. Você não foi com a minha cara quando me conheceu. Eu também não fui com a sua. Assim é o mundo. Nunca diga 'desta água não beberei'. Outra coisa: não quero saber o que você fez ou deixou de fazer enquanto esteve no movimento. De agora em diante, lembre-se sempre disto: você não fez nada. As coisas aconteciam à sua volta. Outros fizeram coisas. Você não. É disso que precisa se lembrar para o resto da vida".

Levou seis meses. E houve períodos em que a dissolução de suas vidas no movimento foi como uma continuação dessa vida.

Na primeira noite, antes de chegarem à choupana dos fiandeiros onde dormiriam, tiraram seus uniformes e os enterraram, pois não queriam arriscar-se a fazer fogo e não desejavam queimar os uniformes na presença de seus anfitriões. Seguiram-se dias de viagens marcadas pelo calor e pelos solavancos, feitas nos mais variados tipos de estrada em táxis-lambretas de três rodas que, por serem baixos, os deixavam muito perto do solo; ora os dois juntos numa lambreta, ora (idéia de Einstein, por questão de segurança) em lambretas diferentes. A capota dos táxis-lambretas eram compridas porém estreitas, como a de um carrinho de bebê, e o sol sempre batia lá dentro. Nas estradas mais movimentadas, os vapores e a fumaça marrom dos escapamentos os assaltavam de todos os lados, e a pele deles, ardendo por causa do sol, ficava dolorida e irritada. Descansavam à noite em comunidades de fiandeiros. As casinhas de dois cômodos davam a impressão de terem sido construídas mais com a finalidade de abrigar os preciosos teares do que servir de habitação às pessoas. A bem da verdade, não havia espaço para Willie e Einstein, mas dava-se um jeito. Toda casa a que eles chegavam era igual à que haviam deixado para trás, com pequenas variações locais: colmo mal aparado em vez de telhas, tijolos de barro em vez de pau-a-pique. Finalmente cruzaram a fronteira estadual, e por duas ou três semanas a rede de fiandeiros do outro lado continuou a protegê-los.

 Agora Willie tinha uma vaga idéia de onde estavam. Era forte seu desejo de entrar em contato com Sarojini. Pensou que podia escrever-lhe e pedir que ela mandasse uma carta para a posta-restante de uma das cidades pelas quais passariam.

 Einstein não permitiu. A polícia já conhecia a artimanha.

Cartas destinadas a postas-restantes eram incomuns, e as provenientes da Alemanha deviam estar sendo vigiadas de perto. Até ali, graças aos fiandeiros, eles haviam tido uma viagem relativamente tranqüila, e Willie podia achar que a cautela era exagerada; mas devia lembrar-se de que eles dois estavam numa lista de procurados e que os policiais tinham ordem de atirar primeiro e perguntar depois.

Iam para uma cidade, depois para outra. Einstein era o líder. Agora estavam tentando arrumar uma figura pública que se dispusesse a falar com a polícia.

Willie estava impressionado. Indagou: "Como você sabe tudo isso?".

Disse Einstein: "Aprendi com aquele velho líder seccional. O sujeito que saiu do movimento e depois matou a mulher".

"Quer dizer que ele já pensava em fugir quando o conheci?"

"Alguns de nós são assim. E por vezes esses são os que ficam dez, doze anos; vão ficando até perder um parafuso e não conseguir fazer mais nada."

Para Willie esse tempo de espera, essa mudança para cidades novas era como o tempo que ele passara na rua dos curtumes, quando não fazia idéia do que aconteceria em seguida.

Disse Einstein: "Agora temos de aguardar a polícia. Estão estudando nossos casos. Querem saber quais acusações recaem sobre nós antes de aceitar nossa rendição. Estão encontrando algumas dificuldades em relação a você. Alguém o delatou. É por causa de suas conexões internacionais. Conhece um homem chamado Joseph? Não me lembro de ninguém com esse nome".

Willie fez menção de falar.

Interveio Einstein: "Não me diga nada. Não quero saber. Lembre-se do que combinamos".

Disse Willie: "Mas de fato não é nada".

"Aí é que reside praticamente toda a dificuldade."

"Se não aceitarem minha rendição, o que acontece?"

"Terá que se esconder, senão matam ou prendem você. Mas não vamos nos preocupar com isso agora."

Algum tempo depois, Einstein anunciou: "Está tudo certo, para mim e para você. No fim das contas, suas conexões internacionais não eram tão ameaçadoras assim".

Einstein ligou para a polícia, e então chegou o dia de irem para o quartel da cidade em que se encontravam. Tomaram um táxi, e Willie viu uma versão do que Raja, em sua agitação, lhe mostrara em outra cidade tanto tempo antes: uma área em estilo militar construída na época dos ingleses, as árvores plantadas na ocasião a essa altura já velhas, com uma faixa de cal até um metro ou um metro e meio do chão, o meio-fio branco das ruas, a praça de armas coberta de areia, o pavilhão elevado, os prédios da assistência social, os alojamentos de dois andares.

O gabinete do superintendente ficava em algum lugar ali no térreo. Quando entraram no gabinete, o homem em pessoa, vestido à paisana, levantou-se sorrindo para recepcioná-los. Willie não contava com tamanho gesto de civilidade.

Pensou: "Bhoj Narayan era meu amigo. Ramachandra inspirou-me compaixão. Sem Einstein eu não teria conseguido chegar até aqui. Mas o homem que tenho diante de mim faz muito mais o meu tipo. Meu coração e minha mente abrem-se de imediato para ele. Seu rosto irradia inteligência. Não preciso ser condescendente com ele. Sinto que nos tratamos de igual para igual. Após tantos anos no meio do mato — anos em que por uma questão de sobrevivência me obriguei a acreditar em coisas sobre as quais não tinha certeza —, sinto que isso é uma bênção".

7
NÃO OS PECADORES

Ao final daquela sessão tão civilizada com o superintendente, um homem ao mesmo tempo educado e fisicamente bem exercitado, Willie pensou que seria solto, e continuou pensando assim inclusive quando foi separado de Einstein e levado para uma prisão numa área afastada. Talvez por conta das dificuldades que ele e Einstein haviam enfrentado ao preparar sua rendição, e porque, explicando a demora, a certa altura Einstein dissera que a polícia tinha de "estudar" seus casos, Willie confundira a idéia de rendição com a de anistia. Pensara que, depois de ir ao quartel da polícia e entregar-se, seria solto. E manteve essa esperança mesmo quando foi levado para a prisão e deu entrada lá, como se se tratasse de um hotelzinho vagabundo do interior, embora os funcionários interioranos que o haviam recebido tivessem modos rudes e envergassem uniformes cáqui. Havia certa repetição nesses procedimentos de entrada. A cada etapa do ritual carcerário, a recepção parecia cada vez menos acolhedora.

"É claro que isso tudo me amedronta", pensou Willie, "mas para esses agentes penitenciários é a rotina do dia-a-dia. Seria menos perturbador para mim se eu me pusesse no lugar deles."

Foi o que tentou fazer, mas os agentes penitenciários não pareceram notar.

Ao cabo de sua admissão, ele foi alojado num barracão comprido, como um alojamento de quartel, com vários outros homens. Em sua maioria eram aldeões, fisicamente pequenos, frágeis, mas devorando-o com seus olhos pretos brilhantes. Estavam ali aguardando julgamento por uma série de coisas; por isso continuavam vestidos com suas próprias roupas. Willie não desejava adentrar suas aflições. Não queria voltar tão cedo para aquela outra cadeia das emoções. Não queria ver a si mesmo como um dos homens naquele barracão comprido. E, estimulado pela confiança de que logo iria embora e ficaria livre de tudo aquilo, pensou que devia escrever para Sarojini em Berlim — uma carta alegre, sem agonia: já sabia até o tom — contando tudo o que lhe sucedera desde a última vez que havia escrito a ela, anos antes.

Porém, escrever uma carta não era algo que pudesse ser feito assim, sem mais nem menos, mesmo que ele tivesse uma caneta ou um lápis e papel. Só conseguiu imaginar-se escrevendo aquela carta no dia seguinte, e então a folha de papel de carta que o carcereiro lhe trouxe, como se estivesse fazendo um enorme favor, lembrava a folha muito manuseada de um livro de contabilidade, estreita, com linhas apertadas, rasgada na margem perfurada, com o nome da prisão carimbado com tinta roxa no alto à esquerda e com um número grande, carimbado com tinta preta à direita. A folha de papel — que além do mais era muito fina e tendia a se enrolar na margem não perfurada — deixou-o acabrunhado e fez com que desistisse da idéia de escrever.

Ao longo dos dois ou três dias seguintes, Willie se inteirou da rotina da prisão. E, tendo tirado da cabeça a idéia de uma soltura iminente, adaptou-se a nova vida, como se adaptara às muitas outras vidas que o haviam requisitado em diversas ocasiões. O toque de alvorada às cinco e meia, as duchas no pátio, a formalidade das refeições insípidas da prisão, o tédio dos banhos de sol, as longas e ociosas horas passadas no chão durante o período de confinamento: procurou adaptar-se a isso com uma extensão da ioga (o nome que costumava dar a isso) com que por muito tempo, desde que regressara à Índia (e talvez antes, talvez durante toda a sua vida), enfrentara as ações e necessidades diárias que subitamente se tornavam penosas ou embaraçosas. Uma ioga praticada de modo compenetrado até que as condições de cada novo modo de vida difícil se tornassem familiares, se tornassem a própria vida.

Uma manhã, alguns dias após ter chegado, Willie foi levado para uma sala na parte da frente da prisão. O superintendente com o qual ele simpatizara estava lá. Continuava simpatizando com o sujeito, mas ao final da entrevista, que versou sobre tudo e nada, começou a sentir que seu caso não era tão simples quanto havia pensado. Einstein mencionara dificuldades associadas às "conexões internacionais" de Willie. Isso só podia significar Sarojini e Wolf, e fora com eles, claro, que tivera início sua aventura. Porém na entrevista seguinte, com o superintendente e um colega dele, nada foi dito a esse respeito. Havia o incidente que ele tivera de esquecer, o incidente sobre o qual Einstein (que claramente sabia de mais coisas do que dera a entender) dissera não querer ouvir. Houve testemunhas, e era possível que tivessem ido à polícia. Mas nada a esse respeito veio à baila na sala da frente da prisão. E foi somente durante a quarta entrevista que Willie compreendeu que o superintendente e seu colega estavam interessados na morte dos três policiais. Quando pensava nisso, Willie atentava sobretudo para o páthos e o heroísmo de Ramachandra; a morte dos policiais, que ele não vira, não conhecera, era um evento muito distante.

Nas primeiras entrevistas, quando lutara com fantasmas, ele havia dito mais do que sabia. Agora verificou que o superintendente tinha conhecimento do nome de todos os integrantes do pelotão de Ramachandra e estava a par do quanto Willie e Ramachandra eram próximos. Como também conhecia a história vista pelo lado da polícia, sua visão do que havia acontecido era mais completa que a de Willie.

Willie esmoreceu. Seu ânimo se esvaiu ao descobrir que era cúmplice do assassinato de três homens e que seria incriminado por isso.

Pensou: "Como é injusto. O período que passei no movimento, em sua maior parte, senão praticamente todo, foi marcado pela ociosidade. Eu sentia um tédio tremendo a maior parte do tempo. Na carta meio cômica que acabei não escrevendo para Sarojini, pretendia contar-lhe como foi pouco o que fiz, como minha vida de revolucionário foi inocente e como a ociosidade fez com que me rendesse. Mas o superintendente tem uma visão bem diferente da minha vida como guerrilheiro. Ele me leva vinte vezes mais a sério do que eu mesmo. Não acreditaria se eu dissesse que as coisas simplesmente aconteciam a meu redor. Ele se limita a contar os cadáveres".

Fazia muito tempo que Willie desistira de contar as camas em que havia dormido. A Índia de sua infância e adolescência; os três anos aflitos em Londres, um estudante, como dizia seu passaporte, mas na realidade apenas um errante, desejando deixar para trás o que ele havia sido, sem saber onde iria acabar ou a forma que sua vida assumiria; então os dezoito anos na África, anos velozes e sem propósito, vivendo a vida de outra pessoa. Era capaz de contar todas as camas desses anos, e essa contagem lhe proporcionava uma estranha satisfação, mostrava-lhe que, apesar de toda a passividade, sua vida estava redundando em algo; algo havia crescido em volta dele.

Mas a Índia do seu retorno lhe arrancara o tapete de debaixo dos pés. Ele não enxergava nenhum padrão, nenhum fio da meada. Voltara movido por uma idéia de ação, a expectativa de inserir-se verdadeiramente no mundo. Porém tornara-se um vagabundo, e o mundo assumira um aspecto mais fantasmagórico que nunca. Fora assaltado por essa perturbadora sensação de fantasmagoria no dia em que o infeliz Raja, com excitação infantil, o levara num passeio em sua lambreta de três rodas para mostrar-lhe "o inimigo": o quartel da polícia local, com suas árvores velhas e sua praça de armas arenosa, vigiado no portão por reservistas fortemente armados, ocultos atrás de sacos de areia que se achavam manchados e sujos após as intempéries de uma monção. Willie conhecia a estrada e a paisagem monótona. Mas tudo o que viu em sua excursão naquele dia tinha uma característica especial. Tudo era fresco e novo. Era como se, após permanecer um longo período debaixo da terra, houvesse saído ao ar livre. E, todavia, não podia permanecer ali, não podia continuar com aquela visão de frescor e novidade. Tinha de voltar com Raja e sua lambreta para o outro mundo.

A fantasmagoria confundia. A certa altura, Willie perdera a capacidade de contar as camas em que havia dormido; já não havia razão para fazê-lo; e ele simplesmente desistira. Agora, nesse novo modo de experiência que lhe sobreviera — entrevistas, audiências no tribunal, transferências constantes de uma prisão a outra: ele nunca soubera da existência desse outro mundo, o mundo das prisões, dos serviços presidiários, dos criminosos —, resgatara o velho hábito, embora se dispensando de recomeçar do começo, preferindo reiniciar com o dia de sua rendição. Chegou o dia em que achou que devia escrever para Sarojini. O ânimo jovial o abandonara havia muito; quando enfim se deitou de bruços no tapete grosseiro de cores vivas estendido no chão da cela e pôs-se a escrever na folha de papel de linhas estreitas, Willie ficou surpreso com sua dor. Lembrou-se de sua primeira noite no acampamento na floresta de teca; durante toda a noite a floresta estivera repleta de sons de asas que se agitavam e de gritos de aves e de outras criaturas que clamavam por um socorro que não viria. A posição em que ele tinha de escrever era desconfortável, e as linhas estreitas, quando tentava manter as letras no espaço entre elas, pareciam constringir sua mão. Por fim, pensou que não devia prolongar sua obediência às pautas do papel. Permitiu que as letras se espalhassem pelo espaço de duas linhas. Precisou de mais papel e descobriu que isso não era problema nenhum; bastava assinar uma requisição. Até então imaginava que as cartas escritas na cadeia só podiam ter uma folha; não se informara sobre isso; achava que na prisão o mundo era, em todos os aspectos, um mundo encolhido.

Supondo que a administração carcerária não criasse problemas, sua carta devia chegar às mãos de Sarojini, em Berlim, dentro de uma semana; desde que o endereço de sua irmã continuasse o mesmo. Supondo que ela respondesse imediatamente e supondo que a administração carcerária não criasse problemas, sua resposta devia chegar dentro de mais uma semana. Duas semanas, portanto.

Contudo, passaram-se duas, três, quatro semanas. E nada da carta de Sarojini. A espera era aflitiva, e uma maneira de lidar com isso era abandonar toda e qualquer esperança, convencer-se de que a carta nunca chegaria. Foi o que Willie fez. Coincidentemente, nessa altura, sua vida no tribunal e na cadeia ganhara contornos dramáticos.

Foi condenado a dez anos de prisão. Disse a si mesmo que

podia ter sido pior. No presídio para o qual foi transferido em caráter definitivo havia sobre o portão da frente uma placa grande. Em letras compridas e estreitas, dizia: ABOMINEIS O PECADO, NÃO O PECADOR. Willie viu a placa de dentro da viatura carcerária, ao chegar ao presídio, e pensava nela com freqüência. Seria gandhiana, essa expressão de um tipo difícil de perdão, ou seria cristã? Podia ser ambas as coisas, visto que muitas das idéias do mahatma também eram cristãs. Imaginava freqüentemente o letreiro do outro lado do muro do presídio. O que estava escrito do lado de dentro do muro era: OBRIGADO POR SUA VISITA. Coisa que não era dirigida aos presos, mas aos visitantes.

Um dia Willie recebeu uma carta. Os selos eram indianos, e no envelope indiano (quanto a isso não havia a menor dúvida), o endereço do remetente era um que ele conhecia muito bem: o da casa em que havia se criado, o endereço do patético *ashram* de seu pai. Não teria se disposto a desdobrar as folhas de papel (a administração carcerária havia aberto o envelope, rasgando-o em sua extremidade superior) se não tivesse visto que a letra não era de seu pai, e sim de Sarojini, inesperadamente desterrada de Charlottenburg. Na mesma hora, na cabeça de Willie, Sarojini foi despojada do estilo que Berlim lhe conferira. Voltou a ser para ele como era há cerca de vinte e oito anos atrás, antes de Wolf, das viagens, de sua transformação. E era como se algo daquela antiga personalidade houvesse se reapossado dela enquanto escrevia a carta.

Querido Willie, faz bastante tempo que saí daquele apartamento em Charlottenburg, de modo que sua carta foi sendo repassada de um endereço a outro até finalmente chegar aqui. Os berlinenses são bons nesse tipo de coisa. Sinto muito que você tenha tido de esperar tanto tempo por uma resposta. Deve ter sido horrível. E eu esse tempo todo tão próxima, a menos de um dia de viagem. Mas, por favor, não pense que irei vê-lo se você não quiser. Em Londres, quando o visitei na faculdade, você não gostou muito. Lembro-me disso. E eu só estava querendo fazer algo de bom. É minha sina. As coisas deram errado tão rápido para você. O que posso dizer? Jamais me perdoarei. Isso para você não é nenhum consolo, eu sei. Mandaram-no para as pessoas erradas, mas no fim das contas o outro pessoal não teria sido muito melhor. Levariam você para o mesmo beco sem saída.

Vim para cá porque precisava de um descanso de Berlim, e pensei que devia vir e ficar com nosso pai, que está próximo do fim. Já lhe disse isso antes, mas de fato hoje penso que ele tem muito mais qualidades do que éramos capazes de reconhecer. Afinal, talvez não faça tanta diferença escolher este ou aquele modo de vida, mas provavelmente isso é o que os derrotados precisam dizer a si mesmos. Não me sinto muito contente com as coisas que fiz, apesar de ter feito tudo com a melhor das intenções. É uma coisa horrível de dizer, mas acho que acabei com a vida de muitas pessoas em muitos países. Hoje sei que nos últimos anos os serviços de inteligência de vários países nos seguiam aonde quer que fôssemos. As pessoas confiavam em nós por conta do que havíamos feito, e nós não decepcionávamos ninguém. Mas, nesses últimos anos, todos aqueles que convencemos a nos deixar fazer filmes a seu respeito foram posteriormente capturados, um por um. Eu poderia fazer uma lista de países em que isso aconteceu. Porém, nem sempre foi assim, e o Wolf não teve nada a ver com isso. Ele foi enganado, como o resto de nós.

Não sei como continuar a viver com isso. Eu só queria ajudar, mas quando as coisas começaram a desandar, muitos diziam que minha intenção sempre fora que tudo desse errado. Às vezes penso que o melhor que poderia me acontecer agora seria que alguém resolvesse se vingar e acabasse comigo.

Não tenho mais nada a lhe dizer por ora. Sei que o que vai acima não fará você acreditar que estou com o coração dilacerado. Se eu reler esta carta, sei que vou rasgá-la e nunca escreverei outra. Por isso a mandarei como está. Por favor, avise-me se quiser que eu vá ver você. Na prisão, um pouco de dinheiro sempre ajuda. Lembre-se disso.

Levou certo tempo para Willie digerir tudo o que havia ali. Sua primeira impressão fora que a carta, em certos pontos infantil, era emocionalmente falsa. Mas após algum tempo, refletindo que, ao escrevê-la, Sarojini devia estar cercada pelas lembranças do desespero que fora sua infância (um desespero por certo semelhante ao seu), ele concluiu que era tudo verdade. A notícia das traições não o surpreendeu; mas isso talvez se devesse ao fato de nos últimos anos ele ter se habituado à, por assim dizer, fluidez que a pessoa humana revelava ao adaptar-se a novas circunstâncias. O desagradável era que por tanto tempo ela (que o havia induzido ao erro) estivesse tão perto e num ânimo tão penitente. Quando o mundo se tornara fantasmagórico, durante aquelas deprimentes marchas e acampamentos pela floresta, estéreis e intermináveis, a qualquer momento ele poderia ter estendido, por assim dizer, as mãos para ela, e ser novamente posto em contato com a realidade.

Willie esperou alguns dias antes de escrever. Queria clarear os pensamentos e encontrar as palavras certas. (Não havia por que ter pressa. Agora todas as coisas cotidianas tinham de ser prolongadas: uma nova forma de ioga.) E, dessa vez, a resposta dela veio em dez dias.

Querido Willie, eu contava encontrar na sua carta algumas palavras de censura. Não havia nenhuma. Você é um santo. No fim das contas, talvez você seja mesmo filho do seu pai...

OBRIGADO POR SUA VISITA: isso, dirigido aos visitantes, estava afixado na face interna do muro da frente, ao final da ruela que conduzia ao portão duplo principal. Para os presos havia tabuletas menores, redigidas com letras oblíquas, vibrantes. *A verdade sempre vence. A raiva é a pior inimiga do homem. Fazer o bem é a melhor religião. O trabalho enobrece. A não-violência é a melhor de todas as religiões.* A certa altura, Willie deixou de ver essas placas. No começo, porém, devido a certo resquício de rebeldia estudantil ainda atuante nele, não obstante seus quase cinqüenta anos, ele pensou que devia escrever numa parede: *Melhor prevenir do que remediar.* Não chegou a tentar. As punições eram severas. Mas, em sua imaginação, via a tabuleta tranqüilamente afixada entre as outras carolices, e por várias semanas se divertiu com isso.

Willie dividia a cela com outros sete ou oito presos. O número variava: algumas pessoas iam e vinham. A cela era razoavelmente grande, nove por três ou quatro metros, e, para alguns presos, era maior que qualquer coisa que haviam conhecido do lado de fora.

Um ou dois deles haviam sido criados em favelas de operários fabris numa cidade, com irmãos e irmãs e pais todos amontoados num único cômodo. O cômodo padrão nesses lugares era um cubo de três metros em todas as direções, com uma plataforma a cerca de dois metros de altura, que fornecia espaço de dormir adicional (especialmente útil para trabalhadores noturnos, que podiam dormir de manhã ou à tarde enquanto a vida diurna da família seguia seu curso abaixo deles). O sujeito que contara isso a Willie, a princípio o fizera de forma franca, falando de coisas que para ele eram muito simples e concretas, mas, quando viu que estava escandalizando Willie, pôs-se a bravatear um pouco e a exagerar. Por fim (Willie fez uma série de perguntas) teve de admitir — de má vontade, pois estragava a história — que aquela vida familiar confinada num único cômodo só era possível porque muitas coisas eram feitas do lado de fora, no corredor amplo e no pátio. Quanto ao resto, disse o sujeito, era como subir num ônibus lotado. Tinha-se a impressão de que seria impossível entrar, mas de alguma maneira se entrava; uma vez lá dentro, parecia que não daria para agüentar, porém não mais que em um ou dois minutos; com o movimento do ônibus, todo mundo acabava se ajeitando e dali a pouco estavam todos bem acomodados. Era um pouco como a cadeia, disse o sujeito. Alguém pensava que não conseguiria suportar, mas depois descobria que não era tão ruim assim. Um bom teto, um ventilador quando fazia muito calor, um bom e sólido piso de concreto, refeições regulares, uma chuveirada nas duchas do pátio todas as manhãs, e até um pouco de televisão, desde que a pessoa não se importasse em permanecer em pé no meio dos outros enquanto assistia.

 O prazer que esse homem sentia com a rotina carcerária ajudou Willie. E mesmo quando, à maneira das prisões, o sujeito foi transferido, Willie continuou se lembrando do que ele havia dito sobre "ajeitar-se" e acrescentou isso a sua ioga.

 Os ocupantes da cela foram sendo trocados, até ficarem somente homens como Willie, integrantes do movimento que haviam se rendido. O tratamento que recebiam tornou-se então muito melhor, e o superintendente do presídio, como que explicando o motivo disso, disse um dia, ao fazer sua ronda semanal, cercado por todos aqueles funcionários deferentes, que agora eles eram considerados "prisioneiros políticos". Os ingleses, esclareceu o superintendente, haviam criado essa categoria de detentos para lidar com Gandhi, Nehru e os outros nacionalistas que desrespeitavam a lei mas não podiam ser tratados como os criminosos comuns.

Willie ficou animado com a perspectiva do tratamento diferenciado. Mas a animação não durou muito. Os detentos das celas de prisioneiros políticos (havia outra além da de Willie) eram livres para, uma vez respeitada a rotina carcerária, organizar suas atividades. E muito rapidamente Willie percebeu que esse tratamento diferenciado o arrastara de volta para aquilo de que ele havia fugido. A rotina estabelecida pelos prisioneiros políticos era muito similar à do primeiro acampamento na floresta de teca, só que sem as armas e o treinamento militar. Eram acordados às cinco e meia. Às seis, reuniam-se no pátio, e durante duas horas e meia trabalhavam na horta e no pomar do presídio. Retornavam às nove e tomavam o café-da-manhã. Depois disso, liam os jornais locais (fornecidos pelo presídio) e discutiam as notícias. Mas o trabalho intelectual sério do período da manhã era estudar os textos de Mao e Lênin. Esse estudo, entre devoto e falso, com as pessoas dizendo o que presumiam que deviam dizer sobre o campesinato, o proletariado e a revolução, era estéril para Willie, sempre um desperdício de instrução e raciocínio, e logo, apesar do tratamento diferenciado e até do respeito que este proporcionava no interior do presídio, se tornou insuportável. Willie sentia que o que lhe restava de são na cabeça acabaria apodrecendo se, por três ou quatro horas diárias, tomasse parte nessas discussões. E mesmo após os jogos e exercícios vespertinos — vôlei, corrida —, cuja finalidade era cansá-los fisicamente para que pudessem ter uma boa noite de sono, havia os debates políticos noturnos na cela, após o horário de confinamento, às seis e meia, superficiais, mentirosos e repetitivos, debates em que jamais se dizia nada de novo.

Pensava Willie: "Não vou agüentar. Não conseguirei me ajeitar, como aquele sujeito dizia que as pessoas se ajeitavam num ônibus lotado quando este começava a andar. No ônibus, a pessoa se ajeita porque é só corpo. Não pedem para ela usar a cabeça. Aqui é preciso usar a cabeça ou meia cabeça de uma maneira terrível, aviltante. Até o sono fica estragado, pois a gente sabe o que vai ter de enfrentar ao acordar no dia seguinte. É um dia horrível após o outro. É inacreditável que as pessoas façam isso consigo mesmas".

Numa segunda-feira, cerca de dois meses mais tarde, quando o superintendente fazia a ronda com seu séquito de subordinados, Willie saiu da fileira de presos. Disse ao superintendente: "Senhor superintendente, se fosse possível, eu gostaria de conversar com o senhor em seu gabinete". Os agentes penitenciários de mais baixo escalão, guarda, guarda de pavilhão, chefe da guarda, fizeram todos menção de empurrar Willie de volta com golpes de seus cassetetes compridos, porém os modos corteses, o tom de voz educado e o uso da expressão "senhor superintendente" serviram para protegê-lo.

Disse o superintendente ao carcereiro: "Levem-no à minha sala após a ronda".

A hierarquia do presídio! Era como o Exército, como uma organização empresarial, era um pouco como a hierarquia do movimento. Os soldados eram o guarda, o guarda de pavilhão e o chefe da guarda (embora "guarda" parecesse uma palavra tão benigna, cortês). Os oficiais eram o assistente de carcereiro e o carcereiro (a despeito das associações brutais que a palavra suscitava, mais apropriadas, pensava Willie, para os homens de escalão inferior que caminhavam pelos corredores entre as celas). Acima do assistente de carcereiro e do carcereiro ficava o superintendente-adjunto e, no topo, o superintendente do presídio. Às vezes, ao chegar ao presídio, o preso não sabia nada a respeito da hierarquia que a partir de então comandaria sua vida, e tampouco era capaz de decifrar os uniformes, mas em pouco tempo sua reação aos uniformes e aos títulos de cada funcionário se tornava instintiva.

O gabinete do superintendente era revestido com uma madeira marrom-escura que possivelmente havia sido envernizada. No alto da parede, uma grade formada por pequenos losangos de metal garantia a circulação de ar. Numa das paredes havia uma enorme planta da prisão: os pavilhões, as celas, os pátios, a horta, o pomar, os dois muros que circundavam o presídio, com todas as saídas importantes assinaladas com um x vermelho e grosso.

Nos ombros do superintendente viam-se as iniciais metálicas e brilhantes do serviço prisional estadual.

Disse Willie: "Senhor superintendente, pedi para vê-lo porque gostaria de ser transferido de cela".

Disse o superintendente: "Mas é a melhor cela do presídio. Um espaço bom, amplo. Muitas atividades ao ar livre. E lá são todos muito educados. Têm debates e tudo o mais".

Disse Willie: "Pois é justamente isso que eu não agüento mais. Passei oito anos ouvindo esse tipo de coisa. Quero ficar com meus próprios pensamentos. Por favor, me coloque junto com os criminosos comuns".

"É um pedido bastante inusitado. Nas outras celas, as condições não são muito agradáveis. Estamos tentando dar a vocês o tratamento que os ingleses davam a Gandhi, a Nehru e aos outros."

"Eu sei. Mas gostaria de ser transferido mesmo assim."

"Não será fácil para você. Um homem letrado."

"Por favor, deixe-me experimentar."

"Muito bem. Mas faremos isso daqui a umas duas semanas. Deixemos que os outros esqueçam que você esteve aqui. Não quero que pensem que pediu para ser transferido. Caso se sintam ofendidos ou pensem que você é um informante, têm muitas maneiras de lhe causar problemas. A cadeia é uma guerra de todos contra todos. Lembre-se sempre disso."

Três semanas depois, Willie foi transferido para uma cela na outra área do presídio. Foi terrível. A cela era um compartimento de concreto comprido, aparentemente desmobiliado. Havia até o meio um corredor de cerca de dois metros de largura. De ambos os lados desse corredor ficava o espaço que os prisioneiros ocupavam no chão. A faixa de chão que cabia a Willie tinha aproximadamente um metro de largura, e sobre ela se estendia o tapete (numa estampa de cor azul muito viva) que lhe cabia. Isso era tudo. Não havia mesas nem armários: os prisioneiros guardavam seus eventuais pertences na cabeceira de sua faixa de chão. O espaço era apertado; um tapete encostava no outro. Os prisioneiros, adormecidos ou despertos, mantinham a cabeça contra a parede e os pés apontados para o corredor. Cada tapete tinha uma estampa e uma cor diferentes; isso ajudava cada um a reconhecer seu próprio espaço (além de ser útil aos carcereiros).

Pensou Willie: "Não posso pedir para o superintendente me transferir de volta para a cela dos prisioneiros políticos. E, quando me lembro de como são as coisas lá, fico em dúvida se gostaria mesmo de voltar. Eles têm a horta e o pomar, que são muito agradáveis. Mas aquela discussão toda sobre os jornais pela manhã, uma discussão em que não se discute nada, e todo aquele estudo de Mao e Lênin à noite são um preço muito alto a pagar. Nem na África, entre os colonos, havia coisas tão aporrinhantes. Se eu fosse um sujeito mais forte, talvez pudesse encarar isso e não ser influenciado. Mas não possuo esse tipo de força".

Naquela primeira noite, quando ele caminhava pelo corredor entre os tapetes da cela e o espaço dos leitos, um homenzinho muito pequeno levantou-se de um salto de seu tapete e, chorando, atirou-se à sua frente e agarrou-se a seus pés. Tinha não mais que um metro e meio de altura, era de Bangladesh, um imigrante ilegal; toda vez que era levado para a fronteira, após cumprir sua pena de reclusão, os bangladeshianos o mandavam de volta, quando ele então passava alguns meses vagando a esmo pela Índia e era preso novamente. O choro súbito, o levantar-se de um salto e atirar-se no chão para agarrar-se aos joelhos de funcionários novos ou visitantes era um de seus vezos; algo que ele fazia como se fosse um animal treinado; toda a sua existência estava reduzida a isso.

Chegou uma carta de Sarojini. *Querido Willie, nosso pai faleceu. Foi cremado ontem. Não quis incomodá-lo com a notícia porque imaginei que você não gostaria de ser incomodado. Seja como for, é a notícia que tenho para dar. Resolvi cuidar do ashram de nosso pai. Há algum tempo tenho pensado nessa direção, como você deve saber. Não possuo nenhum saber religioso e não poderei proporcionar às pessoas nada do que nosso pai lhes oferecia. Penso em transformar o ashram num lugar de relaxamento e meditação, com um toque de budismo, sobre o qual aprendi algumas coisas com Wolf. Sei como é estranho que eu, que nunca gostei desse tipo de lugar, resolva embarcar numa coisa assim. Mas a vida às vezes faz isso com a gente. Deixe-me ir visitá-lo. Eu me explicaria melhor pessoalmente...*

Willie conseguiu uma folha de papel pautado com o carcereiro e, deitado sobre seu tapete, curvando um pouco o corpo sobre o espaço do vizinho, de modo a poder apoiar-se no baixo peitoril da janela da cela, escreveu: *Querida Sarojini, você passa de um extremo a outro. A idéia do* ashram *é uma idéia digna de alguém que quer ser sepultado vivo, e vai contra tudo em que você acreditava. As questões que discutíamos em Berlim ainda são verdadeiras. Sou-lhe grato por ter me obrigado a olhar para mim mesmo e para aquilo de que provenho. Para mim isso vale uma vida. Aqui, vejo-me cercado por um tipo de desgraça com o qual não sei lidar, mas o* ashram *não é o caminho. Assim como não o é a guerra estúpida em que me meti. Essa guerra não é sua nem minha e tampouco tem a ver com os aldeões pelos quais dizíamos estar lutando. Falávamos da opressão deles, mas os explorávamos o tempo inteiro. Nossas idéias e palavras eram mais importantes que suas vidas e ambições pessoais. Foi terrível para mim, e é algo presente até mesmo aqui, onde os que falam recebem tratamento diferenciado e os pobres são tratados como sempre. A maioria é de aldeões, homenzinhos pequenos e magros. O que mais chama a atenção neles é a estatura baixa. É difícil associá-los com os delitos mais graves e os crimes passionais pelos quais alguns estão sendo punidos. Raptos, seqüestros. Imagino que aos olhos de um aldeão eles pareçam delinqüentes e perigosos, porém, vistos à distância, como ainda os vejo, embora esteja dia e noite a seu lado, são uma amostra comovente das inquietações da alma humana, de tão longo alcance no interior desses corpos débeis. Seus olhos ferozes e famintos me assombram. Tenho a impressão de que contêm um destilado da infelicidade do país. Não creio que haja nada, absolutamente nada, que possamos fazer para ajudar. Não dá para pegar um revólver e acabar com essa infelicidade. As armas só servem para matar pessoas.*

Sarojini foi visitá-lo. Vestia um sári branco — branco da cor do luto — e obviamente não teve de esperar com as pessoas que tinham ido visitar os companheiros de cela de Willie. Seus modos, sua maneira de falar e suas roupas imediatamente lhe granjearam consideração, e ela não precisou aguardar agachada ao sol quente — numa deprimente fila dupla — com os outros visitantes, sob o olhar dos carcereiros com seus cassetetes pesados. Deixaram-na sentada numa sala na parte da frente do presídio e levaram Willie até ela. Ele gostou do sári e de seu estilo como um todo, exatamente como gostara das calças jeans e dos pulôveres grossos que ela usava em Berlim.

Sarojini estava furiosa com a cena daqueles campônios abandonados ao sol, em fila, esperando para ver seus parentes.

Disse Willie: "Eles não reclamam. Ficam felizes por estar na fila. Há os que fazem longas viagens, esperam a noite toda e de manhã são mandados embora. É que não têm dinheiro para dar uma gorjeta aos carcereiros ou não sabem que precisam fazê-lo. Na cadeia, com dinheiro tudo fica mais fácil. Sabe como é, os carcereiros também têm de ganhar a vida".

"Você diz essas coisas só para me chocar. Mas eu já esperava por isso. É sinal de que está com um bom estado de ânimo."

"Uma coisa que valeria a pena tentar seria minha transferência para a enfermaria. São uns dezesseis ou vinte leitos. É um lugar amplo, arejado, bastante despojado, mas na prisão a gente não faz muita questão de decoração. Se pudéssemos escorregar trinta ou quarenta rupias por dia para os carcereiros, minha estada aqui se tornaria uma delícia. Eu teria uma cama de ferro com colchão, que é bem melhor do que um tapete no chão, e todas as refeições seriam levadas diretamente da cozinha para mim. Café-da-manhã, almoço e jantar na cama. Como num hotel."

"Mas e os doentes?"

"Os doentes ficam onde devem ficar, nas celas. O que você queria?"

Disse Sarojini, em tom bastante sério: "Se eu fizesse isso, você iria?".

"Quem sabe. Estou começando a me cansar da minha cela. Também gostaria de ter algo para ler. Os outros podem ficar discutindo Lênin e Mao até a hora de dormir. Mas nas celas comuns só querem que a gente leia livros religiosos."

"Quando sair daqui, sua cabeça estará em frangalhos."

"Tem razão. Minhas faculdades mentais estão se esgotando. Certa vez, na África, combinei um encontro na cidade à beira-mar. Num café ou coisa assim. Uma série de imprevistos me fizeram chegar muito atrasado. Mais de uma hora depois do combinado. Mas, quando cheguei, o sujeito estava lá, à minha espera. Era português. Desculpei-me. Ele disse: 'Não foi nada. Tenho uma mente muito fornida'. Achei a resposta formidável. Provavelmente ele a ouvira de outra pessoa, mas fiz dela meu ideal. Depois, sempre que me via na sala de espera de um médico, por exemplo, ou num pronto-socorro, nunca recorria àquelas revistas ensebadas para matar o tempo. Punha-me a examinar minha muito fornida mente. É o que tenho feito à exaustão aqui. Mas minha cabeça está começando a me deixar na mão. Daqui a pouco não restará mais nada nela para examinar. Pensei em nossos pais, na minha infância. Isso, para ser franco, deu bastante pano para manga. Pensei em Londres. Pensei na África. Pensei em Berlim. Importantíssimo. Pensei em meus anos no movimento. Se eu fosse um homem religioso, diria que estou pondo minha vida espiritual em ordem. Contando as camas em que dormi."

Duas semanas após a visita de Sarojini, Willie foi transferido para a enfermaria. Recebeu os livros que ela mandou e começou a ler novamente. Deslumbrava-se com tudo o que lia. Tudo lhe parecia milagroso. Todo escritor, um prodígio. Algo assim costumava acontecer antes, muito tempo antes, naquela que agora lhe parecia outra vida, quando, às vezes, ao tentar escrever um conto, se sentia bloqueado, a cabeça emperrada. Em geral isso acontecia quando ele estava intensamente envolvido com a história. Então, punha-se a indagar a si mesmo como alguém tivera um dia a coragem de escrever uma frase. Era mesmo capaz de olhar para a bula de uma aspirina ou de um xarope para tosse e admirar-se da confiança do sujeito que escrevera aquelas prescrições e advertências. De forma semelhante, vinha-lhe agora um profundo respeito por todos os que conseguiam reunir palavras numa folha de papel, e ficava extasiado com tudo o que lia. A experiência era soberba, e ele chegava a pensar que só isso, só esse aguçamento do prazer intelectual, só essa revelação de algo na vida que ele conhecia tão pouco, já recompensava o fato de estar preso.

Um fato inusitado aconteceu cerca de cinco meses após ele ter ido para a enfermaria do presídio. O superintendente estava fazendo sua ronda matinal de segunda-feira. Willie sentiu seus olhos demorando-se nele, e a primeira coisa que lhe veio à mente foi que os dias de sua permanência na enfermaria estavam contados. Com efeito, horas mais tarde, um recado do superintendente atravessou a cadeia de comando e chegou até ele.

No dia seguinte, Willie dirigiu-se ao gabinete do superintendente, com suas paredes revestidas de madeira escura, a tela formada por losangos de ferro na saída da circulação de ar.

Disse o superintendente: "Ora, ora, ferido, mas andando".

Willie fez um gesto suplicante, rogando compreensão.

"Vou lhe dizer por que o chamei. Expliquei-lhe a situação privilegiada de que você goza na prisão e que continua à sua disposição, bastando para tanto que queira usufruir dela. Agimos de acordo com as mesmas regras que valiam no tempo dos ingleses. Ao se entregar, você declarou formalmente que não tinha feito nada que pudesse ser classificado, segundo o artigo 302, como crime hediondo. Fazia parte do pacote. Todos vocês declararam isso. De modo que nos encontramos numa situação bastante singular, já que, apesar de seu movimento ter assassinado centenas, quiçá milhares de pessoas, até agora não encontramos um único de vocês que tenha tido alguma participação nisso. Em seus depoimentos é sempre outra pessoa que mata ou puxa o gatilho. Agora, suponha que alguém na cadeia esteja propenso a mudar esse depoimento. Alguém realmente inclinado a dizer que X ou Y ou Z foi responsável por determinado assassinato."

Indagou Willie: "Essa pessoa existe?".

Disse o superintendente: "Talvez exista. A cadeia é uma guerra de todos contra todos. Já lhe disse isso uma vez".

Willie estava bastante lúcido no gabinete do superintendente. Mais tarde, porém, de volta à enfermaria, sua mente se anuviou e ele submergiu na escuridão. Fluidos gélidos pareciam percorrer-lhe o corpo. Um fenômeno semelhante a uma doença de verdade provocava-lhe calafrios. E, contudo, o tempo inteiro, com a parte mais estável da cabeça, ele também pensava, como se estivesse arquivando algo para uso futuro: "Isso foi bonito. Se um dia você resolver trair e prejudicar alguém, lembre-se de que é assim que se faz. Quando menos se espera e sem deixar impressões digitais".

Um preso usando um barrete à Gandhi veio da cozinha do presídio trazer-lhe o jantar. Era o de sempre. Um tigela de plástico com sopa de lentilhas, talvez engrossada com farinha (era impossível saber sem provar). E seis fatias finas de pão, quase frias e exsudando gordura.

Quando acordou durante a noite, em meio à desolação da enfermaria, Willie pensou: "Ontem eu estava feliz".

Ele havia se condicionado a permanecer afastado da horta e do pomar em que os prisioneiros políticos trabalhavam. Na manhã seguinte, porém, quando foi dar uma olhada, viu o homem que temia ver: Einstein. Fixara-se nele como o homem que o traíra, e essa primeira visão que teve de Einstein nas dependências do presídio foi como uma confirmação. Einstein, com o qual à primeira vista antipatizara intuitivamente (e a memória dessa antipatia inicial jamais o abandonava), do qual intuitivamente desconfiara, do qual, mais tarde, durante os tempos difíceis, se tornara companheiro e do qual agora voltava a desconfiar. Sabia que Einstein talvez sentisse em relação a ele o mesmo que ele sentira em relação a Einstein. Willie começara a acreditar, sobretudo nos últimos anos passados na floresta, que os relacionamentos continham uma reciprocidade bastante exata. Se a pessoa ia com a cara de um sujeito, era provável que se desse bem com ele; se não se sentia à vontade em sua companhia, era bem possível que o sentimento fosse recíproco. Na cadeia, Einstein e muitos dos outros haviam retornado a seu ódio original, cada um à sua maneira, como se fosse uma espécie de tesouro secreto, uma coisa para a qual podiam olhar num momento de incerteza e revigorar-se. (Willie recordava o revolucionário falastrão, ignorante e gabola que eles haviam conhecido na floresta, remanescente de uma revolta havia muito debelada, que por trinta anos vagara pelas aldeias propagandeando sua singela filosofia do assassinato, incapaz então de qualquer pensamento mais elevado e, no entanto, facilmente intimidado.) Não era preciso fazer muita força para perceber que, na cadeia, acalentando dia a dia o tesouro particular de seu ódio, e tão-somente por isso, possivelmente a troco de nada, Einstein sentiria enorme satisfação em trair Willie.

Após aquela visão de Einstein, Willie retornou a seu leito na enfermaria. Pediu uma folha de papel de carta ao carcereiro e escreveu a Sarojini.

Duas semanas depois, ela foi visitá-lo. Quando Willie lhe contou o que havia acontecido, ela disse: "Isso é sério".

E ele imediatamente a viu — não obstante a vida no *ashram* e o sári de algodão branco — pôr a cabeça de ativista para funcionar. Promover agitações no mundo inteiro em nome de prisioneiros políticos fora um dos componentes de seu trabalho político. Na pequena sala do presídio, Willie via a irmã sopesando com rapidez as alternativas de ação.

Disse ela: "Quem publicou o livro que você escreveu em Londres? Aquele seu livro de contos".

Willie disse o nome da editora. Parecia ter sido em outra vida.

"É uma editora com reputação progressista. Foi em 1958, não foi?"

"O ano dos distúrbios raciais em Notting Hill."

"Evidentemente esses distúrbios o influenciaram, não?"

Sarojini parecia uma advogada.

"Não sei."

"Tendo ou não influenciado, pode ser uma boa linha de argumentação. Você chegou a ter contato com alguém importante? Gente que ia à faculdade dar palestras e coisas do gênero?"

"Tinha um jamaicano. Quis se juntar a Che Guevara na América do Sul, mas o expulsaram de lá. Então ele voltou para a Jamaica e abriu uma boate. Não creio que seja de muita ajuda. Tinha também um advogado. Fazia pequenos programas para a BBC. Foi assim que o conheci. Ele me ajudou muito com o livro."

"Faz trinta anos, quem sabe não ficou famoso?"

Willie disse o nome do advogado à irmã, e ela o deixou num estado de ânimo irreal, vivendo em parte no passado, constrangido com a vaga lembrança das histórias falsas que escrevera naquele período de trevas, e em parte na enfermaria, às voltas com os fantasmas de suas tribulações presentes.

Roger, o advogado cujo nome Willie informara a Sarojini, enviara uma carta para Willie algumas semanas após a publicação de seu livro. Às palavras que ele escrevera sobre o livro, Willie se agarrara como se fossem uma fórmula encantatória. Levara a carta para a África e sempre a relia em seus primeiros anos lá. *Como diz o poeta latino*, escrevera Roger em seu estilo antiquadamente erudito, *os livros têm seu próprio destino, e você talvez se surpreenda com as vidas que este seu livro terá.* Willie vira nessas palavras uma espécie de profecia auspiciosa. Contudo nada de extraordinário lhe sucedera e, com o passar do tempo, ele deixara a profecia de lado. Não pensara em levar a carta consigo ao partir da África; e possivelmente não teria sido capaz de localizá-la: mais uma coisa perdida na anarquia africana daquela época. Porém agora, na prisão, as palavras de Roger lhe vieram à lembrança e, tal como antes, Willie agarrou-se a elas como se fossem uma profecia auspiciosa.

Começou a parecer que realmente o eram quando, algumas semanas mais tarde, o superintendente o chamou de novo.

"Ainda ferido, mas andando", disse o superintendente, fazendo sua velha piada. Então, em outro tom de voz, disse: "Você não tinha nos contado que era escritor".

Disse Willie: "Foi há muitos anos".

"Pois é", volveu o superintendente, apanhando uma folha de papel que jazia sobre a escrivaninha. "Aqui diz que você foi um dos pioneiros da literatura moderna indiana."

E Willie compreendeu que, tal como acontecera trinta anos antes, quando seu pai, ao enviar uma série de cartas mendicantes a ingleses conceituados, pusera em movimento engrenagens que por fim o permitiram viajar para Londres, da mesma maneira agora, Sarojini, graças a sua vasta experiência política, começara a agir em seu nome.

Seis meses depois, nos termos de uma anistia especial, Willie embarcava novamente com destino a Londres.

8
O PÉ DE FEIJÃO LONDRINO

O avião que levou Willie a Londres taxiou por muito tempo após aterrissar. Parecia estar se dirigindo aos confins do aeroporto, e quando finalmente os passageiros desceram, tiveram de fazer uma longa caminhada de volta até a imigração e o lugar onde se concentravam os serviços no aeroporto. As malas precisaram fazer itinerário semelhante, e foi necessário aguardar quinze ou vinte minutos para que começassem a chegar. Eram, em sua maioria, exemplares da bagagem patética dos imigrantes pobres: caixas de papelão amarradas com barbante; caixotes de madeira com bordas de metal, novos, mas lembrando os baús usados nos velhos vapores, projetados para suportar o mau tempo em alto-mar; malas enormes e abarrotadas (quase todas feitas do mesmo material sintético preto) que ninguém seria capaz de manusear, erguer ou carregar com facilidade, e que eram mais apropriadas às cabeças acolchoadas dos carregadores das estações ferroviárias indianas.

Willie sentiu velhos torvelinhos, o prelúdio de antigos pesares. Mas então pensou: "Eu estive lá. Dei parte da minha vida e não redundou em nada. Não posso voltar para lá. Preciso deixar morrer essa parte de mim. Tenho de abrir mão dessa vaidade. Preciso compreender que grandes países progridem ou retrocedem de acordo com a ação de forças internas que estão fora do controle dos homens. A partir de agora devo tentar ser apenas eu mesmo. Se é que tal coisa é possível".

Roger estava no desembarque, do lado de fora, escondido

entre taxistas com cartazes contendo o nome de passageiros, famílias alvoroçadas aguardando os viajantes com bagagem pesada. Esquecido de que ele próprio não era mais o rapaz da década de 1950, Willie procurava um sujeito trinta anos mais jovem, e não reconheceu Roger de imediato. À primeira vista pareceu-lhe um homem disfarçado.

Willie desculpou-se por tê-lo feito esperar.

Disse Roger: "Aprendi a ter um espírito paciente. O funcionário do balcão disse que seu avião estava em terra, depois informou que você devia estar recolhendo sua bagagem".

A voz e o tom eram familiares. Recriaram o homem que havia desaparecido, o homem que Willie recordava e que agora era como alguém oculto no interior da pessoa que ele tinha diante de si. O efeito era perturbador.

Depois, com a mala de Willie no porta-malas do carro de Roger e a tarifa do estacionamento paga no terminal eletrônico, Roger disse: "É como estar no teatro. Só que na vida real é assustador. O segundo ato termina e, após o intervalo, o sujeito retorna com uma peruca empoada e o rosto cheio de rugas. Você o vê envelhecido. A velhice muitas vezes dá a impressão de ser uma debilidade moral, e ver na vida real alguém subitamente envelhecido é como ver uma debilidade moral abruptamente revelada. E então você se dá conta de que o outro está olhando do mesmo jeito para você. Conhece alguém aqui? Manteve algum contato?".

"Tinha uma garota que trabalhava no balcão de perfumes da Debenhams. Na realidade, eu mal a conhecia. Era namorada de um amigo, mas depois eu soube que ela já era noiva de outro homem. Foi uma coisa embaraçosa demais para pensar em procurá-la agora. Acha que ela se lembraria de mim, vinte e oito anos depois?"

Disse Roger: "Aposto que sim. Quando conta os amantes que teve — e deve fazer isso com freqüência —, ela não deixa você de fora".

"Que horror. O que acha que aconteceu com ela?"

"Gorda. Infiel. Traída. Sempre se queixando de como o mundo é cruel. Frívola. Tagarela. Mais vulgar que nunca. As mulheres são mais carnais e superficiais do que a gente pensa."

Disse Willie: "E agora, terei de viver aqui para sempre?".
"Foi uma das condições do acordo."
"O que acontecerá comigo? Como passarei meu tempo?"
"Não pense nisso agora. Deixe o barco correr. Espere a vida engatar. Não demora, as coisas começam a acontecer."
"Quando fui para a África, lembro-me de que no primeiro dia olhei pela janela do banheiro e vi todas as coisas do lado de fora através de uma tela enferrujada. Eu não queria ficar. Pensava que alguma coisa aconteceria, que eu não chegaria a desfazer as malas. E, no entanto, fiquei dezoito anos. Foi a mesma história quando me juntei aos guerrilheiros. A primeira noite na floresta de teca. Era irreal demais. Eu não ia ficar de jeito nenhum. Alguma coisa aconteceria e eu seria libertado. Mas não aconteceu nada, e fiquei sete anos. Estávamos sempre em marcha na floresta. Um dia, numa aldeia, conheci um homem, um revolucionário, que disse que fazia trinta anos que vivia na floresta. Provavelmente era exagero, mas ele devia estar ali havia um bom tempo. Participara de uma revolução anterior. Fazia anos que essa revolução fora debelada, mas ele persistira mesmo assim. Tornara-se um modo de vida para ele, estava sempre se escondendo, fingindo ser um aldeão. Como, num conto antigo, o asceta em seu refúgio na floresta. Ou como Robinson Crusoé, vivendo dos frutos da terra. Estava louco. Sua cabeça havia parado, como um relógio sem corda, e ele continuava a viver com as idéias que tinha na cabeça no momento em que o relógio havia parado, mostrando sempre a mesma hora. Essas idéias eram bastante lúcidas, e quando falava delas, ele até parecia uma pessoa normal. Havia gente assim na cadeia. Eu sempre conseguia sair de mim mesmo e refletir sobre minha situação. Mas havia momentos em que eu sentia que estava mudando. A coisa toda era tão estranha, uma série de episódios tão irreais, que acho que, se continuasse lá, acabaria louco como os outros. A cabeça da gente é uma coisa tão delicada, e o homem é capaz de se adaptar a tantas situações. E foi assim que aconteceu comigo. Com você foi assim também? Em alguns aspectos ao menos?"

Disse Roger: "Eu gostaria de dizer que é do mesmo modo para todos nós. Mas nesses últimos trinta anos minha vida não foi assim. Não houve um só momento em que eu não me sentisse no mundo real. Talvez isso se deva ao fato de eu sempre ter tido a sensação de que a vida me reservava um futuro promissor. Parece presunçoso, mas não houve surpresas".

Disse Willie: "Minha vida foi uma sucessão delas. Ao contrário de você, eu não tinha controle sobre as coisas. Pensava que tinha. Meu pai e todas as pessoas à volta dele pensavam que tinham. Mas o que pareciam ser decisões no fundo não o eram. Para mim era como estar à deriva, pois eu não via que outro curso de ação poderia tomar. Pensei que queria ir para a África. Pensei que alguma coisa iria acontecer e me revelar o verdadeiro caminho, o caminho que cabia somente a mim trilhar. Mas, tão logo entrei no navio, fiquei apavorado. E você — casou-se com Perdita?".

"Não saberia lhe explicar o motivo. Acho que não tenho muita energia sexual. Há seis ou sete pessoas com quem eu poderia ter me casado, e com todas teria acontecido o mesmo que aconteceu com Perdita. Foi uma sorte para mim que logo após nosso casamento ela tenha iniciado um bom e sólido relacionamento com um amigo meu. Esse meu amigo tem um palacete em Londres. Ele o herdou, mas esse palacete inglês era algo que excitava Perdita. No fundo, fiquei decepcionado com ela — com esse seu deslumbramento pelo casarão do sujeito. Mas o fato é que neste país a maioria das pessoas tem um traço de vulgaridade. Os aristocratas amam seus títulos. Os ricos vivem contabilizando sua fortuna e não se cansam de fazer contas para saber se os outros têm mais ou menos que eles. Antigamente, a classe média cultivava a noção romântica de que os verdadeiros aristocratas, e não os arrivistas de classe média, jamais sabiam de fato quem eram. Não é bem assim. Os aristocratas que eu conheço sabem exatamente quem são. Conseguem ser terrivelmente vulgares, esses aristocratas. Um sujeito que eu conheço adora aparecer de roupão entre seus convidados para o jantar — distribui drinques e então vai se vestir, após ter humilhado todos nós em sua grandiosa residência. 'Você precisava ver que elegância, meu caro', disse ele a alguém posteriormente, narrando o evento. 'Como nós estávamos chiques!' O 'nós' era irônico, claro. Estava se referindo a 'eles', os convidados que por sua causa haviam comparecido ao jantar em trajes de gala. Eu era um deles, e foi a mim que ele contou a história depois. De modo que tenho a impressão de que a vulgaridade de Perdita não é tão excepcional. Mas eu esperava mais de alguém que se casou comigo." Willie reconhecia nomes de localidades londrinas nas placas de sinalização. Mas estavam numa estrada nova.

Disse Roger: "Essa era a região em que você costumava circular. Até que resolveram passar esta estrada por aqui. Acho que as pessoas vulgares são as únicas que não são vulgares no sentido a que eu aludia. Superficiais, cheias de si, sempre se achando no direito de ser malcriadas. Enfim, o fato é que Perdita tinha esse caso com o tal cafajeste do palacete londrino, e tudo estava a contento para os envolvidos, o cafajeste com sua amante, uma mulher casada, Perdita andando para lá e para cá na mansão londrina, sentindo-se muito adulta. Então Perdita engravidou. Era relativamente tarde para ela, talvez tarde demais. O amante ficou em polvorosa. Seu amor não ia tão longe assim — cuidar de uma criança para o resto da vida. De modo que Perdita me procurou em busca de apoio. Não me agradava vê-la tão consternada. No fundo gosto dela, entende? Mas não avaliei corretamente a situação. Interpretei mal a paixão de Perdita e mais ou menos lhe disse que estava disposto a abrir mão de todos os meus, por assim dizer, direitos. Aceitava que ela fosse embora. Pensei que era o que ela queria ouvir. Mas isso a deixou histérica; que dois homens se importassem tão pouco com ela! Seguiu-se uma série de conversas lacrimosas. Por duas ou três semanas, voltar para casa era um suplício para mim. Então eu disse a ela que o filho podia muito bem ser meu e que me agradava que uma criança estivesse a caminho. Não que houvesse um pingo de verdade nisso, claro.

"Apavorava-me o nascimento da criança. Por algum tempo acalentei a idéia de abandonar Perdita, mudar para um apartamentozinho qualquer. Em minha fantasia, o apartamento ia ficando cada vez mais aconchegante, cada vez mais afastado de tudo. Era extremamente reconfortante. Então aconteceu algo. Perdita sofreu um aborto. Foi uma confusão. Bem na hora em que eu estava me preparando para tirar o corpo fora, sonhando com meu apartamentozinho aconchegante, ela cai em depressão. A crise foi longa e difícil. Pior que da outra vez. Havia dias em que eu pensava em não voltar para casa, cogitava mesmo passar a noite num hotel. Perdita mandou o amante para o inferno, o cafajeste, meu velho colega advogado. Passado algum tempo, comecei a achar que ela estava gostando da situação, e vivi esse período com ela como teria vivido com alguém que houvesse quebrado uma perna ou um braço, algo horrível de se ver, mas que não põe a vida em perigo.

"Um dia o canalha do amante mandou para ela — imagine só — um poema. Eu soube porque foi deixado, para que eu visse, em cima do aparador da sala de jantar. Era um poema comprido. Não era algo que ele houvesse transcrito, algo que estivesse citando. Era um poema que ele dizia ter escrito para ela. Perdita sabia que eu considerava o sujeito um bufão, e imagino que tenha pretendido se desforrar de mim com isso. E, como seria de esperar, os dois reataram; recomeçaram as tardes no palacete, talvez na minha casa, a volúpia dos dois. Se bem que a essa altura talvez já não fosse volúpia, provavelmente era apenas hábito readquirido.

"Eu sabia, claro, que o poema não era original. Mas, assim como às vezes ficamos obcecados pelo fantasma de coisas antigas em certas canções populares, fiquei obcecado por esse poema dedicado a Perdita. Sem muito método, pus-me a procurar, e um dia encontrei. Num livro de W. E. Henley, um poeta vitoriano-eduardiano, amigo de Kipling. Nunca subestime o poder da arte de segunda, Willie. Eu não devia ter feito nada, devia ter deixado os dois amantes em paz, mas estava irritado com a tolice, ou petulância, que Perdita exibira ao deixar o poema para eu ver. Certo dia lhe disse: 'Eis aqui um belo livro de poemas para você, Perdita'. E dei-lhe o livro de Henley. Foi maldade minha, mas não posso negar o prazer que senti imaginando o bate-boca entre ela e o amante-poeta. Os dois ficaram um tempo separados, claro. Mas acho que já fizeram as pazes."

Haviam estacionado em frente à casa de Roger. Era uma casa grande, geminada de um lado, mas alta e espaçosa.

Disse Roger: "E esse é o drama privado desta casa. Imagino que todas as casas por aqui sejam palco de dramas semelhantes".

Disse Willie: "E no entanto você diz que não teve surpresas na vida".

"Mas é verdade. O que quer que eu tivesse feito, com quem quer que eu houvesse casado ou vivido, teria chegado a uma situação como essa que estou lhe descrevendo."

Na rua tranqüila, iluminada pelas lâmpadas dos postes, cheia de árvores e sombras, a casa impressionava. Disse Roger: "A casinha próxima ao Marble Arch foi o ponto de partida. Desde então não parei mais de galgar o pé de feijão patrimonial, e cheguei aqui. O mesmo vale para ao menos metade dos moradores desta rua, ainda que muitas vezes tentemos ocultar esse fato".

A casa era grande, mas o quarto para o qual eles se dirigiram, dois pavimentos acima, era pequeno. Willie pensou ver a mão de Perdita na decoração. Ficou comovido. As cortinas rijas estavam fechadas. Abrindo-as um pouco, pôde ver as árvores, os postes da iluminação pública, as sombras, os carros estacionados. Algum tempo depois, Willie desceu para o aposento principal. Uma metade era sala de estar, a outra, uma sala de jantar conjugada com cozinha. Exclamou ao ver o papel de parede, a pintura branca, o fogão no meio da cozinha, a coifa. Dizia: "Lindo, lindo". As bocas do fogão eram de cerâmica e ficavam no mesmo nível da chapa. Willie exclamou ao ver isso também. Disse Roger: "Não precisa exagerar, Willie. Não é para tanto". Mas então Roger, observando a fisionomia de Willie, compreendeu que ele não estava exagerando nem escarnecendo, notou que ele estava praticamente em transe.

E, de fato, naquela primeira noite na casa de Roger, Willie viu-se possuído por todo tipo de excitação sensual. Estava escuro, mas a noite ainda não caíra por completo. Pela janela sem cortinas na parte de trás da sala de estar, ele observava as árvores novas, com seus troncos negros, e a escuridão verdejante do pequeno jardim nos fundos da casa. Pensou que jamais vira uma coisa assim, algo tão agradável. Não conseguia tirar os olhos do jardim. Disse a Roger: "Estive na prisão. Tínhamos um pomar para cuidar, mas não se parecia nem um pouco com isso. Na guerrilha, caminhávamos pela floresta, mas era uma floresta quente, e o sol ardia. Freqüentemente nessas caminhadas, eu pensava que precisava de um narcótico. Gostava da palavra. Gostaria de beber alguma coisa agora. Na floresta, não bebíamos nada. Na

África, passei dezoito anos bebendo vinhos portugueses e sul-africanos".

Com jeito de quem falava de um lugar distante, Roger ofereceu: "Que tal uma taça de vinho branco?".

"Prefiro uísque, champanhe."

Roger serviu-lhe uma generosa dose de uísque. Willie bebeu-a de um só gole. Disse Roger: "Isso não é vinho, Willie". Porém Willie tomou outra dose com a mesma avidez. Disse ele: "É tão doce, Roger! Doce e forte. Nunca tomei nada parecido. Ninguém me disse que uísque era assim".

Disse Roger: "É o efeito da liberdade. Tiramos um sujeito da Argentina em 1977 ou 1978. Tinha sido horrivelmente torturado. Uma das primeiras coisas que ele quis fazer ao chegar aqui foi ir às compras. Uma das lojas em que entrou foi a Lillywhites. No meio de Piccadilly Circus. Uma loja de artigos esportivos. Roubou um jogo de tacos de golfe lá. Ele não jogava golfe. Mas viu a oportunidade de roubar. Um velho impulso de guerrilheiro, criminoso, marginal, sei lá. Ele mesmo não sabia por que havia feito aquilo. Carregou os tacos até o ponto de ônibus, depois os arrastou da Maida Vale até em casa, e então nos mostrou. Parecia um gato exibindo um rato recém-caçado".

Disse Willie: "No movimento tínhamos de ser austeros. As pessoas se vangloriavam de sua austeridade, do pouco que precisavam para sobreviver. Na cadeia, os outros detentos tinham suas drogas. Os presos políticos, não. Vivíamos limpos. Era uma forma de resistência, por estranho que pareça. Mas, quando estávamos vindo do aeroporto para cá, enquanto você falava, senti uma coisa estranha acontecendo comigo. Comecei a me dar conta de que não me achava mais na cadeia e que outra pessoa, alguém que não era em absoluto eu mesmo, estava saindo lentamente do lugar onde até então se mantivera escondido. Não sei se serei capaz de conviver com esse novo ser. Não estou certo de ser capaz de me livrar dele. Sinto que ele estará sempre aqui, à minha espera".

Então Willie deu consigo acordando de um sono pesado e inebriante. Após algum tempo pensou: "Devo estar na bela casa de Roger, com aquela sala tão linda e o jardim cheio de verde, com as arvorezinhas. Roger deve ter me trazido para cima". Então um pensamento novo, proveniente do novo ser que se apossara dele, o assaltou: "Nunca dormi num quarto que fosse meu. Nem em casa, na Índia, quando criança. Nem aqui em Londres. Nem na África. Sempre vivi na casa dos outros, sempre dormi na cama dos outros. Na floresta, obviamente não tínhamos quartos, e a cadeia era a cadeia. Será que um dia dormirei num quarto que seja meu?". E admirou-se de nunca ter pensado nisso antes.

A certa altura alguém bateu na porta. Perdita. Não a teria reconhecido se a visse na rua. Mas a voz continuava a mesma. Lembrou-se de sua história e ficou excitado por vê-la. Disse ele: "Lembra-se de mim?". E ela: "Claro que me lembro. O indianozinho de cintura fina com quem Roger andava para lá e para cá. Pelo menos era o que todo mundo pensava". Willie não soube como interpretar o comentário e deixou-o sem resposta. Vestiu o roupão que achou no banheiro do quarto e desceu para a sala principal da casa com o fogão central debaixo da coifa. Na noite anterior, a beleza daquilo o subjugara. Perdita ofereceu-lhe um café tirado de uma engenhoca de aspecto complexo.

Então, sem nenhum preâmbulo, ela indagou: "Com quem você se casou?". Assim, como se a vida fosse uma história antiquada e o casamento consertasse tudo, como se o casamento reparasse e conferisse propósito até mesmo às atrapalhações vividas por Willie quase trinta anos antes. Como se, no tocante a essa questão de casamento, Willie houvesse tido uma infinidade de opções. Ou nenhuma, talvez. Como se, nessa visão do outro lado, Willie, por ser homem, tivesse um privilégio com o qual ela jamais pudera contar.

Disse Willie: "Conheci uma moça nascida na África e fui viver com ela".

"Que interessante. Era bom lá? Muitas vezes penso como devia ser bom na África antigamente."

"Na Índia, quando eu estava na cadeia, às vezes líamos reportagens nos jornais sobre a guerra que está sendo travada no lugar onde eu vivia. Discutíamos isso. Fazia parte da nossa educação política debater esses movimentos de libertação africanos. Às vezes acontecia de eu ler uma matéria sobre a região exata em que eu havia morado. Parece que o lugar foi todo destruído. Todas as construções de concreto foram incendiadas.

Concreto não é inflamável, mas as janelas, os caibros do telhado e tudo que há dentro, sim. Eu freqüentemente tentava imaginar isso. Todas as casas de concreto destelhadas, com marcas de fumaça no alto das paredes e em volta dos vãos das janelas. Na cadeia, muitas vezes eu refazia na cabeça todos os trajetos que costumava percorrer quando vivia lá, e imaginava uma pessoa, ou várias, percorrendo aqueles caminhos e incendiando todas as construções. Tentava imaginar como seria aquele lugar sem as coisas que antes vinham do mundo exterior. Sem apetrechos de metal, sem ferramentas, sem roupas, sem fios. Nada. Os africanos eram extremamente habilidosos no manuseio de metais e tecidos quando viviam sozinhos. Mas fazia muito tempo que não viviam sozinhos, e já não cultivavam suas habilidades. Seria interessante ver o que aconteceu quando ficaram absolutamente sozinhos de novo."

Disse Perdita: "O que aconteceu com a pessoa com quem você vivia na África?".

Disse Willie: "Não sei. Deve ter fugido. Não creio que ela tenha ficado. Mas não sei".

"Ah, meu Deus. Você a odiava tanto assim?"

"Eu não a odiava. Várias vezes me passou pela cabeça tentar descobrir o paradeiro dela. Não seria impossível. Eu podia ter escrito para ela, tanto da floresta como do presídio. Mas não queria receber más notícias. Não queria receber notícia nenhuma. Queria esquecer. Viver minha nova vida. Mas e você, Perdita? As coisas deram certo para você?"

"Por acaso dão certo para alguém?"

Willie observou a barriga avolumada de Perdita — tão feia numa mulher, muito mais feia do que num homem. Sua pele não tinha um bom aspecto, parecia áspera, ressequida. Pensou: "Nunca a achei bonita. Mas, na época, queria fazer amor com ela, queria vê-la nua. Tão difícil de imaginar agora. Teria sido a idade, minha privação, meus hormônios, como dizem? Ou teria sido outra coisa? Teria sido a idéia da Inglaterra, ainda tão intensa naquela altura, projetando seu brilho sobre as mulheres inglesas?".

Disse Perdita: "Acho que Roger não teve tempo de lhe mostrar isto ontem à noite". Tirou uma pequena brochura de cima

do aparador. Willie reconheceu seu nome e o título do livro que ele havia escrito vinte e oito anos antes. Disse ela: "Foi idéia do Roger. Ajudou a tirar você da cadeia. Provava que você era um escritor de verdade, não um guerrilheiro".
Willie não conhecia a editora que publicara a edição em brochura do livro. As páginas impressas eram iguais àquelas de que ele se lembrava. Provavelmente o livro era um fac-símile do original. A capa era nova: Willie leu que seu livro ocupava posição pioneira na literatura pós-colonial indiana.
Levou o livro para o quartinho que lhe fora reservado naquela casa tão espaçosa. Com nervosismo, receando encontrar seu velho eu, começou a ler. E então muito rapidamente a leitura o absorveu; o medo o abandonou. Já não tinha consciência do quarto ou da cidade em que se encontrava; nem sequer tinha consciência da leitura. Tinha a impressão de ter sido transportado no tempo por algum tipo de magia, como se houvesse sido levado para vinte e oito anos antes, para o momento em que escrevia aqueles contos. Sentia-se capaz inclusive de reentrar na seqüência dos dias, rever as ruas, o clima, os jornais, e ser novamente como um homem que não sabia de que maneira o futuro se desenrolaria. Reingressou naquele período de inocência ou ignorância, quando lhe faltava até mesmo uma verdadeira compreensão do mapa do mundo. Era extraordinária a sensação de voltar a si de tempos em tempos e então tornar a mergulhar no livro, adentrando de novo aquela outra vida, revivendo a seqüência de semanas e meses, a ansiedade sempre subjacente a tudo, antes de Ana e da África.
Se alguém perguntasse, Willie teria dito que sempre havia sido a mesma pessoa. Todavia, era outra pessoa que agora olhava como que à distância para seu velho eu. E aos poucos, após passar a manhã inteira brincando com a cápsula do tempo, ou máquina do tempo, que era o livro, entrando e saindo daquela sua personalidade anterior, tal como, num dia especialmente quente, uma criança ou um neófito em aparelhos de ar-condicionado poderia brincar de entrar e sair de um ambiente refrigerado, aos poucos foi ganhando forma para Willie uma imagem do homem que ele se tornara, uma imagem daquilo que a África e depois a vida de guerrilheiro e depois a prisão e depois o pró-

prio passar dos anos haviam feito dele. Sentia-se extremamente forte; nunca se sentira assim antes. Era como se ele tivesse conseguido pressionar um interruptor na cabeça e passasse a enxergar tudo o que havia no interior de um quarto escuro.

Perdita o chamou para o almoço. Disse ela: "Eu costumo comer um sanduíche ou qualquer coisa assim. Mas hoje tem uma coisa especial para você. Broa de milho. Assei ontem. Não se sinta obrigado a comer. Não sou muito boa nesse tipo de coisa, mas achei que devia tentar".

A broa estava oleosa e pesada demais. Porém a idéia de Perdita assando esse pão malfeito era estranhamente atraente para Willie.

Disse ele: "Durante todo esse tempo em que estive longe, guardava imagens suas na minha cabeça. Lembro-me da primeira vez que a vi. Foi naquele restaurante francês, na Wardour Street. Você me pareceu tão elegante. Para mim você era o exemplo da elegância londrina. Nunca tinha conhecido ninguém como você. Você usava luvas listadas, não sei dizer se de tecido ou de couro".

Disse ela: "Estava na moda".

Willie podia vê-la rememorando o passado, e pensou: "Os trinta anos que passaram foram os verdadeiros anos da vida dela. Agora acabou. Esgotaram-se suas possibilidades. Nossas posições se inverteram". Disse ele: "E depois a vi naquela festa que você e o Roger deram na casa do Marble Arch para o editor. Um sujeito gordo. Alguém estava falando. Olhei para você e peguei você olhando para mim. Olhei-a nos olhos por algum tempo e tive vontade de fazer amor com você. Depois cheguei a tentar. Uma tentativa canhestra. Mas que me exigiu muita coragem. Queria saber se você fazia idéia disso. Essas duas imagens que guardo de você estiveram sempre comigo. Na África, nos tempos mais difíceis, e em todos os lugares em que estive. Nunca pensei que um dia teria o privilégio de vê-la novamente".

Willie se levantou, foi para trás da cadeira de Perdita e colocou as mãos em seus ombros.

Disse ela: "Volte para a sua cadeira".

Ela dissera algo semelhante vinte e oito anos antes, e ele se deixara acovardar. Perdera toda a coragem sexual. Dessa vez, porém, segurou-a com mais firmeza. Confiando em seu instinto — pois nunca tomara tal liberdade com uma mulher antes —, manteve as mãos firmes e avançou em meio a tecidos delicados até chegar aos seios pequenos, flácidos. Willie não via o rosto dela (e só conseguia ver parte de seu corpo). O que o tornou mais ousado. Deixou as mãos em seus seios. Permaneceu um tempo assim, sem ver-lhe o rosto, observando apenas seus cabelos finíssimos e grisalhos. Disse: "Vamos para o meu quarto". Soltou-a e ela afastou a cadeira e ficou em pé. Então se deixou levar para o quartinho de Willie. Desprendeu-se dele e pôs-se a tirar cuidadosamente as roupas. É assim que ela é com o amante vespertino, pensou Willie, o dono do palacete; ela apenas me incorporou à rotina de suas tardes.

Willie, despindo-se tão metodicamente quanto ela, disse: "Farei amor com você à moda balinesa". Em parte era brincadeira, mas apenas em parte, uma forma de ele se reapresentar a ela após o fiasco de tantos anos antes. A posição balinesa era algo que Willie aprendera havia muito tempo, na África, num manual de sexo talvez sério, talvez indecente — Willie já não se lembrava. Disse ele: "Os balineses não gostam de espremer os corpos um contra o outro. Em Bali, o homem senta em cima da mulher. Dessa maneira um homem jovem não tem dificuldades para fazer amor com uma mulher muito velha". Sua tagarelice desenfreada estava pondo tudo a perder. Mas Perdita parecia não ouvir. E, não obstante todos os seus anos abstêmios nas florestas indianas e depois na prisão indiana, Willie conseguiu assumir a posição balinesa, seus joelhos e ancas não fraquejaram. Perdita cooperava, mas permanecia retraída, tão indiferente ao alívio que ele sentiu ao conseguir manter-se na posição desejada quanto a sua tagarelice preliminar. Estava muito longe de ser uma mulher acabada. Sua pele ainda tinha áreas de maciez.

Willie estudou o ambiente, o quarto que ela havia decorado. Os móveis — cama, mesa, cadeira — pareciam ter sido escovados até perder por completo sua camada de tinta, verniz ou laca, e a madeira se mostrava nua e velha, com fragmentos de branco, talvez o resquício de uma primeira demão especialmente tenaz; se bem que também podia ser parte do estilo descolorido. As cortinas eram rijas e pregueadas, de cor marfim ou branco-amarelada com pequenas estampas florais em azul-claro bastante espaçadas umas das outras. As pregas e a rigidez do material davam a impressão de que as cortinas estavam prestes a esvoaçar para dentro do quarto. Isso, em conjunto com os móveis descoloridos, insinuava que o mar e as saudáveis brisas salinas estavam logo ali fora. No dia anterior, em meio à agitação da chegada e, depois, em seu estupor alcoólico, Willie vira tudo isso sem prestar a devida atenção. Agora notava como cada detalhe fora cuidadosamente arranjado. O material da cortina era repetido no estofado fofo da cadeira e numa espécie de meio babado em volta do tampo da mesa descolorida. A base da luminária, de madeira acanalada, também era descolorida, com as usuais nódoas brancas. O quebra-luz era azul-real. Uma cestinha de palha muito bem trançada continha lápis caprichosamente apontados, da cor de caixas de charuto. Ao lado do porta-lápis via-se um globo fosco sólido de vidro, com fósforos de cabeça cor-de-rosa num orifício central. Willie ficara intrigado com o objeto na noite anterior e pela manhã o examinara com mais calma. O globo de vidro era incrivelmente pesado. A opacidade da superfície era conseqüência de várias ranhuras horizontais regulares que a envolviam de alto a baixo. Marcas diagonais atravessando essas ranhuras levaram Willie a pensar que para acender um fósforo bastava riscá-lo contra as mesmas. Foi o que ele fez; o fósforo acendeu; depois ele colocara o palito de fósforo usado de volta no orifício central. O palito usado continuava ali. Willie pensou que esse elemento de estilo fora algo que Perdita recolhera de seu próprio passado ou algo que, quando menina, ela desejara ter um dia em sua própria casa. E Willie encheu-se de pena por Perdita, sempre retraída, sempre cooperativa, a cabeça de lado.

    Pensou: "Há mais do espírito dela na decoração deste quarto do que em qualquer outro lugar, mais até" — estudando-a da posição sentada em que ele se encontrava — "do em que seu corpo envelhecido". E então, sem nenhum aviso ou convulsão mais pronunciada, Perdita se satisfez, e sua satisfação levou lentamente à dele, que parecia vir de muito longe. Pensou Willie: "Não posso me esquecer das Perditas. Londres deve estar cheia delas. Não posso desdenhar das que são desdenhadas. Se eu realmente tiver de continuar aqui, talvez seja esse o caminho a seguir".

Perdita recolheu com cuidado as roupas que deixara sobre a cadeira e dirigiu-se a seu próprio banheiro, deixando que Willie usasse o dele. Pensou Willie: "É assim que são as coisas para ela quando está com o amante. Sua vida é essencialmente isso". Não esperava que Perdita tornasse a subir a seu quarto, mas foi o que ela fez. Estava vestida de novo. Willie havia voltado para a cama. Disse Perdita: "Não sei se o Roger lhe contou. Ele se envolveu com um banqueiro nojento e está numa encrenca dos diabos".

Disse Willie: "Acho que ele me falou desse banqueiro. O sujeito do roupão".

Perdita desceu as escadas, e ele pegou seu livro de novo, experimentando a sensação de entrar e sair do passado, entrar e sair de seu velho eu, agora enormemente excitado com o quarto, a casa, a grande cidade que havia lá fora. Permaneceu ali, esperando — como uma criança, como uma esposa — que Roger voltasse para casa. Pegou no sono. Quando acordou, a luz do lado de fora, para além das cortinas cor de marfim, extinguia-se. Ouviu Roger entrando em casa. Depois o ouviu falando ao telefone. Não ouvia a voz de Perdita. Willie não sabia se devia se vestir e descer. Resolveu continuar onde estava; e, qual uma criança que se esconde, esforçou-se para não fazer barulho. Pouco depois, Roger subiu e bateu na porta. Ao ver Willie na cama, disse: "Homem de sorte".

Willie escondeu o livro e disse: "Da primeira vez que vim para a Inglaterra, vim de navio. Um dia, pouco antes de chegarmos ao canal de Suez, o camareiro avisou que o capitão viria fazer sua inspeção. Igualzinho à cadeia, sério. O camareiro estava agitado, tal como ficavam o carcereiro e os outros funcionários quando o superintendente fazia sua ronda. Pensei que aquilo não se aplicava a mim — a vinda do capitão. Por isso, quando ele entrou na cabine, acompanhado de seus oficiais, deu comigo no beliche, seminu. Então me olhou com ódio e desprezo e não disse nada. Nunca me esqueci daquele olhar".

Disse Roger: "Sente-se com disposição para descer e tomar um drinque?".

"Deixe-me vestir uma roupa."

"Ponha o seu robe."
"Não tenho robe."
"Mas Perdita deve ter deixado um roupão para você."
"Vou ficar que nem seu amigo banqueiro."
Willie vestiu o roupão e desceu para a sala de estar com sua gloriosa vista verdejante, agora milagrosa à luz do entardecer. Não havia indícios visuais ou sonoros da presença de Perdita. Disse Roger: "Espero que você aceite ficar conosco por uns tempos. Até reorganizar a vida".
Willie não sabia o que dizer. Bebericou o uísque. Disse: "Ontem à noite o gosto era denso, doce e forte. Até o final. Hoje apenas o primeiro gole foi doce, e só o comecinho dele. Agora voltou a ser o velho uísque de que eu me lembrava. Dá a impressão de comprimir as papilas gustativas da minha língua. Eu realmente nunca soube beber".
Disse Roger: "Hoje foi um dia daqueles em que eu preferia não ter de voltar para casa".
Willie lembrou-se de uma coisa que sua mulher Ana lhe dissera na África quando as coisas entre eles começaram a azedar. Ela havia dito: "Quando o conheci, pensei que você fosse um homem de outro mundo". As palavras, pronunciadas sem drama, sem raiva, mexeram profundamente com ele: Willie nunca soubera que fora esta a impressão que causara nela: a de um homem no sentido pleno da palavra, aquilo que ele tanto quisera ser. E as palavras fizeram-no desejar, inutilmente, com um quarto ou pouco menos de si, que tivesse continuado a ser isso para ela. Sentia agora que era isso que ele havia se tornado para Roger: alguém que inspirava confiança, alguém de outro mundo.
Na tarde seguinte, ao levar Perdita para o quartinho com a mobília descolorida, Willie indagou: "Onde você estava ontem, quando Roger chegou em casa?". Disse ela: "Saí". E Willie ficou pensando, porém sem ousar fazer a pergunta — já sentindo um pouco da humilhação que mesmo uma mulher envelhecida é capaz de infligir a um homem —, Willie ficou pensando se Perdita teria ido ver o amigo, o homem que lhe dedicara como se fosse seu o poema de Henley. Ao sentar-se em cima dela, indagou a si mesmo: "Não seria melhor mandá-la embora?". Era tentador, mas então Willie pensou em todas as complicações que

sobreviriam: talvez fosse até obrigado a ir embora dali; Roger poderia repudiá-lo. Por isso continuou na posição balinesa. Refletiu: "O fato de eu ser capaz de pensar como estou pensando mostra que ela não tem como me humilhar".

É provável que para Roger fosse difícil voltar para casa. Mas para Willie não era assim. A casa ficava em Saint John's Wood. Ao fim de suas excursões por Londres, era um prazer para ele tomar o ônibus na Edgware Road, descer na Maida Vale e, deixando o trânsito e o barulho para trás, pôr-se a caminho das árvores e do silêncio de Saint John's Wood. Era um mundo bastante novo para ele. Trinta anos antes, ao fazer as malas e recolher seus poucos pertences para ir para a África, desocupando o acanhado quarto de estudante, removendo sua presença sem maiores dificuldades, Willie tivera a impressão de estar desmontando uma vida que não poderia vir a ser montada novamente. Tinha sido uma vida mesquinha. Ele sempre soubera disso; fizera de tudo para convencer-se de que não era bem assim; organizara todos os seus horários de forma a ter a sensação de que levava uma vida ocupada e bem-ordenada. Admirava-se agora dos subterfúgios a que recorrera para enganar a si mesmo.

Visitou os lugares que conhecera antes. Pensou a princípio que faria a brincadeira que havia feito na Índia ao regressar para juntar-se aos guerrilheiros. Divertira-se então ao observar versões de seu mundo indiano se contraírem, destruindo velhas lembranças, apagando velhas dores. Porém seu mundo londrino não era o mundo de sua infância; era apenas o mundo de trinta anos antes. Não se contraía. Avultava de forma ainda mais acentuada. Willie via tudo, cada edifício isolado, como coisas feitas por homens, feitas por muitos homens em momentos diversos. Não era algo que estivesse simplesmente ali; e essa mudança em sua maneira de olhar era como um pequeno milagre. Agora ele compreendia que no passado, nesses lugares, sempre houvera, junto com a escuridão e a incompletude de sua visão, uma escuridão em sua cabeça e uma dor, uma espécie de anseio por algo que ele não sabia o que era, em seu coração.

Aquela escuridão e aquele peso não o acompanhavam mais. Willie estava ali desoprimido diante dos edifícios que os mais diferentes homens haviam construído. Ia de um lugar a outro — a faculdadezinha pretensiosa, com suas imitações de arcos góticos, os amedrontadores quarteirões de Notting Hill, a rua com o pequeno clube noturno saindo da Oxford Street, a ruazinha sem saída perto do Marble Arch, onde Roger tinha sua casa —, por toda parte observando o pequeno milagre acontecer, sentindo a opressão desaparecer e sentindo-se transformado num novo homem. Nunca soubera — nunca desde da infância — o que poderia ser. Agora se sentia visitado por algumas idéias — idéias vagas, que se esquivavam à compreensão, mas eram todavia reais. Sua essência ele ainda não sabia qual era, apesar de viver havia tanto tempo no mundo. Tudo o que sabia por ora era que era um homem livre — em todos os sentidos — e que possuía um novo vigor. Era tão inverossímil, tão diferente da pessoa que até então sentira ser na Índia, em Londres, nos dezoito anos de seu casamento na África. Como posso servir a essa pessoa?, indagava a si mesmo enquanto caminhava pelas ruas de Londres que conhecera antes. Não conseguiu encontrar uma resposta. Deixou que a questão fosse repousar nos fundos de sua mente.

As ruas do centro estavam apinhadas de gente, tão apinhadas que às vezes era difícil andar. Viam-se negros por toda parte, e japoneses, e pessoas que pareciam árabes. Pensou Willie: "O mundo passou por uma grande transformação. Esta não é a Londres em que vivi trinta anos atrás". Sentia um alívio enorme. Pensou: "O mundo está sendo sacudido por forças muito maiores do que eu poderia imaginar. Há dez anos, em Berlim, minha irmã Sarojini me deixou quase doente com suas histórias sobre a pobreza e a injustiça que havia na Índia. Fez com que eu fosse me juntar aos guerrilheiros. Agora não preciso me juntar a ninguém. Agora posso simplesmente celebrar o que sou ou aquilo que me tornei".

Dessas caminhadas, ele retornava à casa espaçosa em Saint John's Wood, a Roger e, em muitas tardes, a Perdita.

9
O GIGANTE LÁ NO ALTO

Passadas duas semanas, o arrebatamento abrandou, e Willie começou a ficar entediado com a rotina em que havia caído. A própria Perdita tornou-se um fardo, seu corpo familiar demais. O tempo se estendia à sua disposição, e não havia muitas coisas que ele desejasse fazer. Vira o bastante de Londres. Sua nova maneira de olhar não proporcionava mais surpresas. Já não o excitava ver a Londres de seu passado. Vê-la com demasiada freqüência era despojá-la de memórias e, assim, abrir mão de pedaços preciosos de si mesmo. Os lugares famosos eram como fotos agora, paisagens vistas de relance, e não ofereciam muito mais que suas imagens reproduzidas em cartões-postais — embora às vezes o rio ainda o impressionasse: a vista ampla, a luz, as nuvens, a cor inesperada. Willie não sabia o bastante de história e arquitetura para buscar mais coisas; e o trânsito, a fumaça e as multidões de turistas eram extenuantes; e na grande cidade, ele começou a indagar a si mesmo, como havia feito na floresta e na prisão, de que maneira faria o tempo passar.

Roger passou um final de semana fora. Não voltou no domingo nem na segunda. A casa sem ele parecia morta. Estranhamente, Perdita dava a impressão de sentir a mesma coisa.

Disse ela: "Ele deve ter ido ver a vagabunda. Não faça essa cara de espanto. Ele não contou para você?".

Willie lembrou-se do que Roger havia dito no aeroporto sobre como o envelhecimento assumia nas pessoas o aspecto de uma debilidade moral. Tinha dito isso quase imediatamente após eles terem se encontrado: decerto era algo que martelava sua cabeça na ocasião, sua maneira de preparar Willie para algo como aquele momento.

A notícia deu-lhe muita tristeza. Pensou Willie: "Preciso ir embora desta casa sem vida. Não posso continuar no meio destas duas pessoas".

Era somente por hábito — não por necessidade, não por diversão — que ele levava Perdita para o quartinho decorado com insinuações de mar e vento. Toda vez fortalecia sua determinação de partir.

Roger retornou no decorrer da semana. Willie desceu uma noite para tomar um drinque com ele.

Disse Willie: "Vivo na expectativa de sentir de novo o gosto do uísque como senti naquela primeira noite aqui. Denso, doce, forte. Quase uma bebida de criança".

Disse Roger: "Se quiser ter aquela sensação de novo, terá de passar vários anos no meio do mato e depois ficar mais uma temporada na cadeia. A pessoa que quebra o tornozelo ou a perna e permanece engessada por algumas semanas experimenta uma sensação maravilhosa no dia em que tira o gesso e tenta ficar em pé. É uma ausência de sensação, e nos instantes iniciais é simplesmente delicioso. Mas logo passa. O músculo começa a se refazer quase que de imediato. Se quiser ter aquela sensação de novo, a pessoa terá de voltar a quebrar a perna ou o tornozelo".

Disse Willie: "Estive pensando. Você e Perdita têm sido maravilhosos. Mas acho que está na hora de eu ir embora".

"Já sabe para onde vai?"

"Não. Mas pensei que talvez você pudesse me ajudar a encontrar um lugar."

"Claro que farei isso, quando chegar a hora. Mas não é apenas uma questão de arrumar um lugar. Você vai precisar de dinheiro. Terá de arrumar um emprego. Já teve um emprego antes?"

"Andei pensando nisso nos últimos dias. Nunca tive um emprego. Meu pai nunca teve um emprego. Minha irmã nunca teve um emprego propriamente dito. Passamos o tempo todo pensando na infelicidade do nosso destino, em vez de nos prepararmos para alguma coisa. Suponho que seja parte do problema. Só conseguimos pensar em revolta, e agora, quando você

me pergunta sobre o que acho que sou capaz de fazer, a única coisa que posso dizer é nada. Se meu pai tivesse um ofício propriamente dito, ou o tio de minha mãe, imagino que eu também teria. Durante todo o tempo que passei na África, jamais pensei em aprender um ofício ou uma profissão."
"Você não é o único, Willie. Aqui há centenas de milhares assim. A sociedade aqui garante a eles uma espécie de disfarce. Há uns vinte anos, conheci um negro americano. O sujeito tinha grande interesse por Degas, um interesse bastante sério, e achei que era o caso de ele levar isso adiante profissionalmente. Mas ele disse que não, que o movimento dos direitos civis era mais importante. Quando essa batalha fosse vencida, ele poderia pensar em Degas. Eu lhe disse que qualquer bom trabalho que ele fizesse sobre Degas acabaria servindo a sua causa tanto quanto qualquer ação política. Mas ele não compreendia isso."

Disse Willie: "As coisas mudaram na Índia. Hoje, alguém que crescesse em circunstâncias semelhantes às do meu pai pensaria automaticamente numa profissão, e eu, vindo depois dele, também faria isso. É o tipo de mudança que é mais profunda que qualquer movimento guerrilheiro".

"Não se deixe levar por uma visão excessivamente romântica do trabalho. No fundo, o trabalho é uma coisa horrível. O que você devia fazer amanhã era tomar um ônibus da linha 16 até a Victoria Street. Sente-se no andar de cima e observe os escritórios pelos quais passar, especialmente os que ficam perto do Marble Arch e da Grosvenor Gardens, e imagine-se lá dentro. Os filósofos gregos nunca precisaram lidar com a questão do trabalho. Tinham escravos. Hoje somos todos nossos próprios escravos."

No dia seguinte, com ânimo indolente, Willie tomou um ônibus da linha 16 e fez como Roger sugerira. Viu os escritórios baixos, iluminados por lâmpadas fluorescentes, na Maida Vale, na Park Lane, na Grosvenor Lane, na Grosvenor Gardens. Era outra maneira de ver os belos nomes daquelas ruas importantes, e ele sentiu um aperto no coração.

Pensou: "Há trabalhos e trabalhos. O trabalho que é vocação, a busca empreendida por um homem, pode ser enobrecedor. Mas o que eu estou vendo é terrível".

Ao encontrar-se com Roger, disse: "Se eu puder continuar

aqui mais algum tempo, ficarei agradecido. Preciso refletir bastante antes de tomar qualquer decisão. Você tinha razão. Obrigado por me proteger de mim mesmo".

Na manhã seguinte, quando veio até seu quarto, Perdita indagou: "Ele contou a você sobre a vagabunda?".
"Falamos de outros assuntos."
"Duvido que vá contar. O Roger é muito dissimulado."

Certo dia, Roger disse a Willie: "Tenho um convite do meu banqueiro para você. Para o final de semana".
"O sujeito do roupão?"
"Falei um pouco a ele sobre você, e ele ficou extremamente interessado. Disse: 'Do Partido do Congresso?'. Ele é assim. Conhece tudo e todos. E sabe-se lá se não é capaz de lhe fazer algum tipo de proposta. É um dos motivos do sucesso dele. Está sempre atrás de gente nova. Pode-se dizer que, nesse aspecto, ele não tem nada de esnobe. Em outros, claro, é esnobe até não poder mais."

Dois dias antes de partirem para o final de semana, Roger disse: "Antes que eu me esqueça: eles desfazem as malas para nós".

Disse Willie: "Então é como na cadeia. Lá estão sempre desfazendo as nossas malas".

"Pegam a bagagem, e, quando a gente entra no quarto, descobre que um daqueles homens de calças listadas tirou todas as nossas roupas e pertences da mala e guardou-os em vários lugares apropriados. É de supor que saibamos quais. De modo que, para os empregados, não temos segredos. Às vezes isso pega a pessoa completamente de surpresa. A primeira vez que acontece é muito humilhante. Penso com freqüência em retribuir o insulto, levando uma porção de roupas esfarrapadas numa mochila imunda, para mostrar que estou me lixando para eles. Mas não tenho coragem. No último minuto desisto. Não consigo deixar de pensar no olhar crítico dos criados — pessoas tecnicamente subalternas —, e capricho na arrumação da mala, chego mesmo a ser um pouco exibicionista. Mas você pode fazer isso. Pode tentar insultá-los. Não pertence à alta sociedade e, para eles, tanto faz como se comporta. Não são muitos os que sabem que esse tipo de empregado de luxo ainda existe hoje em dia. Eles percebem que a pessoa está pensando isso e aí põem uma banca danada. Não me sinto à vontade na presença deles. Acho-os um pouco sinistros. Imagino que sempre tenham sido sinistros, esses empregados de luxo. Hoje são constrangedores para todo mundo, acho, com o mordomo e o patrão encenando, fingindo que não há nada de extraordinário neles. Meu banqueiro às vezes gosta de fazer de conta que todo mundo tem um mordomo."

Na sexta-feira, quando eles (e suas malas) estavam no táxi a caminho da estação ferroviária, Roger disse: "Para ser sincero, foi por causa da Perdita que me meti nessa negociata com o banqueiro. Queria impressioná-la. Mostrar que eu conhecia alguém que tinha uma casa dez vezes maior do que o palacete do amante dela. Dá para acreditar? Não que eu quisesse que ela abandonasse o amante. Longe disso. Só queria que ela soubesse qual é o lugar dele na complexidade da vida. Queria que ela se sentisse ligeiramente miserável. E em que embrulhada acabei me metendo!".

Quando estavam na estação, Roger disse: "Geralmente, compro bilhetes de primeira classe nessas ocasiões. Mas hoje vou comprar de segunda". Empinou o queixo, como que para demonstrar sua determinação.

Willie estava na fila com ele. Quando chegou sua vez, Roger pediu dois bilhetes de primeira classe.

Disse a Willie: "Não consegui. Às vezes eles vêm nos receber na plataforma da estação. Agora até posso dizer que se trata de uma estupidez, uma coisa antiquada para a qual não dou a mínima. Mas na hora sei que morrerei de vergonha se um daqueles criados horrorosos me vir saindo de um vagão de segunda classe. Eu me odeio por isso".

Eles eram os únicos passageiros no vagão da primeira classe. Estranhamente, isso lhes causou certa decepção (visto não haver quem testemunhasse sua presença ali). Roger ficou taciturno. Willie tentou pensar em algo que pudesse dizer para aliviar o clima pesado, mas tudo que lhe vinha à cabeça parecia de um modo ou de outro fazer menção à extravagância da viagem. Vários minutos depois, Roger disse: "Sou um covarde. Mas eu me conheço. No fundo, nada do que faço me surpreende". E, quando chegaram à estação, não havia ninguém na plataforma à espera deles. O homem (de terno, mas sem quepe) estava num automóvel de proporções normais no estacionamento da estação. A essa altura, o ânimo de Roger havia melhorado, e ele conseguiu lidar com o motorista, ainda que com modos um tanto refinados demais. O anfitrião os aguardava ao pé da escadaria do solar. Trajava roupas esporte e em uma das mãos brincava com algo que aos olhos de Willie (que não entendia nada de golfe nem de *tees*) pareceu ser um molar extraído, muito grande e branco. Era um homem rijo, seco, com o corpo em forma e, no momento em que se encontraram, toda a sua energia, assim como a de Roger, a de Willie e a do criado de pernas roliças e calças listadas que vinha descendo a escadaria, foi empregada na representação de que aquele tipo de recepção em frente àquele tipo de casa era perfeitamente normal para todo mundo.

Para Willie, uma espécie de irrealidade — ou uma realidade difícil de apreender — toldava o momento. Era a mesma sensação que ele tinha na floresta e na prisão, o alheamento em relação ao ambiente que o circundava. De uma maneira que ele não seria capaz de reconstituir, apartou-se de Roger e, docilmente, como na prisão, sem deter o olhar em nada, deixou-se conduzir por um criado até o quarto. A janela tinha uma vista que abrangia muita terra. Willie não sabia se devia descer e perambular pelos jardins do solar ou se era melhor ficar no quarto e esconder-se. A idéia de descer e pedir auxílio para orientar-se nos jardins era opressiva. Optou por esconder-se. Sobre o vidro que protegia a base da penteadeira via-se um livro antigo, de encadernação sólida. Era uma velha edição de *A origem das espécies*. A tipografia vitoriana, espremida (as letras aparentemente oxidadas pelo tempo), não era convidativa, assim como não o era o cheiro do papel velho, enrugado, e da tinta usada na impressão (evocando imagens lúgubres das oficinas tipográficas e dos tipógrafos da época), a qual talvez houvesse feito o papel enrugar.

O sujeito de calças listadas (possivelmente originário do Leste Europeu) veio, como anunciado, desfazer-lhe a mala. Mas, por ser tratar de alguém do Leste Europeu, Willie não ficou tão perturbado quanto Roger imaginara que ele ficaria.

Sentado à penteadeira, virando as páginas de *A origem das espécies* enquanto o sujeito arrumava suas coisas, desdobrando as ilustrações, Willie viu um cestinho de vime contendo alguns lápis cor de cedro. Era igual ao porta-lápis que havia em seu quartinho na casa de Roger. Então notou uma pequena esfera de cristal, sólida e pesada, circundada de alto a baixo por ranhuras paralelas, com um orifício no alto contendo fósforos compridos de cabeça cor-de-rosa. Isso também era igual a algo que havia em seu quartinho na casa de Roger. Fora dali — para onde Roger inesperadamente a levara, a fim de impressioná-la com um esplendor que não lhe pertencia, à maneira das pessoas pobres que levam suas visitas para ver as casas luxuosas da cidade onde moram —, fora dali (e talvez de outros lugares também, possivelmente até mesmo de lugares que ela vira ou conhecera quando menina) que Perdita tirara algumas de suas idéias a respeito da decoração de quartos, concentrando-se no que era pequeno, não essencial e acessível. Willie foi invadido por uma enorme onda de comiseração por ela e, ao mesmo tempo (rendendo-se a coisas dentro de si), sentiu-se oprimido pela visão que teve então da escuridão em que todos caminhavam.

Após algum tempo, ele foi ao banheiro. Era uma adição posterior ao quarto original, e as paredes divisórias eram finas. O papel de parede tinha um padrão ousado, vinhas verdes muito espaçadas, sugerindo uma vasta amplidão. Mas uma das paredes não era forrada pelo papel, não havia nela nenhuma sensação de amplidão, só páginas de uma velha revista ilustrada chamada *The Graphic*, colunas cinza impressas próximas umas das outras, à maneira vitoriana, interrompidas por bicos-de-pena retratando acontecimentos e localidades do mundo inteiro. As páginas eram das décadas de 1860 e 1870. O artista ou repórter (talvez os dois numa pessoa só) mandava seu texto ou seus esboços por navio; na redação da revista, um artista profissional aprimorava os desenhos, provavelmente acrescentando coisas de acordo com sua imaginação; e, semana após semana, esses desenhos, produtos de um avançado empreendimento jornalístico, ilustrando fatos sucedidos no império e em outros lugares para um público

interessado, eram reproduzidos segundo os melhores métodos da época.
Para Willie foi uma revelação. O passado contido naquelas páginas coladas à parede parecia estar ao alcance das mãos, parecia ser algo que ele podia tocar. Willie leu sobre a Índia após o Grande Motim, sobre o desbravamento da África, sobre a China dos chefes guerreiros, sobre os Estados Unidos após a guerra civil, sobre as agitações na Jamaica e na Irlanda; leu sobre a descoberta da nascente do Nilo; leu sobre a rainha Vitória como se ela ainda fosse viva. Leu até começar a escurecer. Era difícil enxergar aquelas letras pequenas à luz débil da lâmpada elétrica.
Alguém bateu na porta. Era Roger. Havia tido uma conversa de negócios com o banqueiro e parecia abatido.
Roger viu o livro em cima da penteadeira e indagou: "Qual é o seu livro?". Pegou-o e comentou: "Primeira edição, sabia? Ele gosta de deixá-los casualmente nos quartos dos convidados. Depois, são cuidadosamente recolhidos. Desta vez fiquei com um de Jane Austen".
Disse Willie: "Estava lendo *The Graphic*. Na parede do banheiro".
Disse Roger: "Na parede do meu também tem. Vou lhe contar sobre isso. Sou aficionado, como se fala, por revistas antigas. Houve um tempo em que eu costumava ir à Charing Cross Road para dar uma olhada nas livrarias. Não é algo que se possa fazer hoje em dia, não do mesmo jeito. Um dia vi uma coleção de *The Graphic* na calçada, em frente a um dos sebos. Era uma pechincha, duas ou três libras o volume. Uma sorte inacreditável. *The Graphic* era uma preciosidade, uma das precursoras da *Illustrated London News*. As revistas tinham sido reunidas em volumes muito bem encadernados. As coisas eram feitas assim na época. Não sei se era a revista que fazia a encadernação ou as bibliotecas ou os assinantes. Só consegui levar para casa dois volumes, e tive de pegar um táxi. Eram muito grandes, como já disse, e pesados. Foi mais ou menos nessa época que teve início meu envolvimento com o banqueiro. Eu estava começando a entender o imenso poder que o verdadeiro egomaníaco tem sobre as pessoas a sua volta. Para as pessoas inteligentes, como eu, o egomaníaco é em certa medida patético, um homem que não vê, como o restante

de nós, que os caminhos da glória levam somente ao túmulo. E é assim que o homem inteligente é apanhado. Começa sendo condescendente e, quando se dá conta, está lambendo as botas do sujeito. Mas enfim. Logo após ter visto a coleção da *Graphic*, vim para cá. Nosso grande homem continuava a me render atenções, mas eu já estava rendido. Não estou fazendo jogo de palavras. Ele me mostrou alguns de seus quadros. Disse-me como os havia adquirido. E, para não ficar atrás, contei-lhe como recentemente eu adquirira dois volumes encadernados de *The Graphic*. Estava me exibindo. Claro que ele não conhecia a revista, e aproveitei para mostrar toda a extensão do meu conhecimento. Tendo bravateado sobre *The Graphic*, pensei, ao voltar a Londres, que devia ir e comprar mais alguns volumes da revista. Não encontrei mais nada. Nosso amigo mandara o chofer com o carrão e levara a coleção inteira. Foi idéia da mulher dele forrar as paredes dos banheiros com páginas da revista. Quando este lugar for reformado de novo, ou vendido, e virar um hotel ou coisa que o valha, todas essas páginas irão para o depósito de lixo da construtora".

"Acha que isto aqui vai virar um hotel?"

"Ou qualquer coisa do gênero. Pessoas normais não têm como viver em lugares como este. São necessários muitos empregados. Esses lugares foram construídos na época em que havia uma superabundância de empregados. Quinze jardineiros, dezenas de camareiras. Hoje em dia não existe mais esse tipo de gente. A criadagem, como se costumava dizer. Houve um tempo em que eram uma parcela importante da população."

Indagou Willie: "O que aconteceu com eles?".

"Excelente pergunta. Uma resposta possível é que entraram em extinção. Mas não foi isso que você perguntou. Entendi a pergunta. Se a fizéssemos com mais freqüência, talvez começássemos a compreender o tipo de país em que estamos vivendo. Percebo agora que nunca vi alguém tocar nessa questão."

Disse Willie: "Em muitos lugares da Índia é a questão do momento. É o que chamam de a reviravolta das castas. Acho que é mais importante do que o problema religioso. Certos grupos médios estão em ascensão, certos grupos do topo estão sendo sugados para baixo. A guerrilha de que participei era um reflexo desse movimento. Um reflexo, nada mais. A Índia em breve mos-

trará uma face intocável ao mundo. Não será bonita. As pessoas não vão gostar".
Mais tarde, desceram para tomar um drinque e jantar. Não foi uma coisa formal. A mulher do banqueiro não estava lá. Só havia outro convidado além deles dois: um galerista. O banqueiro além de tudo pintava, e queria fazer uma exposição em Londres. Dissera a Willie e Roger, ao informar-lhes sobre esse terceiro convidado: "Achei melhor chamá-lo para conversarmos aqui. Essa gente gosta de um pouco de estilo". Usava a última frase tanto para adulá-los quanto para alistá-los em sua conspiração contra o galerista.
Ele, o galerista, estava vestido com a mesma formalidade de Roger. Tinha grandes mãos avermelhadas, como se houvesse passado o dia inteiro carregando quadros de um lado para o outro em sua galeria.
Alguns spots no teto da sala muito ampla estavam direcionados para três das obras que o banqueiro havia produzido. Willie começou a compreender ao que Roger havia se referido quando falara sobre o poder do verdadeiro egomaníaco. Nada impedia que Willie, Roger ou o galerista dissessem que os quadros que o banqueiro resolvera iluminar eram arte de segunda, pinturas dominicais, nada mais que isso. Nada os impedia de serem cruéis. Porém o sujeito havia se exposto com demasiada inocência, e ninguém desejava magoá-lo.
O galerista sofria. Toda a excitação que porventura sentira com a oportunidade de jantar naquele solar majestoso (e ter suas elegantes roupas tiradas da mala e admiradas) estava se esvaindo.
Disse o banqueiro: "Não me preocupo com dinheiro. Você sabe disso. Sei que você sabe".
E o galerista se esfalfava, sem proveito, na tentativa de dizer que estava no mundo da arte para ganhar dinheiro e que não tinha o menor interesse profissional num artista que não precisava de dinheiro. Formulou duas ou três idéias desconexas e desistiu.
O assunto então foi deixado de lado. Contudo, a exibição de egocentrismo e poder (os spots continuavam a iluminar os quadros do banqueiro) bastara para fazer Willie compreender que,

após a grandiosa investida artística, eventuais negociações com o galerista transcorreriam a sós, sem testemunhas. Disse o banqueiro a Willie: "Você conhece o marajá de Makkhinagar?". Não deu chance para que Willie respondesse. "Tinha se mudado para cá. Foi logo após Indira ter deslegitimado os príncipes e abolido suas listas civis. Deve ter sido em 1971. Ainda era jovem, andava meio perdido em Londres, muito abatido com a perda de sua dotação. Pensei que devia fazer algo por ele. Meu pai conhecia seu avô. Como seria natural, com todas as mudanças na Índia, o rapaz se mostrou bastante arrogante quando esteve aqui. Ninguém se incomodou, mas acho que ele não simpatizou com as pessoas que convidei com o propósito de apresentá-lo a elas. Se quisesse, muitas portas lhe poderiam ter sido abertas, mas ele não pareceu interessado. É assim que eles costumam fazer; depois vão embora e reclamam que aqui não são tratados com respeito. Em Londres eu o convidei para um almoço no Corner Club. Conhece o Corner? É menor que o Turf Club, e ainda mais exclusivo, se é que dá para imaginar uma coisa dessas. O salão de jantar é bem pequeno. Não é a troco de nada que o Corner tem esse nome. Posso lhe garantir que as pessoas estranharam quando viram o jovem Makkhinagar. Mas ele nunca mais me procurou. Uns quinze anos depois, fui a Delhi. Era uma das muitas ocasiões em que circulavam rumores de que a economia seria liberalizada. Procurei o nome Makkhinagar na lista telefônica. Ele se tornara membro da Câmara Alta indiana e tinha uma casa em Delhi. Convidou-me a essa casa uma noite. Você precisava ver o aparato de segurança que havia lá; guardas, soldados e sacos de areia no portão; homens armados do lado de dentro. E, apesar de tudo, Makkhinagar parecia muito mais relaxado. Disse-me ele: 'Peter, gostei daquele restaurantezinho pitoresco em que almoçamos da última vez'. E é isso que eu digo sobre os indianos. 'Restaurantezinho pitoresco.' O Corner! Você se desdobra para ajudar e depois ouve esse tipo de coisa".

Willie não disse nada. O galerista deu uma risadinha, já como alguém satisfeito por ser admitido nesse tipo de conversa sobre a mais fina elite; porém Roger mantinha-se em silêncio e parecia padecer.

No dia seguinte chegariam mais pessoas. Willie não estava

animado com isso. Perguntava-se por quê. Refletiu: "É vaidade. Só consigo ficar à vontade com pessoas que têm alguma noção do que eu sou. Ou talvez seja apenas a casa. Este lugar exige demais das pessoas. Aposto que as transforma. Certamente transformou o banqueiro. A mim transformou. Impediu-me de ver as coisas com nitidez quando cheguei".

De manhã, após o café (para o qual ele desceu), Willie conheceu a mulher do banqueiro. Ela o cumprimentou antes que ele o fizesse, avançando em sua direção e estendendo a mão como numa acolhida tão calorosa quanto possível, uma mulher ainda jovem, com cabelos compridos, ondulantes, e nádegas grandes, sinuosas. Disse seu nome e acrescentou com uma voz fina, delicada: "Sou a esposa do Peter". Era uma mulher de ombros estreitos, tronco esbelto, atraente: alguém que adorava o próprio corpo, pensou Willie. Nada depois pareceu tão encantador nela como nesse primeiro momento. Era somente um sorriso e uma voz.

Pensou Willie: "Preciso descobrir por que, como o marajá no Corner Club, não me sinto à vontade com essas pessoas. O marajá não se sentiu bem recebido e desforrou-se quinze anos depois. Eu não me sinto assim. Não sinto que estou sendo mal recebido. Ao contrário, tenho a sensação de que qualquer um que apareça aqui ficará contente em conhecer o convidado do banqueiro. O que eu sinto é que para mim não faz sentido passar por essa situação. Não quero cultivar ninguém nem ser cultivado por quem quer que seja. Não porque pense que são materialistas. Não há no mundo gente mais grosseiramente materialista do que os indianos abastados. Mas na floresta e na prisão eu mudei. É impossível experimentar aquele tipo de vida sem mudar. Livrei-me de minha essência materialista. Tive de fazê-lo, ou não sobreviveria. Sinto que essas pessoas não conhecem o outro lado das coisas". As palavras lhe vieram exatamente assim. Refletiu: "As palavras devem ter um significado. Preciso descobrir o significado das palavras. As pessoas aqui não entendem a nulidade. A nulidade física do que eu vi na floresta. A nulidade espiritual que era sua concomitante e que se assemelhava tanto àquilo com que meu pobre pai teve de conviver a vida inteira. Senti essa nulidade nos ossos e posso voltar a ela a qualquer momento. Somente compreendendo o outro lado das pessoas — sejam elas indianas, japonesas, africanas — somos capazes de compreendê-las de verdade.

O banqueiro estivera falando de negócios com Roger, brincando com seu *tee* de golfe como se fosse um rosário. Quando os dois saíram de onde haviam estado, o banqueiro levou Roger, Willie, o galerista e mais alguém que acabara de chegar para fazer um pequeno tour por alguns de seus objetos. Ele recentemente dera uma volta ao mundo, visitando parceiros de negócios e (qual um chefe de Estado) recebendo presentes das pessoas. De muitos desses presentes ele escarnecia. Caçoou em particular de um vaso alto de porcelana azul semitransparente, toscamente pintado com flores locais. Disse: "Deve ser obra da mulher do gerente local. Eles têm de arrumar com que se ocupar nas noites compridas daquelas latitudes". O vaso era muito estreito na base e largo na boca, instável, balançando ao menor toque. Já sofrera algumas quedas e exibia uma longa rachadura diagonal; num ponto a porcelana estava lascada.

Roger, falando com irritação incomum, talvez em decorrência de algo que acontecera em sua conversa de negócios, disse provocativamente: "Eu achei bonito".

Disse o banqueiro: "Então é seu. Pode levar".

Disse Roger: "Não, não. Seria incômodo demais".

"Incômodo nenhum. Mando embrulhar e peço que alguém o leve até o trem para você. Tenho certeza de que Perdita saberá o que fazer com ele."

Foi o que aconteceu na tarde seguinte. De modo que os bilhetes de primeira classe que Roger comprara enfim tiveram a testemunha à qual se destinavam, poupando-o do mais horrível dos vexames. Porém, na hora da gorjeta, ele ficou nervoso de novo e deu dez libras ao criado.

Disse a Willie: "Passei o tempo todo no carro calculando quanto deveria dar de gorjeta. Por todos os extras associados a esse vaso horroroso. Concluí que cinco libras estavam de bom tamanho, mas no último segundo mudei de idéia. É tudo por causa do ego daquele sujeito. Tolero as ofensas dele, como me dar esse vaso rachado, depois procuro motivos para desculpá-lo. Penso: 'Ele é que nem uma criança. Não conhece o mundo real'.

Um dia alguém que não tenha nada a perder irá insultá-lo de maneira muito profunda e então o encanto se desfará. Mas até lá, para pessoas como eu, é como se em volta dele houvesse um campo elétrico".

Disse Willie: "Acha que, quando chegar a hora, você será a pessoa que o insultará dessa maneira profunda?".

"Por ora, não. Tenho muito a perder. Dependo muito dele. Mas no final, sim. Meu pai, quando estava no hospital, à beira da morte, transformou-se completamente. Aquele homem tão cortês, tão cavalheiro, começou a xingar todo mundo que vinha vê-lo. Minha mãe, meu irmão. Pôs para correr todos os sócios. Disse cobras e lagartos deles. Falou tudo o que pensava de todo mundo. Sem papas na língua. A proximidade da morte deu-lhe essa licença. Acho que se poderia dizer que, para meu pai, a morte foi o momento mais verdadeiro, mais feliz. Mas eu não queria morrer assim. Queria que fosse do outro jeito. Como Van Gogh, pelo que li. Fumando tranqüilamente um cachimbo, em paz com tudo e com todos, sem ressentimentos. Mas Van Gogh podia se dar ao luxo de ser romântico. Tinha sua arte e sua vocação. Não era o caso do meu pai e tampouco é o meu; só alguns têm isso. E agora que o fim começa a ficar à vista, volta e meia me pego pensando que meu pai fez muito bem. É algo que torna a morte uma coisa desejável."

Quando chegaram à casa em Saint John's Wood, Roger disse a Perdita: "Peter mandou um presente para você".

Perdita ficou alvoroçada e pôs-se a rasgar o embrulho malfeito (muita fita adesiva) com que o criado envolvera o vaso alto, de formato esquisito.

Disse ela: "É um belo trabalho artesanal. Preciso escrever ao Peter. Já sei onde vou colocar. Nem vai dar para ver a rachadura".

Por alguns dias o vaso permaneceu no lugar onde Perdita o colocou, mas depois desapareceu e nunca mais se falou dele.

Cerca de uma semana depois, Roger disse a Willie: "Você fez muito sucesso com o Peter. Sabia?".

Disse Willie: "Não entendo o motivo. Praticamente não abri a boca. Só ouvi".

"Deve ter sido justamente por isso. O Peter tem uma história sobre a Indira Gandhi. Ele nunca a levou muito em consideração. Não pensava que fosse uma pessoa instruída ou que soubesse muitas coisas sobre gente fora do seu mundinho. Achava-a um blefe. Em 1971, na época do problema em Bangladesh, ele foi para Delhi e tentou vê-la. Queria apresentar um projeto. Indira o ignorou. Peter esperou uma semana de braços cruzados no hotel. Por fim, conheceu alguém do círculo íntimo dela. Perguntou-lhe: 'Como a primeira-ministra julga as pessoas?'. O sujeito respondeu: 'O método dela é simples. Ela fica o tempo todo esperando para ver o que o interlocutor quer'. Peter sem dúvida aproveitou o conselho. Ficou o tempo todo esperando para descobrir o que você queria dele, e você não disse nada."

Disse Willie: "Eu não queria nada dele".

"Pois isso fez vir à tona o que ele tem de melhor. Depois conversamos sobre você, e eu contei um pouco da sua história. O resultado é que ele quer fazer uma proposta a você. Peter tem negócios com algumas construtoras grandes. Eles publicam uma revista sofisticada sobre edificações modernas. É relações públicas em alto estilo. Não divulgam abertamente nenhuma empresa ou produto. Ele achou que você poderia se interessar em trabalhar lá. Meio período ou período integral. Como preferir. A proposta é sincera, isso eu garanto. É o Peter no que ele tem de melhor. A revista é uma das meninas-dos-olhos dele."

Disse Willie: "Não entendo nada de arquitetura".

E Roger percebeu que Willie estava interessado.

Disse ele: "Eles oferecem cursos para pessoas como você. São como os cursos de história da arte que os leiloeiros fazem".

Assim, Willie finalmente tinha um emprego em Londres. Ou um lugar aonde ir pela manhã. Ou, para diminuir ainda mais a coisa, algo que o fazia sair da casa de Saint John's Wood.

A redação da revista ficava num velho edifício em Bloomsbury, um prédio estreito, com fachada uniforme.

Disse Roger: "Parece saído das oficinas de cenografia".

Willie não entendeu o que ele quis dizer com isso.

Roger explicou: "Antigamente, em Hollywood, os estúdios

tinham departamentos que construíam cenários exagerados para representar lugares no exterior. Exagerados e cheios de clichês, para que as pessoas soubessem onde estavam. Se alguém — filmando, por exemplo, *Uma canção de Natal* — precisasse de um escritório dickensiano num prédio dickensiano, teriam construído algo semelhante ao seu prédio e cobririam o lugar com neblina".

Não era longe do British Museum — frontão e colunas, vestíbulo espaçoso, com pé-direito alto, balaustradas de ferro pretas e pontudas. E não era longe do prédio do Trades Union Congress, quase sem recuo, moderno, três ou quatro andares, vidro e concreto em segmentos retangulares, com uma estranha figura voadora em bronze, suspensa por um cantiléver sobre a entrada, representando a ameaça trabalhista, ou o triunfo trabalhista, ou talvez apenas o trabalhismo e a idéia de trabalho, ou, ainda, talvez representando sobretudo a contenda do escultor com seu tema socialista. Willie passava por essa escultura todos os dias. Nas primeiras semanas, até deixar de reparar nela, sentia-se censurado: seu trabalho na revista era muito leve, e em grande parte do tempo, mal podia ser considerado trabalho.

Era uma parte de Londres que Willie conhecia de vinte e sete ou vinte e oito anos antes. Houve um tempo em que as associações teriam sido ignominiosas; agora não importavam mais. A editora que publicara seu livro ficava numa das grandes praças negras. Na época, Willie a princípio achara o prédio bastante comum. Mas depois, ao galgar a escadaria da frente, se surpreendera com a sensação de que a construção estava crescendo; e então, atrás dos velhos tijolos pretos, o interior se mostrara muito mais leve e agradável do que ele imaginara. No andar de cima, que nos velhos tempos constituía o aposento principal, conforme dissera o dono da editora, mandaram-no aguardar em frente à janela alta do que havia sido a sala de estar e olhar para a praça lá embaixo, e o editor fizera com que ele imaginasse as carruagens, os criados e os lacaios de *Feira das vaidades*. Por que fizera isso? Teria sido apenas para, em meio à grandiosidade daquele primeiro pavimento, criar a imagem da opulência dos comerciantes e mercadores nos dias de glória da escravidão? Fora o que ele havia feito, claro; mas ele queria chamar a atenção para outra coisa também. Era o fato de que, numa sala como aquela, em *Feira das vaidades*, o comerciante rico quer obrigar o filho a casar-se com uma herdeira negra ou mulata de Saint Kitts. Estaria o editor dizendo que, para aqueles homens ricos, o dinheiro anulava tudo o mais, anulava inclusive o dever de um homem para com sua raça? Estaria ele dizendo, então, para pegar a coisa pelo outro lado, que a atitude deles em relação ao dinheiro lhes conferia, em termos raciais, uma espécie de pureza? Não, não fora isso que ele dissera. Falara criticamente. Como se estivesse confiando a Willie um segredo nacional. O que ele queria dizer? Que uma herdeira mulata devia ser repudiada por todos os homens justos? Willie (sempre que, na África, se lembrava de seu pobre livrinho) também refletia sobre o comentário que o editor fizera a respeito de *Feira das vaidades*. E chegara à conclusão de que ele não tivera intenção de dizer absolutamente nada, que só estava tentando exibir, na presença de Willie, um ponto de vista, ao mesmo tempo que tentava avivar um pouco de raiva contra os ricos e o tratamento dado a negros e mulatos, algo de que ele já teria se esquecido quando o próximo visitante entrasse em sua sala.

E com freqüência, talvez por um ou dois segundos todos os dias, Willie pensava, ao caminhar da estação do metrô até a redação da revista: "Na primeira vez em que estive neste lugar, não vi nada. Agora ele está repleto de detalhes. É como se eu tivesse apertado um botão. E, todavia, posso facilmente regredir ao estado anterior, de não-visão".

O edifício em que Willie trabalhava, que parecia saído das oficinas de cenografia, era velho só por fora. Por dentro havia sido tão constantemente reformado e restaurado e, sem o menor pudor, posto abaixo outra vez, com divisórias sendo instaladas e depois retiradas, que o térreo tinha o aspecto de uma loja qualquer, sem identidade, decorada apenas para o momento, tudo muito frágil e quebradiço, uma fina camada de tinta fresca cobrindo as linhas elegantes da madeira nova e macia. Tinha-se a impressão de que a qualquer momento os decoradores podiam ser chamados para levar embora tudo o que haviam feito ali e providenciar uma decoração nova. Somente as paredes e (talvez devido a alguma restrição imposta pela legislação de preservação do patrimônio histórico) a escada estreita com seus delgados corrimãos de mogno sobreviviam às mudanças. A pequena sala de espera tinha uma divisória de vidro na parte da frente, bem atrás do cubículo em que ficava a recepcionista. Numa das paredes havia uma velha foto em preto-e-branco de Peter e dois outros diretores de uma construtora recepcionando a rainha. Em cima de uma mesinha em forma de feijão, viam-se exemplares da revista de edificações modernas. Era vistosa, impressa em papel caro, com fotos bonitas.

O escritório da chefe de redação ficava no andar de cima, na sala da frente, numa versão muito reduzida da imponência do editor de Willie vinte e oito anos antes. A chefe de redação era uma mulher de quarenta ou cinqüenta anos com um rosto arruinado e olhos grandes e saltados atrás de óculos de aro preto. Parecia a Willie ser consumida por todo tipo de preocupações familiares e aflições sexuais, e era como se ela precisasse sair daquele buraco quatro, cinco ou seis vezes ao dia antes de poder lidar com outros assuntos. Foi amável com Willie, tratando-o como um amigo de Peter, o que contribuía para disfarçar a dor em seu rosto.

Disse ela: "Vamos ver como você se adapta. Depois o mandaremos para Barnet".

Barnet era o lugar onde eram ministrados os cursos de arquitetura da empresa.

Quando Willie contou a Roger sobre sua conversa com a chefe de redação, ele disse: "Sempre que a vejo sinto um inconfundível bafo de gim. É uma das pessoas fracassadas que o Peter ajuda. Mas é competente no trabalho".

A revista era uma publicação quinzenal. Os artigos eram escritos por profissionais e bem remunerados. O trabalho da chefe de redação era encomendar os artigos; ao editor de fotografia cabia procurar fotos; e a equipe era responsável pela edição, conferência e revisão dos textos. O projeto gráfico era feito profissionalmente. Havia uma biblioteca de arquitetura num dos andares de cima. Os livros eram grandes e intimidadores, porém Willie logo conseguiu orientar-se entre eles. Passava bastante tempo na biblioteca, e em sua terceira semana aprendeu a dizer, sempre que se achava à toa e a chefe de redação perguntava o que ele estava fazendo: "Conferindo". A palavra sempre a acalmava.

Um dia, na hora do almoço, quando Willie caminhava por uma das praças mais sossegadas, um carro grande parou a seu lado. Uma mulher desceu. Tinha uma carta nas mãos, a qual pretendia jogar na caixa do correio que havia ali perto. Depois de ter feito isso, cumprimentou Willie. Até então, ele não pensara nada da mulher. Contudo, sua voz delicada, alegre, rítmica tornou-a de imediato reconhecível, aquela voz que acompanhava os cabelos ondulantes e as nádegas sinuosas. A mulher de Peter. Disse ela, numa corredeira de palavras: "Soube que está trabalhando para o Peter". Willie sentiu-se lisonjeado por ter sido lembrado, porém ela não lhe deu tempo de dizer nada. Trinou ligeiro: "O Peter vai inaugurar a exposição. Está em todos os jornais. Gostaríamos muito que você fosse". Nessa mesma corredeira de palavras, apresentou Willie ao semi-oculto motorista do carro e, sem esperar que nenhum dos dois falasse, entrou no carro e foi levada embora.

Quando Willie contou a Roger sobre o encontro, Roger disse: "É o amante dela. Ela poderia ter seguido até a caixa do correio seguinte, mas queria se exibir com o amante para você. Quer que todos os que a tenham visto com Peter vejam-na com esse outro homem. É um suplício para o Peter. Estraga tudo para ele. Deve deixar sua cabeça cheia de imagens sexuais dolorosas. E o sujeito que ela mostrou a você não tem nada de mais. É dono de uma pequena incorporadora, não muito culto. Foi assim que Peter o conheceu. Os empreendimentos do Peter no ramo imobiliário não têm sido lá muito bem-sucedidos, para dizer o mínimo. E agora não há meio de ele reconquistá-la. Conheci-a no solar, vários anos atrás, pouco depois de ela se casar com o Peter. Foi logo me contando sobre seu casamento anterior, sobre o motivo de não ter dado certo. Disse que se sentia oprimida. Não entendi o propósito daquilo. Ela falou: 'O Tim dizia, antes de sair para o escritório: "Acabou minha pasta de dentes. Compre uma nova para mim". É só um exemplo. Então eu passava o dia inteiro pensando naquele tubo de pasta de dentes que precisava comprar. O Tim lá no escritório dele, fazendo seus negócios mirabolantes, tendo seus almoços fascinantes, e eu em casa, pensando no tubo de pasta de dentes que precisava comprar para ele. Entende o que eu quero dizer? Eu me sentia oprimida. Você entende, não entende?'. Disse isso com aquela voz adorável e pôs aqueles olhos lindos em cima de mim e eu me esforcei bastante para entender a opressão que ela sentia. Achei que ela queria que eu travasse um combate contra seu opressor. Achei, para ser franco, que estava flertando comigo. Podia senti-la me envolvendo com os fios daquela sua teia especialíssima. E então, obviamente, me dei conta de que não entendia o que ela estava dizendo porque não havia nada para entender. Ela estava falando apenas para ouvir sua própria voz. Fiquei preocupado com o Peter. Ele seria capaz de abrir mão de muitas coisas para tê-la só para si. É assim que os grandes homens caem. Depois do meu casamento com Perdita, nunca mais fui o mesmo homem. Agora o mundo inteiro sabe do amante dela e de seu palacete londrino. Ninguém acreditaria que Perdita passou anos a fio me chateando para que casasse com ela. Hoje ela é a injustiçada, a mulher que eu decepcionei".

Agora que durante a semana tinha o edifício da revista e Bloomsbury para freqüentar, Willie não passava mais suas manhãs com Perdita. Só de quando em quando ela subia ao seu quartinho, geralmente à noite, talvez uma vez por semana, nas ocasiões em que Roger (como ela gostava de dizer) estava com sua vagabunda e quando ela própria não tinha um convite para ir ao palacete londrino nem outro compromisso. Agora era preciso encaixar esses encontros na movimentação de todos, e pela primeira vez naquela casa Willie tornou-se conscientemente um dissimulador. Desejava que não tivesse de ser assim, mas preferia esse novo arranjo. Era menos incômodo; fazia-o gostar mais de Perdita.

Eles conversavam mais do que antes. Willie nunca fazia perguntas sobre o homem do palacete nem sobre a outra mulher de Roger. Em parte, isso se devia à discrição que lhe fora incutida no movimento guerrilheiro (em que, na rigidez dos primeiros tempos, era proibido, por razões doutrinárias e de segurança, exagerar nas perguntas sobre a família e as origens dos outros integrantes). Essa discrição tornara-se algo natural em Willie. E era genuína sua falta de curiosidade pelas vidas paralelas que Roger e Perdita levavam. Queria continuar com o que sabia; não desejava que um conhecimento mais amplo estragasse a vidinha que ele encontrara na casa de Saint John's Wood, em seu quartinho, no meio do desconhecido.

Perdita deixava escapar alguns detalhes de sua infância no Norte. Willie a encorajava. Lembrava-se de sua vida familiar como uma coisa grotesca, sua infância, um flagelo. Imaginar a felicidade daqueles primeiros anos de Perdita, recriá-los com os detalhes que ela deixava escapar era caminhar indiretamente num campo de glória. Isso dava a ela uma dimensão muito maior do que a princípio ele lhe conferia. Perdita sentia esse novo olhar e desabrochava em sua presença. Ganhava desenvoltura, ficava menos passiva.

Disse ela certa manhã de sábado: "O Roger pode não querer falar sobre a negociata em que se envolveu com o Peter" — "negociata": a expressão era do próprio Roger —, "mas aposto que muito em breve vai falar. A carreira dele está em risco". Então prosseguiu, num tom mais reflexivo: "Tenho pena do Roger. Com o Peter ele sempre foi patético. Trazer para casa aquele vaso quebrado, aquela coisa horrível como presente para mim. Há muitas maneiras de se dizer não, e ele precisava ter encontrado uma. Toda a energia de Roger, ou grande parte dela, é dedicada às aparências. É a grande armadilha dos homens do tipo dele. Têm um estilo pronto à disposição e, tão logo o adotam, acham que não há muito mais a fazer".

Disse Willie: "Mas você queria a todo custo casar com ele. Em 1957 e 1958. Lembro-me bem disso".

Disse ela: "Ele me conquistou com seu grande desempenho. Eu era jovem. Conhecia pouco do mundo. Ele era uma coisa do outro mundo. O que o Roger tem de melhor é o lado profissional, seu conhecimento jurídico".

Willie passou algum tempo tentando imaginar de onde Perdita teria tirado aquelas palavras, e a resposta lhe veio um ou dois dias depois: as palavras eram do amante, o dono do palacete, o colega de Roger. Roger estava sendo traído por todos os lados.

Após seis semanas na redação de Bloomsbury, Willie foi enviado para o centro de treinamento da empresa, em Barnet. A chefe de redação dizia: "Logo, logo vão querer você em Barnet". O editor de arte dizia: "Você ainda não foi para Barnet?". Barnet, Barnet: deixou de ser apenas o nome de um lugar. Parecia simbolizar luxo e repouso, um lugar em que as pessoas ficavam duas, três ou quatro semanas sem supervisão, recebendo seus salários normalmente, uma bênção concedida aos felizardos. Corriam histórias sobre sua beleza, sobre as refeições no centro de treinamento, sobre os *pubs* das redondezas.

Havia um folheto sobre o lugar, com um mapa e indicações. Roger resolveu levar Willie até lá. Foram num domingo à tarde. O anel viário de Londres estava congestionado. Roger desviou por estradas antigas, e os nomes de alguns dos lugares pelos quais foram obrigados a passar guardavam certo romantismo para Willie.

Cricklewood: vinte e oito anos antes era um lugar misterioso para ele, situado em algum ponto distante, ao norte do Marble Arch, um lugar onde, em sua imaginação, as pessoas levavam vidas regradas, plenas e seguras. Era lá que June, a garota do balcão de perfumes da Debenhams, vivia com a família (além de ter um namoradinho desde a infância), e fora para lá que ela tivera de pegar um ônibus depois de Willie lhe revelar toda sua inépcia sexual num cortiço de Notting Hill. Era em Cricklewood, conforme Willie viera a saber mais tarde, que havia uma grande garagem de ônibus; fora lá também (dessa feita Willie estava à procura de informações sobre Cricklewood) que a jovem e encantadora atriz Jean Simmons nascera e se criara: o fato lançava um glamour adicional intolerável sobre June em seu balcão de perfumes.

Visto das estradas congestionadas naquela tarde domingueira, Cricklewood (ou aquilo que Willie supunha ser Cricklewood) era uma interminável linha vermelha de sobrados da mesma altura, tijolo e reboco, intercalados com pequenas áreas comerciais, estabelecimentos tão pequenos e baixos quanto as casas a que atendiam: Londres ali, tal qual criada pelos construtores e especuladores imobiliários de sessenta ou setenta anos antes, uma espécie de cidade de brinquedo, acolhedora e confinada: esta é casa em que Jack e sua mulher viverão e se amarão e terão seus rebentos, esta, a loja onde a mulher de Jack fará suas compras, este, o bar de esquina onde Jack e seus amigos e as amigas de sua mulher vez por outra se embriagarão. Nada que lembrasse uma cidade, nenhum parque, nenhuma praça, nenhuma construção além das casas e lojas. Tudo parecia ter sido erguido ao mesmo tempo, e Cricklewood (se é que era mesmo Cricklewood) avançava dessa maneira até Hendon, e Hendon continuava do mesmo modo até o que vinha depois de Hendon, e assim indefinidamente, apenas com eventuais elevações da estrada quando era preciso passar por cima das linhas férreas.

Disse Willie: "Nunca soube que Londres era assim. Isso não saiu das oficinas de cenografia".

Roger, que se mantivera absorto durante a maior parte da lenta e cansativa viagem, disse: "É assim a leste, oeste, norte e sul. Dá para entender por que tiveram de criar o cinturão verde. Do contrário, metade do país teria sido engolido".

Disse Willie: "Eu não ia querer viver aqui. Imagine ter de voltar todo santo dia para cá. Que sentido pode ter uma vida assim?".

Como contradizendo o que havia dito antes, Roger retrucou: "As pessoas fazem o melhor que podem".

Willie pensou que era um comentário pobre, mas teve de calar-se. Havia na estrada tortuosa um número cada vez maior de indianos, de paquistaneses e de bangladeshianos, vestidos como se estivessem em seus países, os homens com várias camadas de batas ou camisas e com o barrete branco da submissão à fé árabe, suas mulheres baixinhas ainda mais amortalhadas e cobertas com terríveis máscaras negras. Willie estava a par da grande corrente de imigração proveniente do subcontinente; mas (como as idéias tendem a permanecer compartimentadas) nunca imaginara que Londres (em sua cabeça uma cidade ainda saída das oficinas de cenografia) pudesse ter sido tão repovoada em trinta anos.

De modo que essa viagem pelo Norte de Londres no domingo à tarde foi uma revelação dupla. Desfez a fantasia que por mais de trinta anos ele cultivara sobre o retorno de June, num ônibus tomado nas proximidades do Marble Arch, à segurança e às glórias de sua casa. E talvez fosse acertado que essa fantasia tivesse fim, visto que a própria June, conforme dissera Roger, a essa altura seria uma mulher muito castigada (em todos os sentidos) pelos anos, quase certamente uma mulher gorda, dada à imodéstia (dedicando-se à contabilidade de seus amantes) e mudada em outros aspectos também, adaptando seus eventuais

anseios de requinte, típicos no passado de perfumista da Debenhams, aos novos padrões plebeus da televisão. Era mais do que certo que a fantasia se desfizesse. E para Willie era um alívio, permitindo-lhe descartar a humilhação a ela associada, pondo-a em seu devido lugar.
A linha vermelha e regular de casas e lojas repovoadas parecia não acabar mais. Por fim, saíram da estrada principal. Então, de forma bastante brusca, enquanto Willie ainda pensava no subcontinente, viram-se no centro de treinamento. Um muro de tijolos, portões de ferro, uma ruazinha interna pavimentada e algumas construções baixas e brancas num jardim amplo. Ao descer do carro, Willie teve a impressão de ouvir o barulho do tráfego na estrada principal. Não devia ficar muito longe. No passado, o parque decerto pertencia à região rural. Então Londres crescera e chegara até ali; partes do parque provavelmente tinham sido vendidas; e por todo lado haviam sido abertas estradas para servir à população. Agora o parque, muito reduzido, estava em território de imigrantes.

Disse Roger, com certa ironia: "É um dos negócios imobiliários do Peter".

O barulho do trânsito estava sempre presente. Mas o verde do pequeno parque era maravilhoso após as estradas e a linha uniforme de casas vermelhas, após a confusão e os anúncios das lojinhas. Era longe o bastante de Londres para inspirar sonhos de aventura nas pessoas. E Willie entendeu por que na redação da revista as pessoas tinham adoração pelo lugar.

Roger aguardou que Willie fosse acomodado em seu pequeno quarto no albergue ou prédio residencial. Parecia não estar com pressa de ir embora. Acompanhou-o até o saguão principal. A uma mesa ou aparador, serviram-se de água mineral e chá. Roger conhecia bastante bem o lugar. Havia outras pessoas no saguão, de terno, todos um pouco cerimoniosos com o início de seus cursos. Havia um africano ou caribenho e um indiano ou paquistanês com sapatos de couro branco.

Disse Roger: "É tão estranho. Tive de ajudar você. E agora sou eu que me vejo em apuros. Não sei qual será minha situação quando você terminar seu curso aqui. Provavelmente você já desconfiava que eu estava com problemas".

Disse Willie: "Você mencionou qualquer coisa no primeiro dia, quando foi me apanhar no aeroporto. Perdita deixou escapar uma coisinha ou outra, mas foi só".

"É uma dessas coisas que no princípio são perfeitamente legais. E com o tempo acabam por mudar de figura. Tenho certeza de que, quando o Peter bolou essa jogada, a única coisa que ele queria era manter tudo, por assim dizer, em família. Imagine o banco do Peter com uma carteira imobiliária. Imagine um escritório de perícia imobiliária muito bem conceituado. Imagine um escritório de advocacia igualmente conceituado. É aí que eu entro. Imagine duas ou três construtoras bastante sólidas. Quando Peter resolve se desfazer de alguns imóveis, os peritos fazem a avaliação, o escritório de advocacia cuida da papelada e os imóveis passam para as mãos das construtoras, que alguns anos depois os revendem com um lucro extraordinário. Estamos falando de imóveis urbanos. Não é fácil determinar seu valor. Não é incomum que os peritos cometam erros de alguns milhões. Estamos falando também de um período em que os imóveis estão em alta. Você pode comprar uma coisa por dez milhões hoje e revendê-la por quinze daqui a três anos, e ninguém vai achar estranho. É por isso que essa jogada imobiliária permanece durante muito tempo despercebida. Passam-se doze anos sem que ninguém perceba nada. Mas um belo dia alguém desconfia e começa a criar problemas. O Peter dá um jeito de consertar as coisas, paga alguns milhões em indenização. Mas certas pessoas começam a se fazer de difíceis. E, se conseguirem o que querem, meu escritório ficará em maus lençóis e eu provavelmente serei levado a julgamento. Será o fim da linha para mim. E no entanto tenho a sensação de que, quando isso começou, o Peter só queria manter o negócio, por assim dizer, em família. Dar uma mãozinha, granjear admiração. Se tem uma coisa que ele gosta é de ser idolatrado. Você conhece o Peter. É o sujeito mais egomaníaco que eu já vi, mas tem seu lado generoso. E tem idéias. Como este centro de treinamento. Faz anos que esse negócio não me sai da cabeça, vivo tentando apresentá-lo a mim mesmo e ao meu tribunal imaginário sob a melhor luz possível. Isso está me deixando maluco. E justo agora que a minha vida particular está prestes a ir para o espaço. É sempre assim, tem que ser duas ou três coisas ao mesmo tempo. A vida inteira acreditei que, quando uma desgraça acontece, nunca pára por aí, logo vem mais. É a única superstição que eu tenho. Sempre que você vir um urubu, espere pelo segundo. Estou à espera da terceira pancada."

"Perdita?"

"Não. Isso está para lá de liquidado. Já abri mão de tudo. Não tenho mais nada. Não é a Perdita, não. É minha vida fora de casa. Longe de Perdita. Uma espécie de vida. É melhor eu ficar quieto. Duvido que Perdita não tenha lhe falado sobre isso."

Disse Willie: "Acho que ela mencionou alguma coisa. Mas nunca perguntei mais nada".

"É uma mulher mais simples, de origem operária. Meu colega advogado, o sujeito do palacete, tirou Perdita de mim. Pensei que estaria a salvo com essa namorada. Apresentei-a a alguns colegas, para mostrar-lhes que estava me virando bem sem Perdita. Que idiota eu fui. Acho que nessas coisas serei sempre um idiota. Minha amiga está prestes a me dar um fora. Vai passar um fim de semana com um colega meu. Eu não sabia que era possível sofrer tanto. Pensei que era eu quem dava as cartas. Faço tudo para ela. Durante todos esses anos, pensei que eu é que estivesse em vantagem."

À medida que falava, Roger parecia recuperar a energia. Levantou-se com determinação e disse: "Não posso me demorar muito. Preciso ir".

Deixou Willie sozinho e acabrunhado no centro de treinamento, vagando à toa pelo saguão e pelo jardim. Depois, Willie foi cedo demais para o quarto, na esperança de atrair o sono. Ouvia debilmente os carros passando pelas estradas principais e, na distorção que a sonolência ia aos poucos imprimindo a sua imaginação, via a linha uniforme de casas vermelhas estendendo-se no infinito. Bem que gostaria de ter outro lugar para onde ir.

10
UMA MACHADADA NA RAIZ

O curso no centro de treinamento era mais abrangente e profundo do que Willie esperava, e ele deixou-se absorver pelas aulas, tirando momentaneamente da cabeça os problemas de Roger. Pela manhã, as aulas versavam sobre técnicas modernas de construção, sobre concreto, proporções de água e cimento, concreto e aço propendido, coisas que nem sempre Willie entendia com facilidade, mas que (especialmente quando ele não entendia) desafiavam sua imaginação. A tensão do aço propendido, por exemplo, duraria para sempre? O professor realmente sabia? Seria absurdo imaginar que, em algum momento no futuro, o aço propendido, ou os parafusos que sustentavam a tensão de uma extensão de aço propendido, perderia a resistência? Talvez então, no século XXI ou XXIV ou XXV, mês após mês, ano após ano, numa espécie de terror arquitetônico, edifícios de concreto e aço viessem abaixo no mundo inteiro, sem que isso fosse conseqüência de qualquer causa externa, apenas seguindo sua ordem de construção.

À tarde, havia um curso de história da arquitetura. O professor era um homem esguio, na casa dos quarenta anos. Usava ternos pretos ou muito escuros, calçava os pés grandes com sapatos pretos e os mantinha abertos num ângulo esquisito. Tinha um rosto liso e muito branco, e seus cabelos pretos e finos formavam uma franja preta sobre a testa pálida e os pequenos olhos pestanejantes. Dava suas aulas com uma vozinha tímida, porém firme, e exibia fotos e respondia a dúvidas, mas parecia muito distante. Onde estariam seus verdadeiros pensamentos? Teria ele, o detentor de tão vastos conhecimentos, alguma pequena angústia? Seria esse seu único emprego? Moraria longe ou nas redondezas, num daqueles sobradinhos vermelhos, ao norte, vivenciando ali a fantasia criada por um arquiteto ou construtor dos anos 1930 sobre como as pessoas deviam viver?

A arquitetura que o professor abordava era somente a do mundo ocidental, e mesmo assim ele tinha pressa de chegar aos períodos que interessavam a seus clientes. De modo que passou correndo pelo Gótico e pelo Renascimento, a fim de concentrar-se na arquitetura da era industrial avançada, o fim do século XIX e o século XX, na Grã-Bretanha e nos Estados Unidos.

Willie estava fascinado. A idéia de aprender por aprender sempre o atraíra, e ele se frustrara com a escola missionária em que estudara na Índia e com a faculdade de pedagogia que fizera em Londres. Como aqueles lugares não lhe haviam proporcionado uma formação sólida, todas as suas tentativas posteriores de ampliar seus horizontes tinham sido baldadas. A arquitetura, porém, por lidar com o que era imediato e visível em toda parte, era-lhe, como ele descobriu, perfeitamente acessível, e muitas das coisas que ele estava aprendendo continham os elementos de um conto de fadas. Willie ouviu o professor falar do imposto das janelas na Inglaterra e do imposto que incidia sobre os tijolos, o qual fora instituído na época da Revolução Francesa e vigorara até aproximadamente os anos do Grande Motim na Índia. Ao associar dessa maneira as datas do imposto, Willie evocou, sem a ajuda do professor, a lembrança praticamente esquecida de que na Índia britânica também houvera um imposto sobre os tijolos: absurdo e injusto, visto não incidir sobre os tijolos queimados e prontos, mas sobre os lotes ainda por queimar, sem que houvesse qualquer desconto pelos muitos tijolos que acabavam se perdendo no forno. (Lembrava-se de ter visto esses fornos em muitos lugares, as chaminés altas, estranhamente intumescidas na base, ao lado dos barreiros retangulares e das pilhas de tijolos prontos: talvez, então, os fornos e as chaminés migrassem pelo interior, sendo instalados nos lugares onde havia barro apropriado.) Willie sempre se sentira oprimido pelo tijolo vermelho inglês, tão disseminado, tão comum. Descobriu então, graças ao fleumático porém obstinado professor, que o tijolo londrino dos anos 1880 tinha sido estimulado pela revogação do imposto sobre os tijolos. A Inglaterra industrial da era vitoriana tinha as máquinas necessárias para produzir todos os tipos de tijolos em quantidades prodigiosas. O tijolo dos anos 1880 devia ser um ancestral remoto dos intermináveis sobradinhos vermelhos construídos na década de 1930 ao norte de Londres, de Cricklewood a Barnet.

Pensou Willie: "O que tenho aprendido nesses poucos dias lança uma luz até sobre as coisas que vejo aqui à minha volta. Alguns dias atrás, quando vim para cá, no fundo não sabia o que estava vendo. Roger disse: 'As pessoas fazem o melhor que podem'. Fiquei desapontado com isso, mas ele tinha razão. É terrível e dilacerante que essa maneira de ver e compreender tenha me chegado tão tarde. Agora nada posso fazer com isso. Um homem de cinqüenta anos não tem como refazer a vida. Ouvi dizer que, em certo tipo de economia, a diferença entre ricos e pobres é que os ricos têm dinheiro dez, quinze ou vinte anos antes dos pobres. O mesmo vale, suponho, para as diversas maneiras de ver as coisas. Certas pessoas só as alcançam muito tarde, quando suas vidas já se esboroaram. Não devo exagerar. Mas tenho a sensação de que, na África, nos dezoito anos que passei lá, quando estava na flor da idade, eu mal sabia onde me encontrava. E o tempo que passei na floresta foi igualmente obscuro e confuso. Fui muito crítico em relação aos outros participantes do curso. Que presunção a minha, que estupidez. Não sou diferente deles".

Willie não estava pensando nos sul-africanos, nem nos australianos ou nos egípcios, homens de quarenta e poucos anos que envergavam seus ternos com naturalidade, executivos de alto escalão, possivelmente com algum tipo de vínculo com as empresas de Peter. Para estes, havia certo prazer em sentar-se a uma carteira, como se estivessem de volta à escola. Era raro que fossem vistos após as aulas no amplo saguão de pé-direito baixo; era comum que carros os viessem buscar para levá-los ao centro de Londres. Não, não era nesses que Willie estava pensando, e sim nos que, a seus olhos, eram como ele: o caribenho negro, ou mestiço, um sujeito corpulento que subira na vida e sentia-se muito satisfeito por trabalhar naquela empresa cosmopolita; o chinês malásio, claramente um empresário, muito asseado com seu terno fulvo, sua camisa branca, sua gravata, sentado no saguão com as pernas delicadas elegantemente cruzadas, um ar auto-suficiente, como se estivesse disposto a passar o curso inteiro sem falar com ninguém; o sujeito do subcontinente indiano, com seus sapatos brancos esdrúxulos, o qual na verdade era paquistanês, um fanático religioso que vivia pregando sua fé árabe naquele centro de treinamento dedicado a outro tipo de saber e glória, outros profetas: os arquitetos pioneiros dos séculos XIX e XX (alguns deles, paladinos dos tijolos), convictos de suas teses, sempre desafiando o senso comum, e por fim contribuindo para a ampliação do conhecimento arquitetônico.

Certa tarde, no saguão (cadeiras de vime, almofadas com estampas floridas e chamativas, combinando com as estampas das cortinas), eles se reuniram para o chá. O professor acabara de pedir-lhes que refletissem sobre o fato de que a mais simples e modesta das casas, mesmo uma casa como as que podiam ser vistas da estrada, nos arredores do centro de treinamento, continha uma história descomunal: os pobres não mais morando em choupanas, à sombra dos casarões de seus senhores, não mais os hilotas dos primórdios da era industrial, vivendo em becos abafadiços ou cortiços apertados, os pobres agora transformados em pessoas dotadas de suas próprias necessidades arquitetônicas, o desenvolvimento dessas necessidades acompanhando o desenvolvimento dos materiais.

Willie ficou encantado com isso e desejava, como pedira o professor, refletir sobre a idéia com os outros: a casa popular, a casa do pobre, como algo mais que mera habitação ou abrigo, como algo que exprimia a essência de uma cultura. Pensou nas aldeias no interior da floresta pelas quais havia passado, marchando em vão em seu uniforme verde-oliva com a estrela vermelha no boné; pensou na África, onde as casas de colmo ou palha acabariam por tomar o lugar do mundo de concreto dos estrangeiros.

O homem dos sapatos brancos achava que o professor estava falando apenas da Inglaterra.

Pensou Willie: "Isso me diz muito sobre o lugar de onde você vem".

Disse o caribenho: "O que o professor falou vale para todo mundo".

Disse o homem dos sapatos brancos: "Não pode valer para todo mundo. Ele não conhece todo mundo. Só conhecemos aqueles que comem o mesmo tipo de comida que nós. Ele não sabe que tipo de comida eu como".

Willie sabia aonde ia dar o argumento: para o homem dos sapatos brancos, o mundo era dividido, pura e simplesmente, entre os que comiam carne de porco e os que não comiam, entre os que eram da fé da Arábia e os que não eram. Pensou que era capcioso e indigno que essas idéias simples fossem apresentadas daquela forma. E, assim, a idéia do professor, sobre as casas dos pobres em todas as culturas, que tanto deslumbrara Willie, perdeu-se em meio àquela discussão falsa sobre o regime alimentar como grande divisor de águas. Nesse discurso, na forma como se apresentava, o homem dos sapatos brancos tinha todas as cartas. Debatera o assunto inúmeras vezes antes. Os outros se atrapalhavam em busca de coisas para dizer, e o homem dos sapatos brancos, acostumado a lidar com objeções, partiria para cima deles.

O chinês malásio decerto tinha alguma idéia do que estava por trás daquela discussão, mas preferia guardar o que sabia para si. Sorria e se esquivava do debate. Ele, que no princípio parecera ser tão chinês, reservado, auto-suficiente, sem precisar de ninguém, acabou por revelar-se o mais frívolo do grupo. Dava a impressão de não levar nada a sério, não ter nenhuma política, e parecia contente em dizer, quase como uma brincadeira, que na Malásia, país que já não era um lugar bucólico, que agora era uma terra de auto-estradas e arranha-céus, ele era dono de uma construtora Ali Babá. Nada a ver com os quarenta ladrões: na Malásia, a palavra "Babá" servia para designar os chineses locais, e uma empresa Ali Babá era um negócio que tinha um Ali, um muçulmano malaio, na fachada, para apaziguar o governo malaio, e um chinês, como o próprio piadista, nos bastidores.

Por algum motivo, talvez por causa do primeiro nome de Willie ou de seu sotaque inglês incomum ou simplesmente por tê-lo achado acessível, o homem dos sapatos brancos passou a maior parte da primeira semana cortejando-o.

No sábado, no saguão deserto após o jantar (muitos dos participantes do curso haviam saído, alguns rumando para *pubs* das proximidades, outros para o centro de Londres), ele se inclinou para Willie e disse em tom conspiratório: "Quero lhe mostrar uma coisa".

Tirou um envelope selado do bolso interno do paletó (revelando, ao fazê-lo, a etiqueta de uma alfaiataria numa cidade chamada Multan). Baixando a cabeça, como se o que estava fazendo fosse algo que o levava a querer ocultar o rosto, estendeu o envelope para Willie. Disse: "Vamos. Abra". Os selos eram americanos, e quando Willie desdobrou a carta, encontrou em seu interior pequenas fotos coloridas de uma mulher branca robusta, numa rua, numa sala, numa praça.

Disse o homem: "Boston. Vá em frente. Leia".

Willie pôs-se a ler, a princípio com vagar, por interesse, depois num ritmo cada vez mais ligeiro, por enfado. O homem dos sapatos brancos deixava a cabeça cair mais e mais para baixo, como se a timidez o estivesse consumindo. Seus cabelos crespos e pretos pendiam de sua testa. Quando Willie o fitou, ele levantou minimamente a cabeça, e Willie viu um semblante empanado, tomado pelo orgulho.

"Vamos. Leia."

... como você diz o que são prazeres transitórios como a bebida ou a pista de dança comparados com a vida eterna —

Pensou Willie: "Para não falar nos sempre renovados prazeres do sexo".

... que sorte a minha ter encontrado você sem você meu querido eu estaria vagando pela escuridão é meu destino como você dizia no começo eu achava todas essas expressões estranhas mas agora vejo como são verdadeiras Se você não me tivesse feito ver que Gandji ou Gander era como Hitler eu nunca teria sabido eu teria continuado a acreditar nas bobagens que me falaram para você ver o poder da propaganda ou das relações públicas nesta nossa chamada civilização ocidental PS: Tenho pensado sobre como cobrir meu rosto Conversei com minhas amigas Acho que o que ficaria bom para mim seria usar no dia-a-dia um

lenço tipo Jesse James abaixo dos olhos e sobre o nariz e à noite para ocasiões formais uma máscara tipo Zorro...

Willie terminou de ler. Sem falar nada, sem levantar os olhos, reteve a carta por um pouco mais de tempo do que seria apropriado, e o homem dos sapatos brancos estendeu a mão com certa rudeza — como se temesse um furto — para pegar de volta sua carta, suas fotos e seu envelope com selos americanos. Guardou tudo com uma mão adestrada, recolocou o envelope no bolso interno do paletó e levantou-se. A fisionomia que traía intenções conspiratórias e, em seguida, um prazer tão grande que parecia velar-lhe os olhos foi substituída por algo que se assemelhava a insolência. Saiu abruptamente do saguão, de uma maneira que parecia dizer a Willie: "Por essa você não esperava, hein? Que tal então dar um basta às suas asneiras?".

A melancolia envolveu Willie no saguão vazio. Agora entendia por que o sujeito o bajulara durante a semana: fizera-o apenas para bravatear; imaginara que Willie fosse suscetível àquele tipo particular de bravata.

O professor do período vespertino passara a semana inteira falando sobre a ampliação, na era industrial, do aprendizado e das novas habilidades, da visão e da experimentação e do sucesso e do fracasso. Para o sujeito de Multan (e para outros participantes do curso também, como Willie observara durante a semana), isso pouco importava: haviam sido enviados por seus países ou empresas para adquirir um conhecimento que simplesmente se encontrava ali, ao que parecia caído dos céus, um conhecimento que durante muito tempo, por motivos raciais ou políticos, lhes fora negado, mas que agora, num mundo milagrosamente transformado, era seu de direito. E esse novo conhecimento a que tinham direito confirmava em cada homem a justeza de suas práticas raciais, tribais ou religiosas. Tratava-se de subir o pau-de-sebo e depois deixar-se escorregar. O simplificado mundo rico, lugar de sucesso e realizações, sempre ele mesmo; o mundo exterior sempre em alvoroço.

Pensou Willie: "Já estive aqui antes. Não devo começar de novo. Preciso deixar que o mundo siga suas próprias inclinações".

Chegou para Willie, na casa de Saint John's Wood, uma carta de sua irmã Sarojini. Roger a encaminhou para Barnet, e aquela caligrafia de gente letrada, que ainda irradiava confiança e estilo, sem trair nada da vida atormentada da escritora, para Willie agora estava cheia de ironia.

Querido Willie, sei que a notícia que tenho para dar não o surpreenderá. Resolvi fechar o ashram. O que as pessoas querem de mim aqui, eu não posso dar. Como você sabe, nunca fui uma pessoa mística ou esotérica, mas achava que, depois do que eu tinha passado, haveria alguma virtude na vida de recolhimento e quietude. Sinto dizer que hoje tenho sérias desconfianças sobre as práticas de nosso pai. Não creio que ele fosse nobre o bastante para furtar-se a distribuir pozinhos e poções às pessoas, e vejo que é isso que elas esperam de mim. Não dão a mínima, para falar educadamente, para a vida de meditação e paz interior, e fico arrepiada só de pensar nas coisas que nosso pai deve ter feito por aqui. Claro que não chega a ser surpresa para mim. Fico me perguntando se não terá sido sempre assim, mesmo no tempo dos antigos sábios das florestas de que as pessoas da televisão tanto gostam. Muita gente aqui esteve no Golfo, trabalhando para os árabes. A situação não andou boa por lá, e vários dos que tinham ido agora estão de volta. O maior medo deles é ter de abrir mão do que aprenderam a chamar de estilo de vida, e então vêm a mim pedir rezas e amuletos. No fundo, os amuletos que eles querem são como os que os espíritas africanos, os mara-boos, davam para eles no Golfo, e que para mim e você não passam de coisa de curandeiro. Para muitos aqui, essa porcaria maometana dos africanos é a última moda, o supra-sumo, dá para acreditar?, e você não faz idéia de como as pessoas têm me importunado com isso nos últimos meses. Vêm me pedir búzios e coisas do gênero. Desconfio que nosso pai esteve anos a fio envolvido com esse tipo de coisa. Para quem não tem pudor, deve ser dinheiro fácil. O lado bom de tudo isso é que resolvi pôr um ponto final nessa história. Escrevi para o Wolf, e o meu bom e velho alemão prometeu me ajudar no que for possível em Berlim. Vou gostar de voltar a fazer alguns documentários.

Willie começou a escrever uma carta para a irmã no mesmo dia. *Querida Sarojini, Você precisa tomar cuidado para* não ir de um extremo a outro. Não há nada que possa ser considerado uma resposta para os males do mundo e dos homens. Seu problema sempre foi — Interrompeu-se e pensou: "Não devo fazer sermão. Não tenho nada para oferecer a ela". E parou de escrever.

Os finais de semana no centro de treinamento tornaram-se um martírio para Willie. Quase todos os outros participantes do curso pareciam conhecer pessoas de fora, com as quais iam passar o final de semana. As cozinhas do lugar diminuíam o ritmo; eram poucos os quartos em que se viam luzes acesas; e nas estradas principais, ao norte, o trânsito parecia ficar mais pesado. Para Willie, que não sentia a menor vontade de ir aos *pubs* das imediações, aos quais era possível chegar a pé, nem desejava fazer a complicada viagem até o centro de Londres para ver-se em companhia das multidões de turistas indolentes, isso era como estar perdido no meio do nada.

Ele chegara à conclusão de que seria melhor permanecer um tempo afastado da casa de Saint John's Wood. Porém muito rapidamente começou a ser assaltado por uma solidão que o levava de volta aos dias e semanas intermináveis de sua vida de guerrilheiro; terríveis e inexplicáveis períodos de espera em cidadezinhas, em geral num quarto imundo, sem banheiro, onde, do lado de fora, quando o sol se punha, tinha início uma vida estranha e ruidosa, nem um pouco atraente, que sufocava qualquer impulso de sair para um passeio e o levava a perguntar-se sobre o sentido do que estava fazendo; de volta a algumas noites na África, quando se sentia muito distante de tudo o que conhecia, apartado de sua própria história e das idéias de si mesmo que lhe poderiam ter sido suscitadas por tal história; de volta a seu primeiro período em Londres, trinta anos antes; de volta a algumas noites de sua infância, quando — compreendendo as tensões no interior de sua família, entre o pai melancólico, um homem de casta, despojado da vida a que sua boa aparência e seu bom nascimento davam direito, e a mãe, uma mulher sem casta e sem beleza, agressiva em todos os sentidos, a quem ele, Willie, todavia amava intensamente; e compreendendo em virtude disso, com a mais profunda das dores, que para ele não havia um verdadeiro lugar no mundo — de volta àquela infância, quando, em algumas noites especialmente tristes, lhe assomava com a clareza mais extrema uma visão pueril da Terra girando na escuridão, com todos os seus habitantes perdidos.

Ligou para a casa de Saint John's Wood. Ficou aliviado quando Perdita atendeu. Se bem que, em parte, já esperasse isso. Era nos finais de semana que Roger partia para sua outra vida. Pelo que Roger dissera, naquela altura essa outra vida talvez já não existisse mais. Contudo Willie, conhecendo Roger melhor agora, pensou que talvez não fosse bem assim.

Ao verificar que Perdita estava sozinha em casa, ele disse: "Perdita, estou morrendo de saudade. Preciso fazer amor com você".

"Mas daqui a pouco você volta. E eu não vou fugir. Se quiser, pode vir me ver."

"Não sei o caminho."

"Entendi. E, quando chegar aqui, talvez já não esteja com tanta saudade assim."

De modo que ele fez amor com ela pelo telefone. Perdita se rendeu a ele, como fazia quando estavam juntos.

Quando não havia mais nada a ser dito, ela disse: "O Roger levou um fora".

Eram as palavras do próprio Roger: assim, Willie percebeu que Roger não escondia nada dela.

Disse Perdita: "Não só da vagabunda, mas de todo mundo. A negociata imobiliária está vindo à tona, e o Peter resolveu atirar o Roger aos lobos. Ele, obviamente, não vai aparecer, sempre esteve muito bem protegido. Se cancelarem o registro de advogado do Roger, acho que teremos de vender a casa. Descer o pé de feijão patrimonial. Mas também acho que não será nenhum grande transtorno. Esta casa passa a maior parte do tempo tão vazia".

E Willie teve a impressão de poder ouvir Roger falando.

Disse ele: "Parece que terei de procurar outro lugar para morar".

"Não podemos pensar nisso agora."

"Desculpe. Sei que pareceu grosseria, mas eu só estava tentando dizer alguma coisa depois do que você falou. Eram só palavras, mais nada."

"Não entendo o que está querendo dizer. O Roger vai lhe contar mais detalhes."

E assim, quando já se encontravam num estágio avançado de seu relacionamento, Willie começou a nutrir um novo respeito por Perdita. Ela havia se exposto para ele em inúmeras ocasiões; porém esse seu novo aspecto — a firmeza, a solidez, a veemência, a capacidade de manter-se leal a Roger num momento de crise como aquele —, isso só agora ela lhe revelava.

Perdita com certeza falara depois com Roger. Ele ligou para Willie, mas apenas para dizer que iria apanhá-lo em Barnet quando o curso terminasse. Seu tom de voz ao telefone era jovial: um homem despreocupado; nem de longe o que Willie esperava após o que Perdita contara.

Disse Roger: "Gosta de festas de casamento? Temos uma para ir, se você quiser. Lembra-se do Marcus? O diplomata da África Ocidental. Serviu a todo tipo de ditadura infame instaurada em seu país. Manteve sempre a cabeça baixa e foi embaixador em toda parte. O resultado é que agora ele é, como dizem, um homem extremamente respeitado. O africano refinadíssimo, o homem que é preciso mencionar quando se quer falar sobre a África. Ele esteve naquele jantar que oferecemos na casinha do Marble Arch, meia vida atrás. Ainda estava se preparando para ser diplomata, mas já tinha cinco filhos de várias nacionalidades, todos mestiços, meio brancos e meio negros. Você estava nesse jantar. Havia também um editor do Norte que a certa altura resolveu ler o obituário que tinha escrito para si mesmo. Marcus vivia para o sexo inter-racial e queria ter um neto branco. Seu sonho era andar pela King's Road levando pela mão esse neto branco. As pessoas olhariam para eles e a criança perguntaria ao Marcus: "O que elas estão olhando, vovô?"."

Disse Willie: "Como poderia não me lembrar do Marcus? O editor que publicou meu livro não falava de outra coisa quando estive em seu escritório. Ele achou que estava sendo muito bacana e socialista por entoar loas ao Marcus e descer o porrete nos séculos de escravidão abominável".

"Marcus conseguiu o que queria. Seu filho meio inglês deu-lhe dois netos, um completamente branco, o outro nem tanto. Os pais das crianças vão se casar. É a moda agora. Primeiro os filhos, depois o casamento. Imagino que as crianças farão o papel de pajens. Geralmente é assim que funciona. O filho do Marcus se chama Lyndhurst. Mais inglês impossível. Quer dizer "o lugar da floresta", se ainda me lembro dos meus estudos de anglo-saxão. É para esse casamento que fomos convidados. O triunfo de Marcus. Parece quase romano. O restante de nós se dispersou por várias direções, trilhando os mais diversos caminhos, e alguns fracassaram, porém Marcus se manteve sempre firme nessa sua ambição simples. A mulher branca e o neto branco. Deve ter sido por isso que conseguiu."

O tom de voz de Roger permaneceu jovial até o fim. A voz de Perdita, ao telefone, parecera mais carregada, aflita: quase como se Roger houvesse transferido suas preocupações para ela.

Duas semanas mais tarde, quando o curso chegou ao fim, Roger, conforme o prometido, foi ao centro de treinamento para levar Willie de volta a Saint John's Wood. Continuava parecendo animado. Só os olhos afundados e as olheiras desmentiam isso.

Disse ele: "Ensinaram alguma coisa a você aqui?".

Disse Willie: "Não sei o quanto me ensinaram. Só sei que, se pudesse voltar no tempo, eu estudaria arquitetura. É a única arte de verdade. Mas eu nasci antes da hora. Vinte ou trinta anos antes da hora, algumas gerações. Ainda éramos uma economia colonial, e as únicas profissões que os rapazes ambiciosos pensavam em seguir eram medicina e direito. Nunca ouvi ninguém falar em arquitetura. Imagino que hoje a coisa seja diferente".

Disse Roger: "Talvez eu tenha me rendido muito prontamente a velhas expectativas, ao caminho conhecido. Nunca me perguntei o que queria fazer. E até hoje não sei se gosto do que faço. E acho que isso teve uma influência perniciosa na minha vida".

Estavam passando pelos sobradinhos vermelhos. A estrada parecia menos opressiva dessa vez, e não tão comprida.

Disse Willie: "A situação está mesmo tão ruim quanto Perdita me deu a entender?".

"Não poderia estar pior. Conscientemente, não fiz nada de errado ou que contrariasse os preceitos da profissão. Não seria absurdo dizer que esse troço me pegou de surpresa. Já lhe contei como meu pai morreu. Esperou com ansiedade o momento da morte, ou em que estivesse à beira da morte, para dizer ao mundo o que de fato pensava dele. Há quem diga que é assim que se deve fazer, guardar a raiva e o ódio para o final. Eu pensava diferente. Achava que nunca iria querer morrer assim. Queria morrer do outro jeito. Como Van Gogh. Em paz com o mundo, fumando seu cachimbo, sem rancores. Como eu lhe disse. A vida inteira me preparei para este momento. Estou pronto para descer o pé de feijão e dar uma machadada na raiz."

Willie retomou a carta que começara a escrever para Sarojini.

... se você for mesmo para Berlim, quem sabe eu possa contornar as dificuldades legais e ir encontrá-la. Como foram bons aqueles meses. Mas dessa vez acho que o ideal seria se eu conseguisse fazer algum curso de arquitetura, que é o que eu devia ter feito desde o começo. Não sei o que você vai pensar disso. Talvez ache que estou falando como um velho tonto, o que devo mesmo ser. Mas na minha idade não posso fingir que as coisas vão bem. E, de fato, a cada dia que passa, vejo com mais clareza que aqui, apesar de eu ser alguém que foi resgatado, um homem fisicamente livre, de mente sã e em boa forma, também sou como um homem condenado a passar o resto de seus dias no cárcere. Falta-me filosofia para suportar isso. Não tenho coragem de contar ao pessoal daqui. Seria muita ingratidão. Isso me lembra uma coisa que aconteceu na revista do Peter cerca de um mês depois de eu começar a trabalhar lá. O Peter acolhe gente fracassada, como eu já lhe falei. Isso também se aplica a mim, mas não me aborrece. Ao contrário, antes me agrada. Um dia eu estava na biblioteca, no último andar, às voltas com as intermináveis conferências de texto que faço para manter a chefe de redação sossegada, quando apareceu um homem de terno marrom. As pessoas aqui têm implicância com ternos marrons — foi o que o Roger me disse. O tal sujeito me cumprimentou à distância. Falava com um sotaque exageradamente arrastado e disse: "Como vê, estou com meu terno marrom". O que ele quis dizer com isso foi que era um inútil ou alguém que desafiava as convenções ou, quem sabe, ambas as coisas. E, de fato, o fulano era um homem arrasado. O

terno marrom, no caso dele, era realmente revelador. Era um marrom forte, como o de chocolate amargo. Pouco depois, ainda naquela manhã, ele veio e se sentou à minha mesa, bem de frente para mim, e disse com aquela voz tão arrastada: "É claro que estive na prisão". Falou prisão em vez de cadeia, como se fosse mais elegante. E usou aquele "é claro" como se esse fato a seu respeito fosse amplamente conhecido, como se todas as pessoas devessem passar uma temporada na prisão. Fiquei assustado com ele. Gostaria de saber onde foi que o Peter o achou. Pretendia perguntar ao Roger, mas sempre me esquecia. É terrível pensar nessas pessoas com aparência normal andando por aí com suas feridas ocultas, e é ainda mais terrível pensar que eu seja uma delas, que foi isso que o Peter viu em mim.

Willie parou de escrever e refletiu: "Não devo fazer isso com Sarojini". E deixou para terminar a carta outra hora, quando as coisas estivessem mais claras para ele.

  Foi então, quando já não havia como abafar ou pôr panos quentes no escândalo imobiliário, que Roger começou a contar a Willie, não sobre essa catástrofe, e sim sobre a outra, a que havia irrompido em sua vida extraconjugal. Não o fez de uma vez. Levou vários dias, acrescentando palavras e reflexões ao que havia dito antes; e o que ele dizia nem sempre estava em ordem cronológica. Principiou de forma indireta, tendo sido conduzido até seu tema principal por observações esparsas que antes possivelmente guardava para si.

  Falou de socialismo e de aumento da carga tributária, e da inflação que inevitavelmente se seguia a tal aumento, destruindo famílias e a própria idéia de famílias. Era da idéia de famílias (e não da família) que dependia a transmissão de valores de uma geração a outra. Esses valores compartilhados mantinham um país unido; a perda de tais valores contribuía para seu esfacelamento, acelerava a decadência geral.

  Para Willie, essa preocupação com a decadência foi uma surpresa. Nunca ouvira Roger falar de política ou de políticos (somente, às vezes, de pessoas que tinham suas políticas), e acostumara-se a pensar que ele não se interessava pelas vicissitudes da política conjuntural (assemelhando-se nesse aspecto ao próprio Willie), achava que Roger fosse um homem que herdara idéias liberais, alguém enraizado nesse liberalismo, preocupado com a defesa dos direitos humanos pelo mundo afora e, ao mesmo tempo, em paz com a história recente de seu país, indo ao sabor da corrente.

Percebia agora o equívoco dessa sua visão a respeito de Roger. Roger tinha seu país na mais alta conta; esperava muito de seu povo; era um patriota, no sentido mais profundo do termo. A decadência o afligia. Naquele instante, ao falar sobre a decadência, com a vista, nos fundos da sala de estar, do jardim nos estertores do verão, seus olhos ficaram marejados de lágrimas. E Willie pensou que essas lágrimas na realidade eram motivadas pela situação em que ele se encontrava, que era sobre isso que estava falando.

Roger falou obsessivamente do casamento do filho de Marcus, e não parecia relacionar isso com o que havia dito sobre a idéia de famílias. Disse ele: "Lyndhurst escolheu bem. Foi atrás do que os italianos chamam de 'família arruinada'. Uma família que não tem mais nada para oferecer, além do nome tradicional. Marcus deve ter insistido muito nisso. Tento imaginá-lo andando entre as tendas e os toldos, segurando a mãozinha do neto branco, consciente do olhar atento dos convidados. Será um olhar apenas atento ou será também um olhar de louvor? Como você sabe, os tempos mudaram. Acha que ele estará de cartola e fraque cinza? Feito um diplomata negro de um desses países caóticos, a caminho do palácio, num raro momento de clareza, com o intuito de apresentar suas credenciais? Ele vai querer fazer a coisa certa, o Marcus, disso eu não tenho a menor dúvida. Será que fará mesuras aos convidados, ou simplesmente parecerá absorto, tagarelando com o neto? Vou lhe contar uma coisa. No intervalo do almoço, durante uma partida de críquete no estádio Lord's — que, para seu governo, não fica muito longe daqui —, vi certa vez o lendário Len Hutton. Ele não estava jogando. O grande rebatedor já era um ancião, tinha se aposentado havia muito tempo. Vestia um terno cinza. Caminhava em volta do estádio, atrás das arquibancadas, como se estivesse se exercitando. No fundo, estava dando sua volta olímpica no

Lord's, onde tantas vezes iniciara o turno para a seleção inglesa. Todo mundo no estádio sabia quem ele era. Todos nós olhávamos para ele. Porém ele, Len Hutton, dava a impressão de não perceber. Conversava com outro senhor idoso, também de terno. O assunto sobre o qual conversavam parecia preocupar os dois. Hutton na realidade tinha a expressão carrancuda. E era assim que ele passava por nós, olhando para baixo com o memorável nariz quebrado e o semblante carregado. Será que Marcus fará como Hutton, estampando uma expressão preocupada em sua volta olímpica? Na fantasia dele, era assim que ele queria que fosse. Na King's Road, segurando a mãozinha do neto branco, absorto em pensamentos, e a multidão olhando. Mas no casamento do filho, ele não estará na King's Road. Não poderá ignorar os convidados. Fico imaginando o pessoal mais velho da família tradicional, mas decadente, de um lado, e o filho de Marcus e seus colegas, do outro. Vai ser um carnaval. Mas o Marcus saberá lidar maravilhosamente bem com isso, fará tudo parecer a coisa mais natural do mundo, e vai ser uma delícia assistir".

Outro dia ele disse: "Hoje em dia, as festas de casamento são um verdadeiro carnaval. Fui a uma não faz muito tempo. Nesse outro lugar que eu freqüento. Pusemos tudo abaixo, mudamos todas as regras, mas as mulheres não abrem mão das festas de casamento. Principalmente nos conjuntos habitacionais. Esses conjuntos habitacionais são blocos de apartamentos ou casas construídas pelos governos municipais para aqueles que costumavam ser chamados de 'paroquianos pobres'. Só que não são mais pobres. As mulheres lá têm três ou quatro filhos de três ou quatro homens diferentes e todos vivem às custas do Estado. Cada criança dá direito a sessenta libras por semana, e isso só para começar. Não fica bem chamar de caridade. Então chamamos de benefícios. As mulheres vêem a si mesmas como máquinas de fazer dinheiro. É como a Inglaterra de Dickens. Não mudou nada, só que agora o dinheiro é abundante e os trambiqueiros levam a vida que pediram a Deus, embora tudo seja muito caro e todos estejam desesperadamente endividados e reclamem um aumento nos benefícios. As pessoas de lá precisam tirar uma ou duas férias por ano. Não mais em Blackpool, Minehead ou Mallorca, e sim nas Maldivas ou na Flórida ou nos centros de turismo sexual no México. Só vale se incluir algumas horas de vôo. Do contrário, não são férias propriamente ditas. 'Ainda não tirei umas férias de verdade este ano.' De modo que essa escória enche os aviões e sai voando por aí, bebem sem parar e lotam os aeroportos. E todas as semanas os jornais publicam vinte páginas de anúncios de pacotes turísticos tão baratos que a gente se pergunta como alguém, mesmo no México, consegue ganhar dinheiro com eles. O casamento a que tivemos de comparecer foi de uma mulher que teve três filhos com o cozinheiro de uma boate, um sujeito com o qual ela vive de maneira intermitente. O sujeito em geral é cozinheiro, mas, também de maneira intermitente, em noites especialmente festivas, é leão-de-chácara da boate. A coisa foi uma paródia socialista da pior espécie. Cartolas e fraques para os parasitas dos dias úteis. É o que as mulheres maltratadas querem para seus homens em sábados de casamento. Para si mesmas, querem vestidos brancos longos e véus que cubram os hematomas e os olhos roxos do amor que vai e vem, aquilo que elas chamam de relacionamentos. Nesse casamento em particular, as crianças, costumeiramente espancadas, gordas ou magricelas, no mais das vezes alimentadas com sanduíches e pizzas e batatinhas fritas e barras de chocolate, estavam todas muito elegantes e foram empanturradas com comidas ainda mais calóricas. Tal qual touros jovens criados para serem mortos na arena, essas crianças são criadas sacrificialmente e em grande número para gerar os benefícios socialistas de que vive a casa do conjunto habitacional. Ninguém cuida de fato delas, e muitas estão destinadas a serem molestadas, seqüestradas ou assassinadas, proporcionando então, como verdadeiros gladiadorezinhos, por não mais que três ou quatro longos dias, um pouco de animação socialista para a burguesia. Certa vez eu disse a você que, aqui, as únicas pessoas que não são vulgares, no sentido de serem falsas e cheias de si, são as pessoas vulgares".

Disse Willie: "Eu me lembro. Gostei disso. Foi quando você foi me buscar no aeroporto. Naquele momento, Londres para mim era só novidade, e o que você disse contribuiu para a atmosfera romântica do momento".

Disse Roger: "Eu estava errado. Na hora me pareceu bonito e acabei falando. Caí em minha velha armadilha liberal. Os indivíduos vulgares são tão confusos e inconstantes quanto todos os outros. São atores, como todos os outros. Os sotaques estão mudando. As pessoas tentam falar como nas novelas, e agora perderam o contato com o que realmente poderiam ser. E não há quem lhes diga isso. Ninguém faz idéia de como são as coisas naquele lugar, a menos que já tenha estado lá. O pior tipo de dependência é aquele em que você não tem prazer com o vício, mas não consegue viver sem ele. É assim que tem sido para mim. Começou do jeito mais banal. Vi uma mulher com certo tipo de roupa quando fui passar um fim de semana na casa do meu pai. As mulheres não fazem idéia de como certos detalhezinhos bobos as deixam atraentes, e imagino que isso também se aplique às coisas de que as mulheres gostam nos homens. Você me contou que se sentiu atraído por Perdita naquele primeiro almoço que tivemos juntos. No Chez Victor, na Wardour Street".

Disse Willie: "Ela estava usando umas luvas listadas. Tirou-as e as jogou em cima da mesa. Fiquei fascinado com o gesto".

"A minha mulher estava usando uma coisa preta de lycra. Foi o que fiquei sabendo depois. As calças tinham descido um pouco atrás, revelando algo mais que sua pele. Extremamente barato, o tecido, mas isso tornava a coisa ainda mais atraente para mim. O *páthos* do pobre, o *páthos* de alguém em busca de estilo naquele nível. Eu fazia uma idéia de quem ela era e do que deveria ser. E esse fato, a diferença entre nós, me deu coragem de fazer uma investida."

E esta, depois de todas as peças terem sido reunidas, foi a história que Roger contou.

11
TOLOS

Meu pai estava doente (disse Roger). Mas ainda não à beira da morte. Eu costumava visitá-lo nos finais de semana. Sempre me aborrecia ver que a casa — mais um chalé do que uma casa na realidade — estava em péssimo estado de conservação, cheia de poeira e fuligem, as paredes precisando de pintura nova; e isso também aborrecia meu pai. Ele pensava que aquilo era muito pouco para uma vida inteira de trabalho e atribulações.

Eu sentia que meu pai tinha uma visão demasiado romântica de si mesmo. Especialmente quando se punha a falar de sua longa vida de trabalho. Há trabalhos e trabalhos. Criar um jardim, uma empresa, é um tipo de trabalho. É uma aposta em si mesmo. Num trabalho desse tipo, pode-se dizer que a recompensa é o próprio trabalho. Executar tarefas repetitivas na propriedade de alguém ou numa grande empresa é outra coisa. Ocupações assim nada têm de sagradas, por mais que, citando a Bíblia, as pessoas digam o contrário. Meu pai descobriu isso na meia-idade, quando já era tarde demais para mudar. De modo que a primeira metade de sua vida foi dominada pelo orgulho, a idéia exagerada que ele fazia de sua empresa e de quem ele próprio era, ao passo que a segunda foi consumida pelo fracasso, pela vergonha, pela raiva, pelo dissabor. A casa sintetizava isso. Tudo nela era metade uma coisa, metade outra. Nem cabana nem casa, nem indigente nem próspera. Um lugar abandonado à própria sorte. Não deixa de ser estranho recordar agora como eu estava determinado a fazer com que as coisas acontecessem de outra forma comigo.

Eu não gostava de ir para lá. Mas dever é dever, e uma das maiores preocupações que eu tinha era arrumar alguém para cuidar da casa para meu pai. Houve um tempo em que parte significativa da população se dedicava aos serviços domésticos. As pessoas não tinham com que se preocupar. Havia algumas idas e vindas, mas nada estrutural. Quando você lê os livros de antes da última guerra, percebe, se está com essa preocupação na cabeça, que as pessoas passam dias e semanas fora, visitando parentes e amigos, e isso não é nenhum grande problema. Os empregados lhes davam essa liberdade. Estavam sempre na retaguarda e eram mencionados apenas indiretamente. A não ser em *thrillers* ou romances policiais antiquados, pouco se fala de ladrões e assaltos. Às vezes até chegam a acontecer roubos nos livros de P. G. Wodehouse, mas é só uma coisa meio cômica, como nas histórias em quadrinhos, em que a máscara e o saco de dinheiro identificam o pilantra que é conhecido de todos.

Os empregados domésticos desapareceram. Ninguém sabe em que se metamorfosearam. Mas uma coisa é certa, ainda estão por aí, continuam entre nós, nas mais variadas formas, em traços culturais, em posturas de dependência. Hoje, toda cidade de médio e grande porte tem seus conjuntos habitacionais ancilares, aglomerados de habitações subsidiadas, originalmente destinadas aos pobres. São visíveis até do trem. Distinguem-se por sua propositai feiúra socialista, uma supressão consciente das idéias de beleza e humanidade que brotam naturalmente do coração. As teses da feiúra socialista precisam ser ensinadas. As pessoas têm de ser condicionadas a pensar que o que é feio na realidade é belo. *Ancilla* em latim quer dizer enfermeira, serva, criada, e esses conjuntos habitacionais ancilares, projetados para dar aos pobres uma espécie de independência, rapidamente se transformaram no que tinham de ser: tumores escravos e parasitas do corpo principal. Alimentam-se de impostos. Não dão nada em troca. Pelo contrário, viraram focos de criminalidade. Talvez não percebamos quando os vemos do trem, mas representam uma ameaça constante à comunidade mais ampla. É impossível fazer comparações exatas entre uma época e outra, mas eu não me surpreenderia se o percentual da população que antes trabalhava em serviços domésticos for semelhante ao dos que hoje vivem nos conjuntos habitacionais.

E, obviamente, é a esses lugares que ainda temos de recorrer quando precisamos de ajuda em nossas casas. Fixamos nossos cartõezinhos suplicantes na vitrine da banca de revistas mais próxima. No devido tempo, as faxineiras aparecem. E, no devido tempo, vão-se embora. E, como ninguém tem na cabeça uma lista de tudo que possui em casa, só depois que elas se vão é que nos damos conta de que isso está faltando e aquilo também sumiu. Dickens colocou os ladrões de Fagin numa área de Londres conhecida como Seven Dials, perto de onde hoje passa a Totteham Court Road com suas livrarias. É de lá que Fagin despacha seus meninos para bater carteirazinhas patéticas ou surrupiar lenços bonitos. Temíveis para Dickens, esses salteadores; mas para nós, tão inocentes, tão destemidos. Hoje as circunstâncias exigem que levemos a malandragem para dentro de casa, e as companhias de seguros nos informam, tarde demais, que nada desaparecido dessa maneira pode ser indenizado. São estranhas e variadas as necessidades da ladroagem moderna: todo o açúcar que você tem em casa, talvez; todo o café; todos os envelopes; metade de suas roupas íntimas; qualquer exemplar de pornografia.

A vida sob essas circunstâncias torna-se, de uma forma menor, um jogo de azar permanente e uma ansiedade. Todos aprendemos a conviver com isso. E, de fato, após muitas idas e vindas finalmente encontramos uma pessoa adequada para a casa de meu pai. Era uma moça do interior, mas nem um pouco caipira, solteira, mãe de um casal de filhos de dupla paternidade, se é que isso é gramaticamente possível, os quais lhe rendiam uma boa soma em benefícios todas as semanas. Ela falava de pessoas de "boas origens" e parecia insinuar que, após seus equívocos juvenis, estava se empenhando em levar uma vida mais digna. Isso não me causou boa impressão. Tomei como sinal de criminalidade. Conheci inúmeros criminosos ao longo de minha carreira profissional, e a experiência me ensinou que é assim que os criminosos gostam de se apresentar.

Mas eu estava errado em relação a essa moça. Ela ficou e provou ser uma pessoa boa e de confiança. Contava trinta e poucos anos, tinha boa escolaridade, escrevia razoavelmente bem, vestia-se com bom gosto (comprava roupas baratas, mas de corte elegante, por reembolso postal) e tinha bons modos. Seis, sete, oito anos se passaram e ela continuava conosco. Tornou-se parte da casa. Comecei — quase — a ver sua presença ali como um dado da realidade.

Tomei muito cuidado ao longo de todo esse tempo para não demonstrar o menor interesse por sua vida íntima. Tenho certeza de que, com a aparência que tinha, as coisas deviam ser bastante complicadas, mas nunca quis saber. Temia ficar deprimido com os detalhes. Não queria saber o nome dos homens que passavam por sua vida. Não queria saber que Simon, o pedreiro, era assim, e Michael, o taxista, assado.

Eu costumava chegar ao chalé na sexta à noite. Certa manhã de sábado, sem mais nem menos, ela me contou que havia tido uma semana difícil. Tão difícil que uma noite ela viera à casa de meu pai, estacionara seu pequeno carro na ruazinha interna do chalé e pusera-se a chorar. Perguntei-lhe por que ela fora chorar ali.

Disse ela: "Eu não tinha outro lugar para ir. Sabia que seu pai não se importaria. E, após todos esses anos, o chalé é como se fosse minha casa".

Entendi o que ela queria dizer; partiu meu coração; mas mesmo assim continuei genuinamente não querendo saber os detalhes. E é claro que, com o tempo, ela superou aquela crise e retornou à serenidade, à elegância e aos bons modos de sempre.

Passou-se mais um tempo. E então novamente percebi que havia algo de diferente na vida de Jo. Não um homem, mas uma mulher. Uma pessoa recém-chegada ao conjunto habitacional, ou recém-descoberta. Essas duas mulheres, Jo e a amiga, andavam se vangloriando, uma para a outra, das delícias da vida que levavam, vangloriando-se da maneira como as mulheres costumam vangloriar-se. O nome da outra mulher era Marian. Tinha pendores artísticos; fazia cortinas e pintava pratos de cerâmica; incutiu em Jo o desejo de fazer coisas similares. Nos finais de semana, comecei a ouvir como custavam caro os fornos de cerâmica. Seiscentas ou oitocentas libras. Fiquei com a sensação de que estava sendo instado, em nome da arte e dos esforços de ascensão social de Jo, a pôr algum dinheiro num forno elétrico caseiro. Um investimento, cujo retorno, ao que parecia, viria em pouquíssimo tempo. O fato, porém, é que Jo não estava ganhando praticamente nada com seu artesanato. Depois de pagar pelos pratos de cerâmica brutos, nos quais ela pintava flores ou um cachorro ou um gatinho numa xícara de chá, e também pelo cozimento dos pratos pintados no forno de um morador do conjunto habitacional e pelo aluguel da banca na feira de artesanato e pelas despesas de transporte até a feira, depois de pagar por tudo isso, não sobrava nada. Eu a imaginava na feira com uma expressão infeliz, sentada ao lado dos produtos de seu artesanato, tal qual uma ancestral sua, de saia comprida e tamancos, possivelmente se sentaria junto a seus ovos no mercado municipal, disposta, ao fim de mais um dia exaustivo, a trocar tudo por um punhado de sementes mágicas.

Às vezes, em Londres, acontece de você ser convidado para jantar por um jovem e dinâmico marchand que acaba de conhecer. No início, parece que tudo na decoração austera da casa ou apartamento do sujeito é de um bom gosto e de um senso de propriedade excepcionais, as descobertas invejáveis de um olho extraordinário. Quando finalmente sente que não pode deixar de elogiar a beleza da mesa de carvalho antiga sobre a qual está jantando, recebe a informação de que ela está à venda, assim como todas as outras coisas que você viu e admirou. Então você se dá conta de que foi convidado não apenas para um jantar, mas também para uma exposição, como acontece quando um corretor de imóveis, por pouco mais que o prazer da sua companhia, leva você para conhecer uma casa-modelo.

Pois agora era com Jo. Ela começou a aparecer nas manhãs de sábado com embrulhos grandes, pesados, dos quais tirava suas obras: pratos pintados, trabalhos em esmalte e arame, paisagens e retratos em cera, repletos de tortuosidades, desenhos a carvão de animais, aquarelas de rios e salgueiros. Tudo que podia ser emoldurado estava emoldurado, e com molduras enormes; por isso os embrulhos eram tão pesados.

Essas exposições de sábado me deixavam numa saia justa. Eu sentia um interesse sincero. Era comovente ver as agitações do espírito onde não esperava encontrar nada. Contudo, demonstrar interesse significava estimular a exibição de mais um embrulho enorme no sábado seguinte. Dizer então que havia talento genuíno ali e que talvez fosse uma boa idéia ela tomar algumas aulas de desenho ou de aquarela não suscitava resposta nenhuma. Não era o que ela queria ouvir.

De alguma maneira, ela havia incutido a idéia de que o talento era uma coisa natural e não podia ser constrangido nem treinado. Quando eu comentava que determinada peça mostrava grande progresso, ela retrucava: "Acho que já estava tudo lá". Referia-se ao borbulhar de seu talento, e não estava fazendo bravata. Eu desconfiava que essas idéias semipolíticas a respeito da naturalidade do talento artístico — e de como esse talento era algo que transcendia as classes sociais: isso era mais que insinuado — lhe tinham sido transmitidas por alguém. E achava que esse alguém talvez fosse sua nova amiga Marian.

Levei algum tempo para perceber que Jo não estava me mostrando seu trabalho para ouvir minha apreciação crítica. Queria que eu comprasse; desejava que eu falasse dela a meus amigos londrinos. Eu me transformara numa feira de artesanato. E meu pai também. Não eram somente obras suas que Jo trazia nas manhãs de sábado. Havia muitas peças de Marian, e Jo era generosa em relação a elas. Não se notava um pingo de inveja. Comecei a achar que essas duas mulheres, uma encorajando a outra, haviam se enchido de admiração por si mesmas. Eram pessoas comuns; mas seu talento as tornava ímpares, colocava-as acima do grosso das mulheres. Gostavam de toda e qualquer coisa artística que faziam. Para elas, cada peça era um pequeno milagre. Comecei a ficar com medo delas. É assim que muitos criminosos de origem operária ou pessoas com inclinações criminosas se apresentam para gente de classe média. As duas estavam me deixando realmente desconfiado.

Às vezes elas deixavam obras suas no chalé. Isso era endereçado mais a meu pai do que a mim. Por mais feroz que fosse com pessoas de fora, com Jo ele era carinhoso. Agradava-lhe dar a impressão de que dependia dela. No fundo nunca dependeu. Esse teatrinho o divertia: não deixava de ser um pequeno flerte, permitir que as duas mulheres, suplicantes no tocante a seu trabalho artístico, pensassem que ele era mais frágil do que de fato era. O intuito de Jo e de sua amiga Marian era que, ao cabo de uma semana, a beleza de determinada obra se revelasse irresistível, e meu pai a comprasse. Não se pode censurá-las por isso; é assim que agem alguns marchands de Londres. Uma importante feira de artesanato iria acontecer em breve. Jo me falara a respeito com algumas semanas de antecedência. Seria num domingo, e na manhã desse domingo uma caminhonete Volvo estacionou na ruazinha interna do chalé. Uma mulher que eu não conhecia estava no volante. Supus que fosse Marian. Jo estava sentada a seu lado. Tinham vindo buscar alguns dos trabalhos artísticos que haviam deixado ali para amestrar o gosto de meu pai. Jo desceu do carro primeiro e, à maneira da mulher que se sente perfeitamente em casa, entrou no chalé. Saiu pouco depois com meu pai, o qual, exagerando os passos cambaleantes, ludibriando Jo (mas somente em relação à questão artística), tentava sem muito sucesso ajudar a levar várias peças de formato esquisito (grandes molduras, grandes suportes) para o vestíbulo.

    Meu quarto ficava na outra extremidade do chalé, próximo ao portão da rua, onde começava a ruazinha interna semicircular. Em virtude disso, quando Marian desceu para cumprimentar meu pai, eu a vi de costas. Sua calça elástica preta, folgada demais, parte de um conjunto preto, estava um pouco abaixada. E o movimento vigoroso que ela fez ao sair da caminhonete Volvo, usando o volante como apoio, empurrou-a obliquamente ainda mais para baixo.

    Disse ela a meu pai: "A casa do senhor é mesmo uma graça. A Jo vive me falando dela".

    Eu fizera conjecturas a respeito da personalidade de Marian, mas assim como vinha acontecendo com freqüência cada vez maior em meu trabalho nos últimos anos, eu errara completamente o alvo. Aquele desembaraço todo, aquela elegância no trato social, não era em absoluto o que eu esperava. Como também não o era a caminhonete Volvo, manobrada com igual elegância quando ela, muito aprumada no assento do motorista, fez a curva estreita e fechada de nossa ruazinha interna. Continuei a me lembrar por anos a fio daquele momento. Ela era alta, o que foi mais uma surpresa, e sua figura não tinha nada de banal, não lembrava nem um pouco o perfil dos que moram em conjuntos habitacionais, era esbelta e estava em excelente forma física. A visão fugaz daquela parte de baixo de seu corpo, o tecido preto grosseiro contrastando com a pele adorável, gravou o momento em minha memória. Com um rápido movimento da mão direita, ela ajeitou a parte de trás da calça, afastando-a e empurrando-a um pouco mais para baixo antes puxá-la para cima e colocá-la no lugar. Duvido que tivesse consciência do que estava fazendo. Mas aqueles instantes ficaram para sempre comigo. Quando, tempos depois, estávamos juntos, sua lembrança era suficiente para despertar de imediato meu desejo por ela ou injetar vida nova numa performance até então indolente.

 Observei-as colocar os trabalhos no carro e partir. Estava nervoso demais para dizer alô para Jo. E assim aconteceu de eu passar uma semana obcecado por uma mulher cujo rosto nem sequer tinha visto. Idéias de comédia e crime desapareceram.

 No sábado, perguntei a Jo como tinha sido a feira. Ela disse que não tinha sido. As duas haviam passado o dia inteiro sentadas junto à banca (o aluguel custava vinte e cinco libras) e não acontecera nada. Perto do fim da tarde, alguns homens pareceram interessados, mas só queriam paquerá-las.

 Disse eu: "Vi a Marian no domingo de manhã, quando vocês estiveram aqui".

 Tentei falar isso da forma mais neutra possível. Mas o olhar que Jo estampou no rosto dizia-me que eu havia entregado o jogo. Em se tratando de atração sexual, as mulheres são muito rápidas, mesmo quando não estão envolvidas. Todos os seus sentidos são treinados para detectar o aparecimento do interesse e da predileção, a perda da neutralidade do homem. Elas podem dizer que há uma parte importante de si mesmas que está além da sexualidade. E nós fazemos a concessão de entender o que elas querem dizer, mas então deparamos autobiografias de mulheres que são crônicas bravateadoras de suas aventuras sexuais; e não raro, na biografia de uma escritora já falecida, uma mulher, digamos, muito sensível e séria em sua época, a vida que é apresentada para nossa admiração (agora que os livros perderam o vigor) é basicamente a vida de suas aventuras sexuais.

 Os olhos cintilantes de Jo toldaram-se com malícia e cum-

plicidade. Ela própria exibia uma nova personalidade, como se para equiparar-se com o que tinha visto em mim.
Indaguei: "O que a Marian faz?".
"Ela é nadadora. Trabalha no balneário." O balneário municipal de nossa cidadezinha.
Isso explicava a boa forma física. Eu nunca fora ao balneário e imaginei-me lá, dentro da água, enquanto Marian, descalça, com seu maiô de natação, fazia a ronda em volta da piscina, caminhando alguns centímetros acima do nível da minha cabeça. (Embora eu soubesse que não seria assim: ela provavelmente estaria usando algum tipo de agasalho sintético e permaneceria sentada numa cadeira ao lado do balcão de chá, feito de madeira compensada, manchado pelo sol e pela água, tomando um café ou um chá aguado e frio e lendo uma revista.)
Jo, como que adivinhando meus pensamentos, disse: "Ela é muito bonita, não é?". Sempre generosa com Marian, porém ainda estampando o novo olhar de cumplicidade, como se disposta a embarcar comigo em qualquer aventura que incluísse a amiga.
Pensei no corpo saudável e relaxado, deitado na cama, um corpo limpo em lençóis limpos, recendendo a cloro, água e limpeza, e me senti tremendamente excitado.
Disse Jo: "Ela cometeu alguns equívocos. Como o restante de nós".
Jo falava assim, com ecos estranhos e antiquados: os equívocos eram, sem dúvida, filhos com homens imprestáveis.
Disse ela: "Marian vive há anos com um sujeito".
Jo começou a me contar o que esse homem fazia, mas eu a interrompi. Não queria saber mais nada. Não queria ter uma imagem dele. Isso seria insuportável.

Meu assédio a Marian (disse Roger) foi a coisa mais humilhante a que já me expus na vida. E no final, para completar minha humilhação, descobri que as mulheres dos conjuntos habitacionais da idade de Marian viam o sexo da maneira mais pragmática, da maneira, pode-se dizer, mais grosseira, ou mais simples, mais natural, quase como se fosse algo que elas precisassem ir às compras para obter e o fizessem com o mesmo espírito pândego com que saíam para aproveitar as promoções dos supermercados (que em certas noites baixavam os preços de alguns itens perecíveis). Marian me contou mais tarde (quando o assédio tinha terminado e nosso relacionamento de fim de semana estava mais ou menos estabelecido) que as moças de seu bairro se reuniam em grupos às quintas ou sextas ou sábados e saíam rumo a *pubs* e casas noturnas, fazendo um arrastão em busca de sexo com o primeiro homem que lhes parecesse gostoso. Gostoso: essa era a palavra: "Olha que cara gostoso". Nenhuma delas queria perder a oportunidade de ir para a cama com um homem que tivesse considerado gostoso. Isso podia dar lugar a situações bastante violentas. Os homens que elas achavam gostosos também eram pragmáticos em relação às mulheres e ao sexo, e não raro eram brutos com elas. Se uma mulher reclamasse muito alto ou se queixasse proferindo um excesso de obscenidades, estava sujeita a levar um "banho de cerveja": uma garrafa de cerveja era esvaziada em sua cabeça. Tudo fazia parte do jogo sexual, das noitadas de fim de semana. Quase todas as mulheres que participavam desse tipo de noitada já tinham levado um banho de cerveja. Ao fim e ao cabo, havia sexo para todo mundo, mesmo para as mais obesas, mesmo para as mais feias.

Um dia Marian estava me contando sobre alguém de sua rua, uma moça que só se alimentava de batatinhas fritas, chocolates, pizzas e hambúrgueres e era incrivelmente gorda. Essa mulher tinha três filhos, também muito gordos, de três pais diferentes. Pensei que se tratasse de um comentário crítico de Marian, a nadadora, sobre os maus hábitos alimentares e a obesidade. Mas eu estava enganado. A maioria das mulheres do bairro de Marian era obesa. A obesidade em si não tinha nada de mais. A questão era o apetite e o sucesso sexual da mulher gorda. O tom moral que eu pensara ter detectado não estava lá. Com sua inclinação para a fofoca, Marian estava falando apenas da presunção e do absurdo da mulher gorda. Disse ela: "Parece uma lavanderia chinesa: é um entra-e-sai que só vendo".

Marian tinha esse jeito de falar. Incisivo. Combinava com todas as outras coisas nela. Para mim, tudo fazia parte do conjunto.

Mesmo que eu conhecesse esses detalhes a respeito de Marian, no todo ou em parte, não creio que teria sido mais fácil para mim cortejá-la, para usar uma palavra inadequada. Eu não conseguiria fazer como os gostosões dos *pubs*. Não saberia ser bruto com uma mulher num *pub* ou dar-lhe um banho de cerveja. Só seria capaz de ser eu mesmo, recorrendo aos talentos sedutores que porventura possuísse. Esses talentos eram praticamente inexistentes. Perdita e algumas outras mulheres iguais a ela haviam se atirado nos meus braços, como então se dizia. Não o fizeram com intenções flagrantemente sexuais. Seu objetivo era o casamento. O sexo mal era levado em consideração. Eu era um parceiro ou marido razoável, e isso era tudo. De modo que nunca havia paquerado ou conquistado uma mulher. Elas simplesmente estavam lá, e foi assim que descobri, ao conquistar Marian, que eu não possuía nenhum talento de sedução.

Os homens são o cúmulo da idiotice e do ridículo quando "passam uma cantada". Viram motivo de riso especialmente para as mulheres, não obstante essas mesmas mulheres fiquem vexadas quando não recebem nenhuma cantada. Eu sentia intensamente o ridículo a que estava me sujeitando, e não teria conseguido nada se Jo não me ajudasse. Ela preparou o terreno para mim, de modo que, quando Marian e eu finalmente nos conhecemos, Marian sabia que eu estava interessado nela. O encontro foi no saguão da velha pousada da cidade. A idéia, sugerida por Jo, era que ela e Marian estariam tomando uma xícara de café ou chá num sábado à tarde, e eu, tendo resolvido sair para dar uma volta na cidade, casualmente as encontrava. Mais simples impossível, porém mais fácil para as mulheres do que para mim. Eu estava para lá de constrangido. Mal tinha coragem de olhar para Marian.

Jo foi embora. Marian ficou para tomar um drinque tépido no bar escuro, de pé-direito baixo, quase vazio. Expus meu caso. De fato, a analogia jurídica me ajudou a fazê-lo. Tudo nela me fascinava, a finura do corpo acima da cintura, a voz, o sotaque, o linguajar, a indiferença. Sempre que sentia minha coragem fraquejar, lembrava-me de sua calça elástica preta, ordinária, escorregando para baixo no momento em que ela saiu da caminhonete Volvo. Pensava que era importante não deixar as coisas se arrastarem por mais uma semana. Eu perderia o ímpeto, talvez perdesse de uma vez por todas a coragem, e ela podia mudar de idéia. Marian concordou em ficar para jantar; a bem da verdade, aparentemente achava que isso já tinha sido combinado. Jo desempenhara bem suas funções. Melhor que eu as minhas. Eu não fizera nenhum preparativo. Por alguns instantes cogitei levá-la para o chalé, mas sabia que isso seria catastrófico: meu pai, embora debilitado, ainda possuía um tino estranhamente aguçado. De modo que o jantar foi somente um jantar. Não daria para tentar mais nada depois. Assim, pode-se dizer que Marian e eu tivemos uma espécie de namoro. Pedimos o vinho da casa; ela adorou isso. Combinamos almoçar juntos no dia seguinte. Eu tinha vontade de cobrir Jo de tesouros por tudo o que ela havia feito por mim.

    Reservei um quarto na pousada para o dia seguinte. Passei a noite toda ansioso e, pela manhã, estava desesperado. Tentei recordar se alguma vez na vida eu experimentara tamanha ansiedade, tamanho desejo, tamanha insegurança, e não consegui me lembrar de nada que se comparasse com o que estava sentindo naquele momento. Minha sensação era de que tudo dependia de eu conseguir seduzir aquela mulher, levá-la para a cama. Em outras crises, a pessoa tem uma idéia aproximada de seu valor, do trabalho que realizou, do rumo que as coisas podem tomar. Mas, em se tratando de sedução, eu era completamente inexperiente. Aquilo era uma verdadeira loteria. Tudo dependia da outra pessoa. Mais tarde, quando conheci melhor os hábitos de Marian e de suas amigas, essa minha ansiedade pareceu-me extraordinariamente tola e patética. Mas, como disse antes, por mais que eu conhecesse tais hábitos, isso não teria sido de grande ajuda.

    A comprida noite chegou ao fim. Veio o almoço. Depois subimos para o quarto que eu havia reservado, com sua estranha mobília escura e bolorenta. Que horrível então foi abraçar uma desconhecida, assim, sem mais nem menos. Marian pareceu sutilmente me repelir, e isso me deixou aliviado. Tiramos nossas roupas. Eu me despi como se estivesse diante de um médico que fosse me examinar por conta de uma irritação cutânea. O paletó numa cadeira; depois as calças, as cuecas, a camisa, tudo muito bem arrumado.

As axilas de Marian tinham pêlos escuros e sedosos. Disse eu: "Então você não se depila". "Faz algum tempo que me pediram isso. Tem pessoas que acham nojento. Fazem caretas quando vêem." "Eu gosto. Muito." Marian permitiu que eu acariciasse os pêlos, sentisse sua maciez. Isso me deixou extremamente excitado, e agiu em conjunto com as outras imagens que eu tinha dela. Gozei um pouco mais cedo do que devia. Ela ficou distante. Permaneceu um longo tempo de lado, deitada sobre seu lado esquerdo, o quadril para cima, a cintura arriada, o flanco direito macio, exercitado, firme. O braço esquerdo cobria parcialmente os seios pequenos. O direito estava dobrado sobre a cabeça, expondo a axila peluda. Em dois ou três dedos da mão que cobria os seios viam-se anéis: presentes, pensei, de admiradores antecedentes, porém tirei-os momentaneamente da cabeça.

À sua maneira distante, me olhando de cima, ela disse: "Não vai comer o meu cu?".

Fiquei sem palavras.

Disse ela: "Pensei que era aí que você queria chegar".

Eu continuava sem saber o que dizer.

Disse ela: "Onde você estudou? Em Oxford, Cambridge?". E, com um gesto irritado, alcançou a bolsa do outro lado da cama. Com facilidade, como se soubesse exatamente onde encontrá-lo, tirou de lá um tubo de lubrificante.

Hesitei. Ela pôs o lubrificante na minha mão, dizendo: "Isso eu não vou fazer por você. Você passa".

Eu nunca imaginara que uma mulher nua, exposta, pudesse ser tão imperiosa.

Ela mandava. Eu obedecia. Fiquei sem saber como me saí. Ela não disse.

Quando estávamos de novo vestidos, ela quase totalmente, eu apenas em parte, uma campainha soou na porta. Lembrei-me, tarde demais, de que em minha agitação esquecera de acender a luzinha de "ocupado".

Ela pareceu ficar fora de si. Disse: "Você, para o banheiro". Gritou para a pessoa do lado de fora esperar, e então se pôs a atirar todas as minhas roupas para dentro do banheiro, paletó, sapatos;

pegava e arremessava tudo o que via pela frente, como se quisesse eliminar todo e qualquer sinal de minha presença no quarto. Era apenas a camareira, espanhola ou portuguesa ou colombiana, fazendo algum tipo de vistoria. Em pé no banheiro acanhado, eu parecia o personagem de uma farsa.

E todavia, depois, fiquei mais preocupado em entender o que a teria levado a agir daquela maneira. Podia ser um fragmento de vergonha ou decoro, algo sobre o qual ela não tinha controle. Ou talvez fosse o fato de eu não me encaixar no perfil de um homem capaz de dar banhos de cerveja nas mulheres dos conjuntos habitacionais. De modo que, no meu caso, as regras e os comportamentos talvez fossem outros, talvez até novos sentimentos entrassem em ação.

Ela nunca me explicou, e quando eu disse que esperava que pudéssemos nos ver no fim de semana seguinte, quando eu viesse de Londres, ela disse sim e depois completou, à sua maneira um tanto turrona: "Depois a gente se fala".

Comprei-lhe uma jóia bonita, um negócio com opalas. Custou algumas centenas de libras. Eu queria uma coisa que causasse impacto, pois sabia que Marian mostraria às amigas e que uma delas, talvez a própria Jo, diria para ela ir à Trethowans, a joalheria local, para solicitar uma avaliação. Ao mesmo tempo, queria ser justo comigo mesmo: as opalas não figuram entre as pedras mais caras.

Ela gostou quando a presenteei com a jóia na noite da sexta-feira seguinte.

Segurou-a na mão e contemplou os fulgores e centelhas azuis, a tempestade em miniatura que a pedra exibia sem cessar, e embora seus olhos brilhassem, comentou: "Dizem que opala dá azar".

Eu havia reservado um quarto no hotel para o final de semana. Os funcionários eram todos espanhóis, portugueses ou colombianos. Os colombianos, graças a uma espécie de rede de contatos, haviam se embrenhado em nossa cidadezinha, preenchendo certa necessidade local que transcendia o simples trabalho que realizavam. Tinham espírito mediterrâneo, eram infinitamente tolerantes, e Marian e eu fomos tratados como velhos amigos por eles e pelos outros. Isso eliminou quaisquer constrangimentos que porventura Marian e eu sentíssemos em relação a nosso novo arranjo.

De fato, era maravilhoso estar no hotel. Era como passar férias no exterior sem sair de casa, ser um estrangeiro em sua própria cidade. Era como viver a vida de bar, restaurante e quarto e línguas estrangeiras estando apenas a alguns quilômetros da casa-chalé e do jardim descuidado de meu pai, aquele que durante tanto tempo fora para mim um lugar de melancolia, de forros e paredes manchados e estúpidos retratozinhos desbotados, sob lâminas de vidro encardidas, o lugar de uma vida já vivida e agora sem possibilidades, impregnado dos implacáveis acessos de fúria de meu pai contra pessoas que eu só conhecera em suas histórias, nunca em carne e osso.

Eu passara a semana inteira ansioso por encontrar Marian de novo. Quase tão ansioso quanto estivera do primeiro encontro. Cheguei cedo ao hotel. E sentei-me no saguão com o pé-direito baixo ("uma profusão de vigas aparentes", como prometia o folheto de publicidade), e fiquei olhando para a velha praça do mercado, para o local onde, dobrando a esquina, se situavam o ponto de táxi e a estação rodoviária. Marian estava esplêndida quando apareceu. Foi a palavra que me veio à cabeça. Vestia calça amarelo-clara, com a cintura alta, de modo que suas pernas pareciam extremamente compridas. A luz que incidia nelas tornava-as arrasadoras. Seus passos eram ligeiros e atléticos. Duvidei de minha capacidade de lidar com tamanho esplendor. Mas então percebi, ao observá-la caminhando em direção ao hotel, que a calça era nova, tinha sido comprada especialmente para aquela ocasião. Havia no meio um vinco semelhante ao que se vê em roupas recém-passadas ou que foram dobradas. Provavelmente viera assim da loja: uma peça de vestuário dobrada e embrulhada em papel de seda e acondicionada numa caixa ou numa sacola. Fiquei muito sensibilizado com essa evidência de seu cuidado e preparação. Proporcionou-me um pequeno conforto. E ao mesmo tempo fez com que eu me sentisse indigno e me perguntasse sobre os desafios que tinha pela frente. De modo que meus nervos talvez estivessem ainda mais à flor da pele do que no princípio.

Não há tragédia que se compare à do quarto: acho que Tolstói disse isso a um amigo. Ninguém sabe ao que ele se referia. À necessidade recorrente e infame? Ao fiasco? Ao desempenho fraco? À rejeição? À condenação muda? Comigo foi exatamente assim naquela noite. Pensei que havia contagiado Marian com minha visão da suntuosidade do hotel na praça do mercado, a estranha sensação que ele dava, com todos aqueles funcionários estrangeiros, de estarmos em outro país. O vinho que tomamos durante o jantar intensificara essa sensação, eu pensava. Mas o ânimo sombrio e distante tornou a apoderar-se de Marian quando fomos para a cama. Ela parecia outra pessoa, não aquela que aceitara a jóia de opalas e ficara agradecida.

Ela se despiu e se ofereceu e, depois, deixou-se ficar como da outra vez, a cintura rija arriada, o adorável quadril para cima, a abertura escura, mostrando-me os pêlos de suas axilas. Dessa vez eu estava mais bem preparado para fazer o que ela claramente queria que eu fizesse.

Mas não conseguia saber se a estava agradando. Eu achava que sim, mas ela não me deixava saber. Talvez estivesse representando; talvez fosse seu estilo; talvez fosse um comportamento que ela fora forçada a assumir em virtude de sua infância difícil no conjunto habitacional, um pequeno resquício de pudor natural, uma maneira de enfrentar aquela vida.

E era assim — visto que a mente é capaz de lidar com muitas coisas ao mesmo tempo — que eu raciocinava comigo mesmo enquanto tremia de desejo, mal acreditando no que estava me sendo ofertado, ansiando, simultaneamente, possuir tudo aquilo.

Tempos depois, quando já me embrenhara mais nessa temível e debilitante descoberta dos sentidos, compreenderia que naquelas primeiras vezes eu não havia me saído muito bem. Teria sido o meu fim se eu soubesse. Mas, na época, no quarto do hotel, eu não sabia.

Tarde da noite, ela disse: "Estou vendo que você veio de cinto. Quer usá-lo em mim?".

Eu fazia alguma idéia do que ela tinha em mente. Mas era algo muito distante de mim. Fiquei quieto.

Disse ela: "Use o cinto. Não use outra coisa".

Quando acabamos com aquilo, ela disse: "Minhas nádegas estão roxas?".

Não estavam. Muitas semanas depois, isso seria verdade, mas não naquela altura.

Disse ela: "Gozou gostoso, não foi?".

Não fora bem assim. Mas não falei.

Disse ela: "Eu já tinha sacado qual era a sua". E, com um movimento de pernalta, levantou-se da cama. De modo que, depois de tudo o que havia acontecido entre nós, ela ainda se mantinha distante. Pensei que era isso que estava por trás de todo o seu comportamento durante aquela tragédia do quarto e admirei-a por isso. Aceitei de bom grado esse seu distanciamento. Se não o fizesse, nosso relacionamento teria sido outro, e isso estava fora de cogitação. Fora do quarto, quando ela perdia aquele ânimo sombrio, não havia quase nada entre nós. Não tínhamos muito sobre o que conversar.

Provavelmente fora da leitura de algum livro ou manual picante, ou da conversa com uma amiga, que ela tirara suas conclusões sobre qual seria o meu desejo secreto, "qual era a minha", como ela disse. Estava apenas vinte e cinco por cento certa. Sempre pensei em mim mesmo como um homem de pouca energia sexual. Assim como seu pai, Willie, pelo que você me contou, mergulhou na melancolia e tornou-a parte de sua personalidade, parte do que o consolava em meio a uma crise, assim também essa idéia de uma energia sexual fraca tornara-se parte da minha personalidade. Isso simplificava as coisas para mim. A idéia de fazer sexo com uma mulher, de me expor a esse tipo de intimidade, era-me repulsiva. Algumas pessoas insistem em dizer que, se a gente não é uma coisa, é outra. Acham que gosto de homens. Não podem estar mais enganados. O fato é que toda forma de intimidade sexual me parece repulsiva. Sempre considerei que ter pouca energia sexual me concedia uma espécie de liberdade. Tenho certeza de que já houve muitos como eu. Ruskin, Henry James. São exemplos estranhos, mas são os que vêm de imediato à mente. Não vejo por que não devamos usufruir dessa nossa liberdade.

Eu tinha quarenta e poucos anos quando vi pela primeira vez uma revista com fotos eróticas. Fiquei chocado e amedrontado. Fazia anos que aquelas publicações eram vendidas pelas bancas de revistas, todas mais ou menos com as mesmas capas, e nunca me passara pela cabeça dar uma espiada nelas. Não estou mentindo, é a pura verdade. Algum tempo depois, vi uma série de revistas pornográficas mais especializadas. Morri de vergonha. Elas me deixavam com a sensação de que todos nós podíamos ser treinados nessas terríveis extensões do sentido sexual. Apenas alguns atos sexuais básicos acontecem espontaneamente. Tudo o mais precisa ser ensinado. Carne é carne. Todos nós somos capazes de aprender. Sem treinamento, nunca ouviríamos falar de certas práticas. Eu preferia não ser treinado.

Acho que Marian enxergava toda essa ignorância em mim. Queria, por assim dizer, me desinibir; claro que dentro dos limites daquilo que ela própria conhecia, dentro dos limites daquilo em que ela própria havia sido treinada e em que, em certa medida, era bem-sucedida.

Eu a encontrei num momento em que, tendo chegado à meia-idade e tal qual meu pai antes de mim, começava a sentir que a promessa de meus anos iniciais, a idéia grandiosa que fazia de mim mesmo, havia malogrado. A infidelidade de Perdita — não o ato em si, que eu podia visualizar sem sofrimento (e talvez até com algum divertimento), mas a humilhação pública a que ele me expunha — começara a me corroer por dentro. Eu não podia fazer escândalo, passar uma descompostura nela, visto não ter nada para oferecer-lhe em troca. Tinha de agüentar calado.

Eu falei que não havia nada entre mim e Marian fora do quarto. Mas tenho cá minhas dúvidas sobre isso. Tendo conhecido Marian, eu não desejava conhecer nenhuma outra mulher daquela maneira particular, e me pergunto se isso não pode ser descrito como uma espécie de amor: a preferência sexual por uma pessoa acima de todas as outras. Cerca de um ano mais tarde, em nossa cidadezinha, vi uma moça de aspecto popular correndo numa manhã fria de sábado, vi essa moça correr de seu local de trabalho até a padaria da cidade para entrar na fila de suas famosas tortas de maçã. Tinha ombros mais largos que os de Marian, um tronco mais pesado, uma barriga flácida. Estava usando calça preta de lycra e um top preto. O tecido perdera suas propriedades elásticas em cima e embaixo e, ao correr, abraçando os seios desgraciosos no frio, ela exibia a mesma quantidade de carne e curvas que Marian expôs quando a vi pela primeira vez, descendo da caminhonete Volvo no chalé de meu pai. Não tive vontade de ver nenhuma outra parte da mulher que corria em direção à padaria. E mais de uma vez, na casa de Saint John's Wood, eu observava o corpo e o porte de Perdita, que tinha seus admiradores, ouvia sua voz elegante de interiorana rica, que era realmente muito agradável, e me perguntava por que tudo aquilo me deixava frio, por que eu me dispusera a pagar milhares de libras pela visão e desfrute da outra, no outro lugar.

Criei um novo padrão de vida. Dias úteis em Londres, finais de semana no interior com Marian. Com o passar do tempo, perdi a ansiedade que ela me causava, embora seu ânimo no quarto permanecesse sempre sombrio e distante. Quanto mais a conhecia, mais me expandia sexualmente com ela. A última coisa que eu queria durante aqueles finais de semana era, por assim dizer, desperdiçá-la; não queria de jeito nenhum ficar ocioso com ela. No domingo de manhã, estava à beira da exaustão. Então só pensava em me ver livre dela, não via a hora de pegar a estrada de volta para Londres. E, paradoxalmente, os fins de tarde de domingo eram a melhor parte da semana para mim, um momento de repouso, solidão e reflexão deliciosos, quando o esgotamento e o alívio sexuais se transformavam aos poucos num sentimento generalizado de otimismo, e eu me via pronto para enfrentar a semana que tinha pela frente. Na quinta-feira, eu estava atazanado de novo; as imagens de Marian tornavam a infestar minha cabeça; e eu só pensava em voltar para ela. Aliás, devo lhe dizer que era graças a esse otimismo que eu conseguia trabalhar durante a semana, e trabalhar duro, em prol de minhas boas causas, o que incluía tirar você de sua prisão indiana. Essas boas causas eram importantes para mim. Proporcionavam-me uma idéia de mim mesmo à qual podia me agarrar.

Era, à sua maneira, uma relação perfeita, com a dose certa de separação para manter o desejo aceso. Esse padrão persistiu até a época da negociata imobiliária promovida por Peter. Então, para impressionar Perdita e talvez em não pouca medida também para agradar a mim mesmo, passei alguns finais de semana no solar de Peter. Devo dizer que me comportei muito bem com Perdita nessas ocasiões. O otimismo que eu extraía de Marian era-me muito benéfico. Perdita adorava visitar o solar e ser servida por aqueles homens gorduchos e paparicadores de calças listadas. Era lá que sua voz adorável obtinha o reconhecimento que merecia, e eu gostava de bancar o perfeito cortesão com ela. Dava boas gorjetas: isso agradava Perdita. E esse tempo adicional longe de Marian avivou meu desejo de voltar para ela o mais rápido possível. De modo que todo mundo saiu ganhando.

Mudamos de hotel algumas vezes, embora permanecendo nas redondezas de nossa cidadezinha: eu queria sempre, enquanto meu pai viveu, estar próximo do chalé. No começo, essa mudança de hotéis tinha por objetivo evitar que Marian fosse reconhecida por amigos ou familiares. Depois passou a ser basicamente pela novidade: novos quartos, novos funcionários, novo saguão e bar, novo salão de jantar. Por algum tempo aventamos a possibilidade comprar um apartamento ou uma casa em algum vilarejo afastado, e essa idéia nos deixou excitados durante alguns meses, porém, quando começamos a discutir os detalhes, a visão das tarefas domésticas que teríamos de executar foi se tornando cada vez mais opressiva para ambos.

Um fim de semana cuidando de uma casa era tudo o que eu não queria. Faria vir à tona o lado doméstico de Marian, algo que eu fazia questão de não conhecer. Esse lado estava sempre presente, em segundo plano; às vezes percebia que Marian tinha problemas familiares, mas eu não queria saber deles. Conhecê-los, ver Marian levando sua vidinha de dona de casa no conjunto habitacional, acabaria com o fascínio que me inspiravam suas maneiras rudes e seu sotaque deformado, coisas que combinavam de forma tão estranha com seu corpo de nadadora sempre cheirando a limpeza e cloro. Mas a idéia de possuir um imóvel a assanhara; e por fim, como uma espécie de compensação, comprei-lhe a casa em que ela morava. A lei havia sido alterada recentemente, permitindo que os moradores de conjuntos habitacionais comprassem os imóveis que as prefeituras alugavam para eles. Meus finais de semana com Marian não tinham preço, e o preço que a prefeitura pediu pela casa dela foi mais que razoável.

Assim como as pessoas — como meu pai, por exemplo — conseguem habituar-se à progressiva debilitação de seu estado de saúde, a qual, se lhes sobreviesse de uma vez só, deixaria seu mundo de pernas para o ar, assemelhando-se a algo tão catastrófico quanto uma guerra ou uma invasão, com todas as rotinas familiares solapadas e algumas coisas destruídas, assim também acabei por acomodar-me com minha nova condição social: a vida intensa que eu levava nos finais de semana ao lado de uma mulher com a qual não conseguia conversar de verdade, uma mulher que eu não desejava "levar para sair" nem apresentar para ninguém.

E então, há aproximadamente nove ou dez anos, quando você tinha acabado de deixar para trás as ruínas da sua África e estava em Berlim Ocidental, a alguns minutos das ruínas do Leste, mais ou menos naquela época fiz uma descoberta literária. Li uma seleção dos diários de um homem vitoriano chamado A. J. Munby e encontrei um igual.

Munby nasceu em 1828 e morreu em 1910. Isso faz dele um contemporâneo exato de Tolstói. Era um homem extremamente culto, dono de uma prosa elegante e vigorosa, marcada pela típica fluência vitoriana, e participava ativamente da vida intelectual e artística de seu tempo. Conhecia muitos dos grandes nomes. Alguns, como Ruskin e William Morris, ele conhecia de vista. Quando ainda era um rapazola, calhava de cumprimentar Dickens na rua, e então, com meia dúzia de palavras, punha-se a descrever em seu diário a aparência física do escritor de cinqüenta e dois anos: um dândi, com qualquer coisa de ator, vaidoso de sua figura esbelta, o chapéu de lado na cabeça.

Porém Munby — como Ruskin e Dickens — tinha um segredo sexual. Munby sentia atração fervorosa por mulheres trabalhadoras. Gostava de mulheres que faziam trabalho manual pesado e tinham as mãos literalmente sujas. Apreciava ver as criadas em sua imundície, como ele dizia, com as mãos e os rostos enegrecidos de fumaça e fuligem. E é espantoso para nós, hoje, verificar a quantidade de trabalhos sórdidos da época, como limpar lareiras e coisas assim, que eram feitos por mulheres com as mãos nuas, sem nenhum tipo de utensílio ou proteção. Quando essas mãos eram lavadas, revelavam-se ásperas, calejadas e vermelhas. As mãos das senhoras elegantes eram brancas e pequenas. A preferência de Munby, longe das salas de visita, era por aquelas mãos vermelhas que, quando não estavam cobertas de luvas que iam até o cotovelo, como ditava a moda de então, invariavelmente denunciavam a mulher trabalhadora.

Munby conversava com inúmeras dessas mulheres na rua. Esboçava seus retratos. Fotografava-as. Foi um dos pioneiros na arte da fotografia. Pedia a mulheres mineiras que posassem em suas calças grosseiras, cheias de remendos, por vezes com as pernas cruzadas, apoiando-se em suas pás enormes, olhando com expressão dura e perplexa para o fotógrafo, uma ou duas ainda encontrando vaidade suficiente para um sorriso. Não há nada de pornográfico nas fotos e nos desenhos de Munby, ainda que para ele o tema sem dúvida tivesse certa carga erótica.

Durante a maior parte da vida, Munby manteve um relacionamento secreto com uma criada. Ela era alta e robusta, uma cabeça acima da maioria das pessoas na rua. Munby gostava de mulheres grandes e fortes. Gostava da idéia de que essa sua amante continuasse a trabalhar como criada em outras casas; e, embora ela às vezes se queixasse da falta de consideração de seus patrões, Munby não tinha muita vontade de emancipá-la. Gostava de ver a mulher toda suja ao chegar do trabalho. Ela percebia o fetiche dele e não se importava: antes de conhecê-lo, sonhava ter um homem refinado como amante ou marido. Por vezes, embora só raramente no começo, viviam juntos na mesma casa. Quando Munby recebia visitas, a mulher precisava levantar-se de sua poltrona na sala de estar e fingir que era a empregada. Nos diários, não se encontra nenhuma indicação de que houvesse sexo no relacionamento, embora isso possa ser apenas reticência vitoriana.

Para um homem com as propensões de Munby, a Londres vitoriana devia ser um prato cheio. Que prazer não seria, por exemplo, ver numa praça de Bloomsbury, às seis da tarde, todas as janelas dos porões iluminadas, cada uma delas exibindo seu tesouro particular, como num palco: a criada sentada numa cadeira, aguardando ser chamada.

E assim como no diário de Munby aparecem vestígios da vida que os criados levavam em Londres, uma vida marginal e, para ele, repleta de dores e prazeres, assim também, embora eu procurasse não saber o que Marian fazia quando não estava comigo, me chegavam fragmentos, compondo com o passar do tempo uma imagem completa, da vida assustadora e brutal que tinha lugar nos conjuntos habitacionais, uma vida que eu nunca conhecera de fato. Durante a semana, Marian vivia na casinha da prefeitura com os "equívocos" de que Jo me falara logo no início. Os equívocos eram dois: duas crianças de dois homens diferentes. Não tardei a inferir que o primeiro desses homens era um "encostado". Tratava-se de uma das palavras de Marian; ela fazia com que soasse quase como um termo técnico, quase como uma profissão que pudesse ser indicada nos formulários da previdência social e de outros órgãos governamentais. *Profissão: Encostado.* O encostado tinha cabelos escuros. Os cabelos eram importantes: Marian os mencionou mais de uma vez, como se explicassem tudo.

E a própria Marian havia sido um dos quatro equívocos que sua mãe havia cometido com três homens diferentes. Após esses quatro equívocos, a mãe de Marian, naquela altura ainda com apenas vinte e poucos anos, conheceu um homem por quem realmente se apaixonou. Tinha esperado a vida inteira por isso. Amor: era seu destino. Não pensou duas vezes. Largou os quatro equívocos e foi embora com o sujeito; mudou-se para outra casa no conjunto habitacional. Houve então alguns problemas com as autoridades, pois a mãe de Marian queria continuar a embolsar os benefícios a que até então tivera direito por causa dos quatro equívocos. De alguma maneira o problema foi contornado, e a mãe de Marian viveu com o sujeito até ele se cansar dela e ir embora com outra. Era o estilo de vida naquelas bandas.

Esse tipo de coisa também acontece em outros lugares, mas o que eu acho interessante é que em nenhum momento a mãe de Marian foi instada pelas autoridades a viver com as conseqüências materiais ou financeiras de suas decisões. Sempre uma casa da prefeitura estava disponível e sempre algum tipo de benefício podia ser requisitado. Pode-se dizer que, para a mãe de Marian, toda e qualquer ação gerava uma recompensa oficial. Quem pagava eram as crianças, os equívocos. E não acho que seja incorreto dizer que elas não estavam recebendo nenhum tipo particular de punição: estavam apenas sendo treinadas para a vida no conjunto habitacional, tal qual a coitada da mãe de Marian havia sido treinada na infância, por outras pessoas e outros acontecimentos.

Marian e os outros equívocos ficaram sob a guarda da instituição responsável por menores desamparados. Uma expressão técnica terrível, e esse foi o pedaço mais terrível da infância de Marian. Uma história de surras e abuso sexual e repetidas fugas frustradas. Tempos depois, Marian se deu conta de que uma criança sozinha na rua estava sujeita a outros tantos horrores. De um jeito ou de outro, ela resistiu e sobreviveu ao moinho governamental. Passou por vários reformatórios. Num deles, aprendeu a nadar. A natação tornou-se para ela a coisa mais importante. E, durante todo esse tempo, havia dias em que via a mãe passando de carro pela rua, levando sua outra vida.

Quando aquela vida chegou ao fim, a mãe reapareceu, e então houve de novo algo semelhante a uma vida familiar, em outra casa dos conjuntos habitacionais da prefeitura. Como parte dessa vida, Marian e os outros às vezes eram levados pela mãe em excursões de rapinagem por supermercados e lojas locais. Saíam-se muito bem. Uma vez ou outra eram apanhados, mas então Marian e os demais equívocos faziam o que tinham sido ensinados a fazer: punham-se a gritar feito loucos e acabavam sempre liberados. Em boa hora, essas excursões foram interrompidas.

Todo mundo que Marian conhecia no conjunto habitacional tinha uma vida que era como uma versão da dela.

Quando soube sobre esses primeiros anos da vida de Marian, comecei a compreender o ânimo sombrio e retraído que se apossava dela no quarto: os olhos mortiços, o alheamento mental. E então desejei não ter sabido o que ficara sabendo. Associava isso a um episódio deplorável e patético com que eu havia topado em Munby. Um pequeno parágrafo, que eu desejava não ter lido. Munby, um dia, não me lembro se na casa de alguém ou num hotel, entrou num quarto e deu com uma camareira de costas para ele. Munby dirigiu-lhe a palavra e ela se virou. Ela era jovem, tinha feições doces e seus modos eram delicados. Segurava um urinol com uma mão e, com a outra, que estava nua, mexia seu conteúdo, sugerindo que havia corpos sólidos ali dentro. Eu sentia algo desse infortúnio e repugnância quando pensava no passado de Marian. Sentia-o em nossos momentos mais íntimos. Eu conhecia o conjunto habitacional onde havia transcorrido o drama cruel da infância de Marian. Para ela, na época, esse drama deve ter parecido interminável. Eu passara muitas vezes pelo edifício vulgar da instituição sob cuja guarda ela ficara e da qual tentara fugir. Era como se, para ela, mas não para mim, que passava por ali sem ver, sem saber, sem pensar, existindo quase que numa época à parte, um paralelo moral exato do mundo de Dickens ainda existisse. Esse paralelo era ocultado do restante de nós pelas cores vivas das casas do conjunto habitacional, pelos automóveis estacionados no meio-fio e pelo simplismo de nossas idéias de mudança social.

Certa feita, num processo bastante lento, que se estendeu por um ou dois anos, a prefeitura reformou as casas do conjunto. Eu reparara nisso só de passagem, pensando, não sem certa ansiedade, nos pedreiros e nos reparos que precisavam ser feitos na casa de Saint John's Wood.

Numa sexta-feira à noitinha, um taxista do ponto de táxi me disse, quando passávamos por lá: "As casas, eles podem mudar. As pessoas, não".

Era um dito espirituoso, porém eu tinha certeza de que ele ouvira isso de outra pessoa. Ele próprio morava num conjunto habitacional. Contara-me isso, e eu sabia que, com aquele seu jeito de malandro, ele estava me tratando como alguém de fora, falando o que achava que eu queria ouvir.

E contudo penso, agora assumindo, ao falar com você, o ponto de vista do chofer de táxi, que nossas idéias de fazer o bem às outras pessoas, sejam quais forem suas necessidades, são anacrônicas, uma vaidade tola num mundo que se transformou. E comecei a pensar, levando esse ponto de vista para uma escala maior, que os aspectos mais benignos de nossa civilização, a compaixão, a justiça, talvez tenham sido usados para provocar a queda dessa mesma civilização.

Mas talvez esses pensamentos opressivos sejam apenas conseqüência da dor que sinto com o fim de meu relacionamento com Marian e com o fim do otimismo que ela me inspirava.

Suponho que essas coisas tenham mesmo de acabar. Até o caso de Perdita com o sujeito do palacete londrino vai acabar um dia. Entretanto, por causa de um laivo idiota de vaidade social, apressei o fim do meu relacionamento com Marian. Foi assim.

Jo, a amiga de Marian, resolveu que queria formalizar o casamento com o cozinheiro com o qual estava vivendo havia alguns anos, e do qual já tivera um ou dois equívocos lucrativos. Queria tudo como manda o figurino. Igreja, carrão decorado, fitas brancas estendidas da capota à frente do capô, cartolas e fraques, vestido de noiva branco e reluzente, buquê, fotógrafo, recepção no *pub* em que os moradores do conjunto habitacional costumavam realizar suas festas. Tudo como manda o figurino. E Jo queria que eu fosse. Ela cuidara de meu pai e de sua casa enquanto ele fora vivo, e ele deixara para ela alguns milhares de libras. Era essa relação com meu pai, mais do que sua amizade com Marian, que ela afirmava ser o laço mais forte entre nós. Pode-se dizer que ela era, de uma forma mais mesquinha, uma agregada da família. Gostava de sublinhar isso e, impelido pela espécie mais estúpida de vaidade, com todo tipo de maus pressentimentos — ninguém sabe melhor do que eu que a maioria das idéias de classe hoje são anacrônicas —, aceitei o convite.

Como seria de esperar, foi uma paródia abominável: o brutamontes que Jo tinha por consorte de cartola e tudo o mais, o rosto de Jo brilhando com maquiagem, seus cílios cintilando com purpurina. E, todavia, a mulher debaixo disso tudo tremia com uma emoção autêntica.

Fiquei na minha, fingindo não ver Marian e, acima de tudo, fingindo não ver quem estava com ela. Isso fazia parte do combinado com Marian e Jo. Saí o mais rápido possível, antes dos discursos, antes do auge da farra.

Quando cheguei ao carro, que eu estacionara a certa distância, encontrei-o todo riscado. Nos bancos da frente, com tinta branca ou com o pigmento branco e pegajoso de um pincel mágico, via-se escrito, numa letra infantil caprichada: *Cai fora e pára de foder minha mãe*, e *Cai fora, senão*...
Foi um momento ruim. Aquela letra infantil: pensei na criada com o urinol nos diários de Munby.
Soube depois por Marian que o pai da criança passara o tempo todo de olho em mim. Sem poder prever as conseqüências, Jo contara a algumas pessoas que eu iria ao casamento.
A tinta branca que a criança usara tinha propriedades especialmente adesivas. Foi quase impossível limpá-la; talvez se destinasse a grafiteiros que desejavam proteger suas obras da poluição, das intempéries e das rasuras. A substância branca penetrara todas as menores ranhuras da imitação de couro dos bancos do carro; na superfície mais lisa, mesmo após ter sido incansavelmente esfregada, deixou um rasto visível, como o de uma lesma, brilhando quando a luz incidia num certo ângulo. Isso permitiu que, ao entrar no carro alguns dias após o casamento, Perdita fizesse um de seus raros gracejos. Ela disse: "São para mim, esses recados?".
A perseguição iniciada naquele sábado foi se tornando, semana a semana, mais enervante. Eles me conheciam; conheciam meu carro. Seguiam-me. Ligavam para mim e, quando eu atendia, a criança punha-se a dizer impropérios. A pusilanimidade do homem por trás disso, o pai da criança, que a usava para esconder-se, parecia-me cada vez mais sinistra.
Decidi pôr um ponto final em nossos finais de semana no interior e comprar um apartamento para Marian em Londres. Ela adorou a idéia, gostou tanto que cheguei a pensar que a perseguição talvez fizesse parte de um plano: ela sempre quisera morar em Londres, estar perto das lojas, em vez de ter de percorrer longas distâncias para ir às compras.
Acontece que Londres é uma cidade enorme. Eu não fazia idéia de onde podia comprar um apartamento modesto, porém apropriado. Foi então que me abri com um dos sócios mais jovens do escritório. Falei-lhe sobre minha necessidade e contei-lhe um pouco mais do que devia. Ele morava na zona oeste de

Londres, numa daquelas casas elegantes projetadas por Norman Shaw ou pelo pessoal do movimento Arts & Crafts, perto de Turnham Green. Ele se mostrou afável, até mesmo conspiratório. Não me olhou com superioridade por causa de meu relacionamento com Marian. Disse-me que Turnham era o lugar em que eu devia procurar. A maioria das casas vitorianas ou eduardianas daquela área estava sendo transformada em apartamentos; custavam um quarto ou um terço do preço de apartamentos mais próximos do centro.

E foi em Turnham Green — a uma boa distância ao sul e a oeste de Saint John's Wood — que compramos. Marian se encantou com o nome; pronunciava-o sem parar, como se fosse um nome mágico num conto de fadas. E, quando soube que havia uma linha do metrô que a levaria de Turnham Green diretamente a Piccadilly Circus em vinte ou vinte e cinco minutos, mal conseguia se agüentar de contentamento. Resolvemos esquecer a casa no conjunto habitacional e deixá-la para os equívocos de Marian e para o pai da segunda criança. Porque Marian, como sua mãe antes dela, tendo agora essa visão de Londres diante de si, queria livrar-se de seus equívocos.

Isso aconteceu cerca de dezoito meses antes de você vir para cá. E, sem querer assustá-lo, acho que devo lhe dizer que defendi seu caso com as últimas gotas de otimismo que me chegavam através de Marian. Porque, como qualquer um podia ter previsto, essa mudança para Londres foi catastrófica para mim e para ela. Para mim, Marian tinha sido durante muitos anos um relacionamento de fim de semana. Tão intenso na sexta e no sábado que no domingo era sempre bom deixá-la. Agora ela estava, por assim dizer, o tempo todo ali. Não havia mais aquela intensidade dos finais de semana, e sem aquela intensidade, ela se tornou banal. Mesmo sexualmente, coisa que eu nunca teria imaginado ser possível. Rompera-se todo o padrão de minha vida.

Foi falta de imaginação da minha parte. Assim são tantas catástrofes, grandes e pequenas: o lapso ou a impossibilidade que nos impede de avaliar as conseqüências cotidianas, ao longo do tempo, de nossas ações. Poucos anos antes de você vir para a Inglaterra, eu conheci um escritor. Ele trabalhava durante a semana na sala de leitura do British Museum e escrevia nos finais de semana. Ao longo de toda a semana, sentado em sua posição privilegiada na sala de leitura, tinha o mundo inteiro sob seus olhos; ao longo de toda a semana sua imaginação era alimentada. A ficção que ele produzia aos sábados e domingos fazia enorme sucesso. As pessoas iam até a sala de leitura só para espiar aquele homem famoso desincumbindo-se de suas tarefas diárias: os rostos estampando biquinhos de curiosidade, os movimentos pequenos, abruptos, nervosos. Assim também agiam os pobres maltrapilhos que, dois séculos antes, entravam nos palácios reais franceses para ver o rei jantar ou preparar-se para ir para a cama. E, de fato, um pouco como o rei, o escritor exagerava um pouco ao tomar sua situação como um dado da realidade, a celebridade, o talento. Começou a sentir-se limitado por seu trabalho no British Museum. Largou o emprego, mudou-se para o interior e lá se fixou na condição de escritor em tempo integral. Sua ficção mudou. Ele já não tinha o mundo sob os olhos. Sua imaginação vivia à míngua. Suas narrativas tornaram-se exageradas. Os grandes livros, que deveriam ter mantido os bons livros vivos, nunca vieram. Morreu sem um tostão. Seus livros foram esquecidos. Eu via com muita clareza sua desgraça. Mas não via a minha.

E o mesmo pode ser dito de Marian. Ela nunca vislumbrara a possibilidade de sentir-se sozinha em Londres. Nunca se dera conta de que passar um dia olhando as vitrines das lojas já era o bastante. Nunca imaginara que Turnham Green, um lugar de nome tão bonito, tão verdejante, pudesse tornar-se uma prisão. Marian começou a sentir falta do que deixara para trás. Tornou-se irascível. Eu sempre ficava feliz quando a deixava, porém agora não havia mais intensidade, nenhuma fadiga sexual. Não havia mais sentido nas horas que passávamos juntos. Víamo-nos com clareza e não gostávamos do que víamos. De modo que não teria feito a menor diferença se eu atendesse a seus pedidos insistentes e passasse mais tempo com ela; não era isso o que ela realmente queria. Ela queria era voltar para casa. Queria suas velhas amigas. Marian era como essas pessoas que se aposentam e vão morar no lugar onde costumavam passar as férias, e nesse lugar de veraneio ficam alucinadas de tédio e solidão.

Teria sido melhor se, como a mãe de Marian e como muitas das amigas de Marian, eu desse um fim naquilo. Mas faltavam-me a coragem e a brutalidade. Não era algo que minha natureza e minha educação me permitissem fazer. Segurei as pontas, tentando reconciliações vãs e, ao fazer isso, acabei eliminando toda e qualquer possibilidade que ainda nos restava de uma paixão renovada, visto que o delírio sexual que modificava a outra pessoa para mim simplesmente não estava mais lá, e agora eu a via sem enfeites.

Minha vida com Marian tornou-se muito semelhante a minha vida com Perdita. Saint John's Wood e Turnham Green: esses dois lugares com belos nomes interioranos tornaram-se odiosos para mim. Era por isso que eu queria tanto que você ficasse na casa de Saint John's Wood. Pelo menos eu teria um motivo para voltar para lá.

Foi nesse estado de espírito que apresentei Marian para o amigo e colega de escritório que morava em Turnham Green. Eu tinha a esperança de me livrar dela, e foi assim que consegui. O sujeito soprou no ouvido de Marian nomes novos, bonitos e velhas idéias românticas: Paris, França, o Sul da França. E — impulsionada por aquela avidez social que eu conhecera e amara por tanto tempo — ela correu para os braços dele. De modo que me vi livre dela, mas senti simultaneamente o mais doloroso dos ciúmes. Eu fazia o trabalho que tinha de fazer, voltava para casa e conversava com você, mas minha cabeça estava cheia de imagens sexuais dos tempos da minha paixão, a paixão que agora estava fora do meu alcance. Eu imaginava as palavras dela. Nunca pensei que fosse possível sofrer tanto.

Foi também mais ou menos nessa época que a negociata imobiliária começou a ir por água abaixo. E agora me vejo diante de um desafio que jamais imaginei ter de enfrentar. Eu nunca quis morrer cheio de ódio e rancor, como meu pai. Já lhe disse antes que meu desejo era terminar como Van Gogh. Fumando meu cachimbo ou o equivalente disso. Contemplando minha arte, ou minha vida, já que não tenho arte, sem nutrir ódio por ninguém.

Indago a mim mesmo se terei a coragem ou a exuberância

daquele grande homem. Já começo a sentir, por ora de maneira ainda restrita, o formidável conforto do ódio. É possível que eu venha a pendurar meus retratozinhos idiotas nas paredes de outra casa, em algum outro lugar, e assista a seu lento desbotar sob a lâmina de vidro encardido.

12
SEMENTES MÁGICAS

Essa foi a história que Roger contou, em pedaços, não numa seqüência, e ao longo de várias semanas. Durante todo esse tempo, Willie se desincumbia de seu trabalhinho ocioso no prédio da revista, em Bloomsbury. Todas as manhãs, caminhava até a Maida Vale e esperava preferencialmente pelo ônibus da linha 8, que o deixava bem perto de seu destino. E o tempo todo, às vezes na redação da revista, às vezes em seu quarto na casa de Saint John's Wood, ele tentava escrever uma carta para sua irmã Sarojini. Seu estado de espírito se modificava à medida que ele ouvia a história de Roger, e a carta também se modificava.

Querida Sarojini, que bom que você está de novo em Berlim, fazendo seu trabalho para a televisão. Eu adoraria estar aí com você. Gostaria de poder voltar nove ou dez anos no tempo. Tenho lembranças tão boas de quando íamos tomar champanhe e comer ostras na KDW...

Parou de escrever e pensou: "Não tenho o direito de censurá-la, ainda que indiretamente, por ter me juntado aos guerrilheiros. A decisão, no limite, foi minha. Fui o único responsável por minhas ações. E a aventura toda acabou me saindo bem barata; o Roger que não saiba disso. Seria horrível se um dia ele descobrisse. Penso que essa foi a verdadeira traição".

A carta seguinte, talvez uma ou duas semanas depois, começava: *As coisas estão mudando para mim aqui. Não sei por quanto tempo poderei continuar vivendo como hóspede desta* gente amável, nesta casa maravilhosa, neste lugar encantador. Quando cheguei aqui, fiquei deslumbrado. Aceitava tudo com naturalidade. Aceitava a casa sem discutir, ainda que, já naquela primeira noite, a vista da janela que dá para o jardinzinho verdejante nos fundos da casa me parecesse mágica. Mas eu via a casa como uma casa londrina. Agora conheço Londres melhor e, depois desta temporada em Saint John's Wood, será difícil me contentar com menos. Não sei como farei para me adaptar em outro lugar, trabalhando num emprego de verdade. É só eu começar a pensar assim, e Londres torna-se outra cidade. Sinto um aperto no coração.

 Willie pôs a carta de lado. Pensou: "Não posso escrever uma coisa dessas para ela. Não sou mais uma criança. Não devo escrever algo assim para alguém que não pode mudar as coisas nem para si, nem para mim.

 Bastante tempo depois, talvez um mês mais tarde, ele começou outra carta. Esta o ocupou por algumas semanas. *Por conta do meu trabalho, penso que eu deveria realmente tentar fazer algo no campo da arquitetura. Levaria uns oito anos (acho) para eu me formar. Estaria então com sessenta anos. O que significa que ainda teria dez, doze ou quinze anos profissionalmente ativos e satisfatórios. A dificuldade aí é que, para qualquer mente sensata, parece absurdo que um sujeito de cinqüenta anos comece a aprender uma profissão. A maior dificuldade é que, para levar isso a cabo, eu precisaria de um injeção de otimismo. Meu amigo aqui costumava obter seu otimismo nos finais de semana; extraía-o de uma mulher que ele adorava, mas com a qual mal conseguia conversar. Sobreviveu vários anos à custa desse otimismo. Não quero seguir esse caminho de novo, e, de qualquer forma, essas coisas não podem ser impostas.*

 O único período em que experimentei uma sensação de otimismo foi quando era criança e tinha uma visão infantil do mundo. Por dois ou três anos, com essa visão infantil, pensei que queria ser missionário. Mas isso era apenas a vontade que eu tinha de fugir. Era a isso que meu otimismo se resumia. No dia em que vi o mundo como ele é, o otimismo me abandonou. Nasci na época errada. Se tivesse nascido hoje, no mesmo lugar, veria o mundo com outros olhos. Agora é tarde demais para mim, infe-

lizmente. E com esse eu diminuto e patético que hoje sei que existe em algum lugar dentro de mim, esse eu que me é tão fácil reconhecer, ponho de lado o sonho arquitetônico e penso que deveria arrumar um empreguinho medíocre em algum lugar e me mudar para um apartamentozinho qualquer em algum lugar e torcer para que os vizinhos não sejam muito barulhentos. Mas sei o bastante agora para compreender que a vida jamais pode ser simplificada dessa maneira, e que sempre haverá pequenas armadilhas ou falhas nesse sonho de simplicidade, nesse desejo de deixar a vida passar, de encarar a vida como mero passatempo.

Meu amigo aqui diz que as pessoas mais felizes e bem-sucedidas são aquelas que têm objetivos precisos, limitados e alcançáveis. Conhecemos um sujeito assim. É um africano, ou, melhor dizendo, um homem de origem indiana que nasceu e se criou na África Ocidental. Hoje é um diplomata muito respeitado. Seu pai ou seu avô migrou do Caribe para a África Ocidental na década de 1920 ou 1930, foi um dos que participaram do movimento Retorno à África. Esse nosso amigo africano, desde muito cedo na vida (sem dúvida incentivado a tanto por algum contato feminino poderoso), só ambicionava uma coisa (além, é claro, de ganhar muito dinheiro), qual seja, fazer sexo apenas com mulheres brancas e, assim, um dia ter um neto de cor branca. Atingiu os dois objetivos. Seu filho meio inglês, Lyndhurst, hoje um homem de trinta e poucos anos, teve dois filhos com uma aristocrata inglesa completamente branca. Uma das crianças é branca como a neve. A coisa toda será selada neste sábado por meio do casamento do rapaz meio inglês com a mãe da criança branca. É a moda aqui: os bebês antes das alianças.

O casamento foi realizado num vilarejo de nome simpático, bastante afastado de Londres, em direção ao norte. Perdita não compareceu. Roger e Willie foram de trem e deram entrada no hotel em que passariam a noite.

Disse Roger: "A idéia é que os convidados varem a noite dançando. Não, não *varar*. Isso dá a idéia de uma coisa trabalhosa. A idéia é que *dancemos* a noite inteira".

Com seu carro alugado, percorreram o que teria parecido uma região florestal, não fossem os inúmeros *pubs*, pousadas e hoteizinhos com carros estacionados junto à estrada sinuosa.

Disse Roger: "O fundador da família da moça foi um homem eminente no início do século XIX. Protegia o cientista experimental Faraday, que foi uma espécie de antecessor de Edison. Faraday era um menino pobre da Oxford Street, em Londres, e o cientista aristocrata ao qual ele se associou tratava-o no princípio como um criado pessoal. Aconteceu alguma coisa com a família após esse momento de glória. Não produziram nenhuma outra figura insigne. Presunção, talvez, ou deficiência genética. No grande período imperial que se seguiu, enquanto tantas outras famílias ascendiam, eles decaíam, geração após geração. Há alguns anos, resolveram deixar seu solar apodrecer. Não tinham como arcar com as despesas de manutenção, e a legislação de preservação do patrimônio histórico impedia que o demolissem. Destelharam o casarão. Em pouco tempo, virou uma ruína. Vivem num chalé não muito distante de lá".

Placas de sinalização caseiras indicavam o atalho para o local do casamento. Não se tratava de uma igreja.

Disse Roger: "É a moda atual. Não vamos mais a eles. Eles é que vêm a nós".

Árvores altas e velhas, de aspecto malcuidado, sustentavam trepadeiras e parasitas vegetais, e, com seus galhos nodosos e quebrados, sombreavam a estradinha estreita. Novas placas de sinalização feitas à mão indicavam o ponto em que eles deviam sair da estrada e subir uma campina com mato alto. Estacionaram ali — não muito longe de um ônibus multicolorido com a inscrição *Aruba-Curaçao: A Banda*, gravada num arco em forma de cometa, com uma grande estrela vermelha em cima — e, quando desceram do carro, perceberam que era possível ouvir o ronco de uma auto-estrada ou estrada principal a uns duzentos ou trezentos metros de distância, na extremidade inferior da encosta relvada.

Essa era a vista, imponente no passado, que se tinha do solar. O casarão destelhado, uma ruína incontestável agora, era estranhamente prosaico, cinzento mas nem um pouco fantasmagórico, lembrando antes uma grande composição de arte conceitual, deliberadamente instalada em meio à relva alta, viçosa, verdejante. Não pedia mais que uma olhadela. E era assim que os convidados do casamento pareciam lidar com ele, olhando de relance para suas ruínas, mas sem demorar-se nelas, enquanto avançavam pelo caminho estreito e pedregoso, rumo à grande tenda armada um pouco mais à frente, onde já se via um aglomerado de gente.

A essa altura, as pessoas formavam duas alas distintas, a escura e a clara. Não demorou para que começassem, nervosamente, a convergir; e então, em plena convergência, um pouco mais adiante, sobressaiu a figura de Marcus: quase azul de tão negro, ainda magro, feições bem delineadas, cabelos grisalhos, bonachão, esfuziante. Vivacidade e entusiasmo: esse sempre fora seu estilo. Trocava apertos de mão e ao mesmo tempo jogava a cabeça para trás num trejeito de que Willie ainda se lembrava.

Disse Willie: "Esperava encontrá-lo de fraque e cartola. Não deixa de ser um pouco decepcionante vê-lo envergando um simples terno escuro".

Disse Roger: "Esta não é uma festa para fraque e cartola".

Disse Willie: "Você nota nele algum traço da debilidade moral que vem com a idade?".

"Era o que eu estava tentando identificar. Mas devo confessar que não vejo sinal disso. Não enxergo nenhum conflito intelectual. Só uma enorme felicidade, uma grande serenidade. E isso é extraordinário, quando você pensa que, desde a última vez em que o viu, ele passou por um bom bocado de revoluções e guerras civis. Questões tribais menores, sem nenhuma conseqüência para o restante do mundo, mas invariavelmente sanguinolentas. Tortura é sempre tortura. Não faz diferença se a causa é pequena ou grandiosa. Tenho certeza de que, em muitas ocasiões, Marcus esteve por um fio de ser arrastado ao nascer do sol até alguma praia tropical de sua infância, onde seria deixado nu e apanharia um pouco, ou muito, e acabaria morto a tiros, ou a cacetadas, ao som das ondas quebrando na areia. Sobreviveu porque nunca desviou o foco. Tinha sua própria concepção do que era realmente importante. Isso proporcionou a ele um equilíbrio raro na África. Não assumia posições ridículas. Procurava mediar as partes. Sobreviveu, e aqui está ele".

"Roger."

"Marcus. Lembra-se de Willie?"

"Claro que me lembro. Nosso escritor."

Disse Willie: "Este deve ser um grande dia para você".

Marcus foi elegante. "É uma família formidável. Lyndhurst escolheu muito bem." Outros convidados aguardavam a vez para felicitá-lo, e Willie e Roger afastaram-se de Marcus, dirigindo-se ao lugar onde uma série de tendas ou dosséis haviam sido erguidos sobre os jardins abandonados do solar. À distância, esses dosséis criavam o efeito de um acampamento. A primeira área coberta a que Willie e Roger chegaram era o pomar meio sem vida. A um canto, fiadas e mais fiadas de hera encorpavam a parte inferior do tronco de um velho e moribundo castanheiro-da-índia. Quase sempre, onde um galho caíra de uma velha macieira, via-se um buraco no tronco: o reino vegetal, aparentemente humano nesse estágio de seu ciclo, desmontava a si mesmo. Contudo, a luz sob o dossel suavizava tudo, conferia a todas as árvores arruinadas outra vida, dava a todos os galhos esguios outra pujança, fazia o pomar abandonado parecer um cenário, tornava-o milagroso, um lugar adorável.

Garotas do vilarejo surgiram ali com bandejas de bebida barata e deram o que fazer a todos.

Até então, não havia sinal de Lyndhurst ou de sua noiva. Em vez disso, como se quisessem chamar para si as atenções que caberiam aos noivos, havia um rapaz negro e uma moça branca que formavam um casal desconcertante: como uma "instalação humana" de arte moderna, parodiando o simbolismo da ocasião. A moça, com uma saia azul e uma blusa de seda vermelha, agarrava-se à cintura do sujeito, escondendo o rosto em seu peito nu. E tudo no sujeito era chamativo. Era magro, o mais retinto dos negros, e envergava um terno preto. Sua camisa branca era evidentemente cara. O colarinho estava virado para cima e a camisa se abria quase até a cintura, exibindo um triângulo invertido de pele negra impecável. Usava óculos escuros. Tinha ungido a pele com manteiga de carité ou algum outro creme derivado de nozes africanas, e essa manteiga ou creme dava a impressão de estar derretendo no calor da tarde, mesmo à sombra do dossel. A oleosidade parecia ameaçar o viço e a alvura da camisa branca, mas esse efeito era claramente intencional. Seus cabelos exibiam um penteado extraordinário: haviam sido reduzidos a bolinhas cintilantes, tão separadas uma das outras que a impressão que se tinha era que, no entremeio, os cabelos haviam sido raspados. O couro cabeludo parecia banhado em óleo. Calçava sandálias sem meias e parecia pisar no chão com o contorno avermelhado das solas de seus pés e de seus calcanhares. Essa cor avermelhada era a cor do logotipo estampado nas tiras das sandálias. Da cabeça aos pés, era uma produção fantástica. Todos os detalhes haviam sido cuidadosamente pensados. Atraía todos os olhares. Empanava todo mundo, porém ele próprio parecia perdido atrás de seus óculos escuros, concentrado em sua carga. Com a garota agarrada à cintura, ele parecia dar alguns passos para o lado e às vezes para trás, devido ao peso dela. As pessoas abriam caminho para eles. Eram como estrelas no meio de um coro disposto sobre um palco.

    Marcus viera até onde estavam Roger e Willie. Disse: "Isso é escandaloso. É zombar de uma ocasião sagrada. Garanto a vocês que não são convidados do Lyndhurst".

    Mas também ele, ao passar pelo casal, guardou uma boa distância, como fazem os espectadores numa exposição de perturbadoras "instalações" humanas.

    Havia uma tranqüila movimentação geral nas várias áreas cobertas, as pessoas caminhando com cuidado no terreno irregular, as mulheres de salto alto como que pisando em cacos de vidro. Willie e Roger, que não conheciam ninguém além de Marcus, tentavam distinguir os partidários dos escuros e dos claros. Não era fácil. As coisas ficaram mais nítidas quando chegou a hora da cerimônia.

    A tenda onde o casamento seria celebrado era circundada por uma cerca viva retangular que crescera muito e atingira uma grande altura em todos os quatro lados. Vários galhos protuberantes haviam sido podados sem maiores cuidados. O lugar fora usado recentemente para abrigar galinhas; para aqueles que sabiam reconhecê-lo, seu cheiro ainda podia ser sutilmente sentido no ar. Numa das laterais da cerca havia uma abertura, e na lateral oposta, outra; de modo que o espaço era perfeito para sua finalidade naquela tarde. Os personagens principais da cerimônia entraram formalmente por uma das aberturas. Os convidados, pela outra. Um retângulo de lona verde, estendido sobre a grama, demarcava a área sacramental. Viam-se algumas cadeiras ali, em dois conjuntos distintos, para as duas famílias. Um corredor estreitíssimo separava Marcus dos familiares de sua nora. Sua autoridade e satisfação, e o simples vigor de sua negritude, contrastavam com a palidez da remota, quase ausente, dignidade deles. Roger falou baixinho para Willie: "Estão confusos. Sua educação não é das melhores. Houve um tempo em que isso era chique. Mas agora não sabem quem são ou o que se espera deles. O mundo mudou muito e rápido demais para eles. Talvez não liguem muito para nada, e tenham passado os últimos cem anos confusos".

Os paramentos do padre, excessivamente enfeitados para aquele lugar, vestiam-no com rigidez. Ele não parecia acostumado com aquelas vestes — davam a impressão de serem pesadas demais para ele, de estarem prestes a escorregar de seus ombros —, e o sujeito pelo jeito fazia força para não sorrir de sua solenidade, ao mesmo tempo que pelejava, do modo mais discreto possível, para manter aquelas extravagâncias no lugar.

E depois de tudo isso — as placas de sinalização, o lugar, as tendas e dosséis, a luz milagrosamente filtrada — Lyndhurst, com seu tórax largo e forte, com seu ar de valentão, com sua porção africana já bastante aguada, e a noiva pálida e sem graça, com seu vestido de seda simples, pareciam curiosamente comuns. Mesmo com o teatro dos dois pajens, seus filhos, um escuro, o outro claro, o claro atrás do noivo, o escuro atrás da noiva. Os noivos haviam planejado uma festa simples, e seu êxito nesse aspecto fora maior do que imaginavam.

O padre tinha um sotaque popular remoto, praticamente incompreensível para muitos que assistiam à cerimônia, e estava tão pouco habituado a ler em voz alta quanto a usar seus requintados paramentos. Engolia as palavras; a elegância delas parecia constrangê-lo.

Um dos padrinhos do noivo leu uma fala de Otelo, e um dos padrinhos da noiva começou a ler um soneto de Shakespeare. Contudo, antes que o soneto chegasse ao fim, um dos pajens peidou, e ninguém sabia se tinha sido o pajem escuro ou o claro. Porém os convidados se alinharam corretamente em relação a essa questão: os negros achavam que tinha sido a criança negra; os brancos, que tinha sido a branca.

    A criança branca começou a chorar. Estava com algum problema. Marcus correu até ela, pegou sua mãozinha e começou a caminhar lentamente a seu lado rumo à saída que conduzia às toaletes. Alguém, uma velha senhora, vendo o negro grisalho correndo até a criança branca que chorava, imaginou gestos sentimentais de outros tempos e aplaudiu involuntariamente, com muita delicadeza; então outra pessoa também aplaudiu; de repente Marcus e seu neto caminhavam em meio aos aplausos de todos, e Marcus, só compreendendo após alguns segundos que os aplausos eram dirigidos a ele, e o eram com disposição amável, começou a sorrir, olhando para a esquerda e para a direita, fazendo breves mesuras e levando a criança branca para o lugar aonde ela queria ir.

    A banda de Aruba-Curaçao, quando começou a tocar, tocou para valer. O baterista negro sentou-se diante de um tambor que tinha a altura de uma mesa de jantar. A princípio, relaxando na cadeira e apoiando os punhos na borda do tambor, parecia um homem que se preparava para comer ou escrever uma carta. Mas então, mantendo o tronco perfeitamente imóvel, pôs as manzorras para trabalhar. Usava a extremidade posterior da palma da mão, a palma inteira da mão, a palma da mão imediatamente abaixo dos dedos, e também os dedos, percutindo o couro do tambor com os dedos ao comprido e com as pontas. Usava todas as partes da mão aberta separadamente. As palmas das mãos estavam vermelhas e não paravam um instante, criando uma massa de som que retumbava sob as tendas e impedia qualquer conversação tranqüila. Então os instrumentos de metal da banda antilhana-holandesa obstruíram os ritmos criados pelo tambor e, sobrepondo-se a isso tudo, uma voz começou a entoar uma canção amplificada num dialeto das Antilhas Holandesas que ninguém ali seria capaz de entender. O barulho era terrível, mas algumas das mulheres brancas, com seus vestidos novos, balançavam as canelas finas, como se tentassem entrar no ritmo, e já era quase impossível resistir, embora ainda faltasse algum tempo

para o jantar ser servido e o desejo de dançar a noite inteira devesse ser adiado para depois do jantar.
Disse Roger: "Estou ficando com uma dor de cabeça horrível".
Ele e Willie caminharam de volta ao carro alugado. Àquela distância era possível ouvir alguma coisa das duas ou três variações a que se resumia o arranjo da música.
Disse Roger: "A intenção é deixar as pessoas atordoadas. Não sei o que isso lhe diz sobre essa festa. Imagino uma música assim sendo tocada para os escravos de uma fazenda holandesa no Suriname, no século XVII ou XVIII. Tocadas no fim da tarde de sábado ou de domingo, para que os escravos se resignem à manhã de segunda-feira e sugerindo a um pintor holandês que se encontra de passagem por ali a idéia de um óleo noturno da fazenda. Já vi um quadro assim".

Retornaram ao hotel pela estrada sinuosa e, para seu espanto, verificaram que a música continuava chegando a seus ouvidos. Poderiam, se soubessem, e se existisse uma trilha, ter caminhado do hotel até o alto da colina escarpada em que ficava o solar.
Willie ouviu a música a noite toda. O som invadia-lhe o sono e misturava-se com outras lembranças. A África, com seus morros de pedra, cônicos e cinzentos, e os africanos caminhando nas trilhas de terra vermelha ao longo da estrada asfaltada. As casas de concreto incendiadas, com marcas de fumaça em volta das janelas. A floresta e os homens de uniforme verde-oliva, com os bonés com a estrela de cetim vermelha, e a marcha interminável. A estranha prisão, onde, como num navio negreiro, os presos ficavam deitados lado a lado no chão, em duas fileiras separadas por um corredor central. E a noite toda, Willie também sentia ter encontrado uma coisa interessante sobre a qual escrever a Sarojini. Essa coisa lhe escapava. Procurou por ela em meio ao rumor da música escrava, mas, pela manhã, só o que lhe restava era: "É um erro ter uma visão ideal do mundo. É aí que começa o suplício. É aí que tudo começa a desandar. Mas não posso escrever a Sarojini sobre isso".

Setembro de 2002 — setembro de 2003

ESTA OBRA FOI COMPOSTA PELA SPRESS EM GARAMOND E IMPRESSA PELA GRÁFICA BARTIRA EM OFSETE SOBRE PAPEL PÓLEN SOFT DA SUZANO PAPEL CELULOSE PARA A EDITORA SCHWARCZ EM MAIO DE 2007